Ex-libraire d'origine new-yorkaise, Sara Gran vit à Los Angeles. Elle est l'auteur de *Viens plus près* et de *Dope*. *La Ville des morts*, le premier roman d'une série mettant en scène l'enquêtrice Claire DeWitt, a reçu le Prix du Meilleur Roman des lecteurs de Points. Ses aventures se poursuivent à San Francisco dans *La Ville des brumes*. Sara Gran travaille à leur adaptation pour la télévision.

DU MÊME AUTEUR

**Dope**
*Sonatine éditions, 2008*
*et « Points », n° P2361*

**Viens plus près**
*Sonatine éditions, 2010*
*et « Points », n° P2558*

**La Ville des morts**
*Éditions du Masque, 2015*
*et « Points », n° P4230*

Sara Gran

# LA VILLE
# DES BRUMES

ROMAN

*Traduit de l'anglais (États-Unis)
par Claire Breton*

*Éditions du Masque*

TEXTE INTÉGRAL

TITRE ORIGINAL
*Claire DeWitt and the Bohemian Highway*
ÉDITEUR ORIGINAL
Houghton Mifflin Harcourt, New York
© Sara Gran, 2013

ISBN 978-2-7578-5458-7

(ISBN 978-2-7024-4001-8, 1re publication)

© Éditions du Masque, département des éditions
Jean-Claude Lattès, 2016, pour la traduction française

Le Code de la propriété intellectuelle interdit les copies ou reproductions destinées à une utilisation collective. Toute représentation ou reproduction intégrale ou partielle faite par quelque procédé que ce soit, sans le consentement de l'auteur ou de ses ayants cause, est illicite et constitue une contrefaçon sanctionnée par les articles L. 335-2 et suivants du Code de la propriété intellectuelle.

Le détective croit enquêter sur un meurtre ou une fillette disparue alors qu'en réalité, il enquête sur tout autre chose, une chose qu'il ne peut appréhender directement. Les satisfactions seront rares. Le doute sera votre condition naturelle. Vous passerez une grande partie de votre vie dans les bois ténébreux, sans chemin visible, avec la peur et la solitude pour seules compagnes.

Mais les réponses existent. Les solutions vous attendent, tremblantes ; elles vous attirent, elles vous appellent même si vous ne les entendez pas. Et lorsque vous êtes persuadé que l'on vous a oublié, que vous vous êtes fourvoyé à chaque pas, que les bois vous avalent tout entier, alors souvenez-vous de ceci : moi aussi, jadis, j'ai arpenté ces bois, et j'en suis ressorti pour vous fournir, si ce n'est un plan ou un chemin à suivre, au moins je l'espère quelques indices. Souvenez-vous que, à défaut d'aucun autre, je sais, moi, que vous êtes là, et jamais je ne perdrai espoir à votre endroit, ni dans cette vie ni dans la suivante. Souvenez-vous que, le jour où je suis sorti des bois, j'ai vu le soleil comme je ne l'avais jamais vu – c'est la seule consolation que je puisse vous offrir pour le moment.

Je suis convaincu qu'un jour, dans bien des vies peut-être, tout sera expliqué, tous les mystères élucidés. Tout le savoir sera à la libre disposition de chacun, y compris la réponse à la plus grande énigme de toutes : qui nous sommes réellement. Pour l'heure cependant, chaque détective, seule dans les bois, doit saisir ses indices et résoudre ses mystères par elle-même.

Jacques Silette – *Détection*.

# 1

*San Francisco*

J'ai connu Paul un jour où un ami de mon amie Tabitha donnait un concert au bar de l'Hotel Utah, un jeudi en fin de soirée. Il y avait une vingtaine de spectateurs venus écouter le groupe de l'ami de leur ami. Paul était l'un de cette vingtaine. J'étais assise à une table dans un coin avec Tabitha et son copain. Tabitha est grande, maigre comme un clou, les cheveux orange, les bras et les jambes couverts de tatouages. Son copain était un de ces mecs trop gentils pour être vrais. Ou désirables. Il avait quelques années de moins que moi et me souriait comme s'il était sincère.

J'ai vu Paul au bar qui me regardait et quand il a remarqué que je l'observais, il a détourné les yeux. Ça s'est reproduit plusieurs fois, assez pour être sûre que ce n'était pas l'effet de mon imagination. Ce genre de choses m'arrive assez souvent, il n'y avait franchement pas de quoi se frapper qu'un mec me fasse de l'œil depuis l'autre bout d'un boui-boui sombre de San Francisco.

Sauf que quelque chose en Paul, dans ses grands yeux noirs et son sourire timide, un sourire fugace qu'il essayait de cacher, m'a frappée.

À la fin de la soirée, j'ai senti son regard sur moi quand je suis partie avec Tabitha, je me suis demandé pourquoi il n'était pas venu me parler, et puis si c'était prémédité, pour me faire penser à lui, parce qu'avec les hommes on ne sait jamais. Du moins, moi, je ne sais jamais.

Deux semaines plus tard, on est retournées à l'Utah pour voir le même groupe et Paul était là aussi. Je n'aurais jamais avoué que c'était pour ça que j'étais revenue, n'empêche que c'était pour ça. Paul était copain avec le guitariste. Le pote de Tabitha jouait de la batterie. Paul et moi, on s'est évités, même si je ne m'en rendais pas compte sur le moment. Il a rejoint la table des membres du groupe pendant qu'ils buvaient un verre avant le concert et je me suis éclipsée pour aller aux toilettes. À mon retour, Paul est parti se commander à boire. Depuis la dernière fois, je me disais que c'était un mec plutôt mignon, à l'air plutôt intelligent, dont je ferais peut-être la connaissance et avec qui je coucherais peut-être.

Mais ce soir-là, j'ai senti quelque chose au creux de mon ventre, une frayeur plus qu'un simple trac, et juste avant de lui serrer enfin la main, une vague de terreur s'est emparée de moi, comme si on était emportés par un noir courant sous-marin dont on ne pouvait réchapper. Ou ne voulait réchapper.

Jacques Silette, le grand détective, aurait dit qu'on savait. Qu'on savait ce qui nous attendait et qu'on avait choisi d'y aller. « Le karma, a-t-il déclaré un jour, n'est pas une phrase pré-imprimée. C'est un ensemble de mots que l'auteur peut agencer à sa guise. »

Amour. Meurtre. Cœur brisé. Le professeur dans le salon avec le chandelier. La détective dans le bar avec le pistolet. Le guitariste dans les coulisses avec le **médiator**.

Peut-être que c'était vrai, que la vie était un ensemble de mots que nous avions reçus pour les agencer à notre guise, sauf que personne ne semblait savoir comment. Un casse-tête sans solution exacte, une grille de mots croisés où le titre de cette chanson nous échappait. *1962, I Wish That We Were*\_\_\_\_\_[1].

Enfin, on a fait connaissance.

– Paul, s'est-il présenté.

Il avait les yeux sombres et le sourire légèrement ironique, comme si on partageait une blague entre nous.

– Claire, ai-je répondu en serrant sa main rêche et froide, racornie par des années de guitare.

– Tu es musicienne aussi ?

– Non. Détective privée.

– Ouah. C'est d'enfer.

– Oui. Je sais.

On a bavardé un moment. On avait tous les deux bourlingué, on bourlinguait depuis des années, alors on a échangé des souvenirs de guerre. Hôtels Holiday Inn à Savannah, avions ratés à Orlando, éraflure de balle à Detroit... peut-être que musicien et détective privée, ce n'était pas si différent, après tout. À part que les musiciens, au moins, il y avait des gens qui les appréciaient. Paul était intelligent. On pouvait sauter plusieurs niveaux de conversation direct, sans échauffement. Il portait un costume brun à très fines rayures blanches, élimé au col et aux manches, et tenait à la main un chapeau marron foncé, presque noir, qui ressemblait à un feutre mais n'en était pas un. À San Francisco, les hommes savent s'habiller. Pas de bermudas multipoches

---

[1]. Le mot manquant de ce titre de Ronnie & the Hi-Lites est *Married* (« J'aimerais que nous soyons mariés »). (Toutes les notes sont de la traductrice.)

ni de baskets blanches, pas de polos pastel ni de chaussettes malvenues cachant un type très bien par ailleurs.

Tabitha a passé la moitié de la soirée dans les toilettes à taper une coke infâme – elle était coupée au vermifuge pour chevaux, à l'anxiolytique pour chats ou à l'excitant pour chiens, selon qui on croyait. Cette saleté circulait en ville. J'en ai sniffé un peu, j'ai senti le goût prononcé des produits chimiques dans ma gorge et j'ai laissé tomber.

Après, le copain de Tabitha s'est tiré avec une autre fille et j'ai découvert que ce n'était pas vraiment un copain. C'était un mec avec qui elle couchait depuis un moment. La nana avec qui il est parti était plus jeune que nous, elle avait les yeux brillants, une longue chevelure naturellement blonde et un sourire aux dents blanches impeccables.

Tabitha avait trop bu et trop sniffé de cocaïne vermifugée, elle s'est mise à pleurer. J'ai donné mon numéro à Paul pour une autre fois et je l'ai raccompagnée.

– Ce que j'ai pu être conne ! pleurnichait-elle dégoûtée en titubant dans la rue. Je peux pas plaire à un mec aussi gentil !

Je ne savais pas quoi répondre parce que c'était vrai. Tabitha était des tas de choses, majoritairement positives, mais gentille n'en faisait pas partie. Je l'ai reconduite chez elle, je l'ai aidée à monter les étages et je l'ai laissée sur son canapé devant *La Maison du docteur Edwardes*, son film préféré. « *Liverwurst* », murmurait-elle en même temps qu'Ingrid Bergman.

Quand je suis arrivée chez moi, Paul avait déjà téléphoné. Je l'ai rappelé. Il était deux heures et quart. On a bavardé jusqu'au lever du jour. C'était un de ces hommes qui sont timides en groupe mais pas en tête à tête. Il venait juste de rentrer de six mois en Haïti, où il avait travaillé avec des bokors, les sorciers vaudous, et leurs percussionnistes. Je n'y connaissais pas grand-chose en musique, niveau technique, mais on comprenait tous les deux ce que c'était que de se consacrer à une chose par-dessus tout. Une chose à laquelle on vouait sa vie sans jamais savoir si on avait raison ou tort de le faire. Il n'y avait pas beaucoup de gens avec qui on pouvait en parler.

On rêve tous d'être quelqu'un d'autre. Et parfois, on parvient à se convaincre qu'on peut le devenir.

Mais ça ne dure pas, nos vrais êtres profonds, brisés et meurtris, finissent toujours par triompher.

## 2

Après cette soirée, Paul et moi sommes sortis ensemble pendant quelques mois. Peut-être pas loin de six, en fait. Là-dessus, je suis allée passer une semaine au Pérou pour l'Affaire de la Perle d'argent et je suis restée six semaines de plus à étudier les feuilles de coca avec un type que j'avais connu dans un bar à Lima. J'aurais pu appeler Paul, lui écrire, lui envoyer des mails ou des signaux de fumée, mais je ne l'ai pas fait. Quand je suis rentrée à San Francisco, il sortait avec quelqu'un d'autre et bientôt, moi aussi. Du moins je couchais avec quelqu'un d'autre, ce qui revenait à peu près au même.

Et puis un soir, environ un an après la fin de notre histoire, je l'ai croisé au Shanghai Low, un bar de Chinatown, à côté de chez moi. Il portait une vieille veste en cuir et un jean bleu foncé flambant neuf, tout raide, retroussé aux chevilles. On était venus écouter le même groupe. On était en train peut-être pas de déguster mais au moins de siroter lentement des cocktails tout en discutant de son récent voyage en Europe de l'Est quand ma copine Lydia a passé la porte. J'ai remarqué l'expression de Paul avant de me retourner pour voir ce qu'il regardait et de découvrir Lydia.

Je connaissais cette expression.
– Claire !
– Lydia.

Elle s'est assise avec nous et a commandé un verre. C'était à peine une copine. Plutôt une connaissance. Une lointaine relation. Une amie de mon ami Éli, Éli qui avait depuis longtemps déménagé à Los Angeles avec son mari avocat, nous trahissant tous en épousant un beau parti. Mais je l'aimais bien, Lydia. C'était une dure à cuire de Hayward, qui avait trimé pour devenir ce qu'elle voulait être. Elle jouait de la guitare dans un groupe qui marchait plutôt pas mal, Flying Fish. Ses bras étaient couverts de luxueux tatouages alambiqués. Elle avait les cheveux longs, teints en noir, avec une courte frange, et portait un débardeur noir moulant, un jean coupé et des escarpins vernis à talons aiguilles qui laissaient voir d'autres tatouages sur ses chevilles et ses mollets. Même sans talons, elle était canon. Avec ça elle crevait le plafond. Paul n'était pas le seul à la dévorer des yeux quand elle a fait son entrée.

Sympa, d'être une bombe, quand on y arrive. On a toujours droit à un petit supplément chez le traiteur, on se tape moins de contraventions pour excès de vitesse et personne n'essaie de vous piquer votre place dans la queue, jamais. D'un autre côté, une jolie fille est toujours l'objet, jamais le sujet. Les gens la considèrent comme une idiote et la traitent à l'avenant, ce qui est parfois pratique mais toujours agaçant. J'imagine qu'après trente ans, les retours sur investissement commencent à diminuer, de toute façon. Alors autant passer à autre chose et miser sur des compétences plus utiles.

Ça, c'était moi. Lydia était un autre genre de nana : le genre qui profitait au maximum de ses traits symétriques et de son ventre plat. Elle n'avait pas dû payer elle-même une seule conso depuis ses quatorze ans. Tant mieux, si ça lui faisait plaisir. En l'occurrence, ça faisait plaisir à Paul aussi. Ils ont commencé à parler musique, groupes, *claves* cubaines et *guitarras* mexicaines, connaissances communes. Peut-être qu'ils s'étaient déjà rencontrés sans se le rappeler. Ils avaient plein de relations en commun, pas seulement moi. Pourtant, ils se seraient souvenus, non ?

Peut-être qu'ils s'étaient déjà rencontrés mais que ce n'était pas le bon moment. Peut-être que cette fois-ci était la seule qui comptait.

Regarder deux personnes tomber amoureuses, c'est comme regarder deux trains se foncer dessus à toute allure, sans possibilité de les arrêter. J'ai fait semblant d'apercevoir quelqu'un que je connaissais au comptoir et je les ai laissés. Là-dessus, je suis vraiment tombée sur quelqu'un que je connaissais, un privé du nom d'Oliver. C'était un détective résolument médiocre, spécialisé dans la fraude à la carte de crédit ou le détournement de fonds, les rivages gris et boueux de la cupidité.

– Regarde, m'a-t-il dit. C'est Lydia Nunez.

J'avais oublié qu'elle était plus ou moins connue. Il n'y avait pas des masses de jolies filles qui jouaient de la guitare, alors les rares spécimens bénéficiaient d'une importante couverture médiatique. San Francisco, comme la Nouvelle-Orléans ou Brooklyn, se rengorgeait de ses célébrités locales.

En plus, Lydia était une sacrée guitariste.

– Ouais, ai-je répondu. C'est une copine. Tu la connais ?

– Si seulement...

Oliver a eu cet air affreusement triste qu'ont parfois les hommes quand ils veulent une femme qu'ils savent hors de leur portée. Comme s'il perdait un membre.

Il m'a payé un verre. Paul et Lydia sont venus me chercher quand le concert a commencé, mais j'ai prétendu que j'avais vraiment besoin de parler à Oliver et je leur ai dit d'y aller sans moi. Quand j'ai présenté Oliver à Lydia, il a renversé la moitié de son verre sur ses genoux. Plus tard, je suis descendue trouver Paul et Lydia pour leur dire au revoir. Ils étaient déjà partis.

Cette nuit-là, j'ai rêvé de Lydia pour la première fois. Je me tenais sur le toit de mon immeuble, entourée d'une mare d'eau noire comme la suie. Au-dessus de moi, des étoiles blanches scintillaient dans le ciel d'encre.

Je regardais Lydia se noyer.

– Au secours ! criait-elle.

Des traces de boue noire lui striaient le visage et lui collaient les cheveux.

– À l'aide !

Mais je ne l'aidais pas. Je m'allumais une cigarette et je la regardais se noyer. Puis je chaussais de grosses lunettes à monture noire et je la regardais se noyer de plus près.

« Le client connaît déjà la solution à son mystère, écrit Jacques Silette. Seulement il ne veut pas savoir. Il n'engage pas un détective pour résoudre son mystère. Il l'engage pour prouver que son mystère ne peut pas être résolu.

Ce principe vaut également, bien sûr, pour la détective elle-même. »

Deux ou trois jours plus tard, Lydia m'a appelée après avoir récupéré mon numéro auprès d'Éli. On a commencé par parler de lui et d'autres connaissances communes, puis on en est venues au véritable motif de son coup de fil.
– Alors tu es sûre, ça ne t'embête pas ? m'a-t-elle demandé. Pour Paul et moi ? Parce qu'on t'aime beaucoup tous les deux et...
– Non. Ça ne me dérange pas du tout. Paul et moi, on n'était plus...
– Oh, je sais. Je ne ferais jamais... Enfin, si vous aviez encore été...
– Non. Je t'assure. Et donc, vous... ?
– Oh là là. Je l'ai vu tous les jours. Un vrai bonheur.
– C'est génial.
– Sincèrement ? Tu penses vraiment que c'est génial ?

Est-ce que je pensais vraiment que c'était génial ? « Génial » était sans doute exagéré. Je pensais que c'était pas mal. Peut-être même bien. Je ne me rappelais pas la dernière fois que j'avais trouvé quoi que ce soit de « génial ». Ça sous-entendait plus de joie que je n'avais jamais dû en éprouver. Mais c'était ce qu'elle avait envie d'entendre.
– Oui, lui ai-je dit. Bien sûr. Je trouve ça *génial*.

Lydia et Paul ont formé un nouveau groupe ensemble, Bluebird. Au bout d'un an environ, Bluebird s'est séparé et ils ont recommencé à travailler chacun de leur côté. Paul a créé une formation mi-manouche, mi-klezmer appelée Philemon, et Lydia, un groupe punk à influences blues roots inspiré de Harry Smith et baptisé The Anthologies, en hommage à son ouvrage de référence en musicologie. Je les ai vus sur scène une ou deux fois. Ils étaient bons. Plus que bons. J'ai vu Paul et Lydia ensemble à l'occasion d'un concert des Anthologies, ils avaient l'air heureux, souriants, pleins d'encouragements l'un pour l'autre et globalement plutôt joyeux. Quand ils se sont mariés, un an après, ils m'ont envoyé une loupe en argent fin de chez Tiffany, une sorte de cadeau de demoiselle d'honneur même si je n'étais pas demoiselle d'honneur. *Merci*, disait la carte qui l'accompagnait. Je ne savais pas très bien s'ils me remerciaient pour les avoir présentés ou pour m'être effacée si élégamment.

Ils m'ont invitée à la noce, mais je me trouvais à L.A. pour l'Affaire des Présages de lendemains perdus. C'était une excellente loupe et je l'ai beaucoup utilisée jusqu'au jour où, deux ans plus tard, coincée à Mexico sans passeport, sans papiers d'identité et avec très peu de liquide en poche, je l'ai mise en gage afin de payer un *coyote* du nom de Francisco pour me faire passer la frontière en douce.

Rien ne dure éternellement. Tout change.

Peut-être que l'histoire de Lydia et Paul n'était pas une phrase pré-imprimée. Peut-être que c'était un roman qu'ils écriraient eux-mêmes. Peut-être même qu'il finirait bien.

Peut-être aussi ne serait-ce qu'un roman policier de plus dans lequel un individu en tue un autre, personne ne paie et l'histoire n'est jamais vraiment terminée.

« Les mystères sont sans fin, m'a dit un jour Constance Darling, la disciple de Silette. Et j'ai toujours pensé que si ça se trouve, ils ne sont jamais vraiment résolus non plus. Qu'on se contente de faire semblant de comprendre quand on n'en peut plus. On referme le dossier et on classe l'affaire, mais ça ne veut pas dire qu'on a découvert la vérité. Ça veut simplement dire qu'on a baissé les bras face à ce mystère-là et décidé de chercher la vérité ailleurs. »

# 3

*18 janvier 2011*

J'avais passé la soirée dans les collines d'Oakland, tout là-haut au milieu des forêts de séquoias, à bavarder avec le Détective rouge. Il flairait un changement dans l'air. Pour lui, pour moi, pour nous tous. Il avait tiré les cartes et on avait eu beau les battre et les rebattre, la Mort sortait à chaque fois.

– Je dis pas que c'est plus qu'un changement, avait-il déclaré. Je dis juste que ça va être un sacré chambardement.

Vers deux ou trois heures du matin, j'avais repris la route pour rentrer chez moi, je m'étais déshabillée et j'avais rampé sous la couette en slip et t-shirt, les cheveux encore pleins de feuilles et de brindilles.

À cinq heures, le téléphone a sonné. Je ne comptais pas répondre, mais mes mains ont décroché quand même.

– Claire ?

La voix était bourrue et féminine et je ne la remettais pas.

– Oui.

– Bonjour. Lieutenant Huong, police de San Francisco.

Je connaissais Madeline Huong. Elle était réglo, pour une flic. Du moins, elle essayait. Ce qui est plutôt rare, par les temps qui courent.

– Qu'est-ce qui se passe ?

Ma tête était vide, pas encore tout à fait réveillée.

– J'ai de mauvaises nouvelles. Je suis navrée de devoir vous annoncer ça. Il y a eu un meurtre.

– Qui ça ? ai-je demandé, mais soudain, un éclair noir m'est passé dans les yeux et j'ai su. Paul Casablancas, avons-nous lâché en même temps.

– Quoi ? a-t-elle fait. Qu'est-ce que vous avez dit ?

– Rien.

– Enfin bon, je suis désolée. J'ai trouvé votre numéro dans le portable de sa femme et j'ai pensé que vous… vous voyez. Tout le monde n'a pas…

Elle voulait dire que j'étais habituée à la mort, que je saurais quoi faire, qui appeler, sans risquer de tourner de l'œil ni de me mettre à pleurer.

Elle avait raison.

– Claire ? Claire ?

– Oui. Je suis là.

– Si vous pouviez venir. On est chez lui. Sa femme aurait bien besoin d'un peu de compagnie.

– Lydia. Elle s'appelle Lydia. Et oui, j'arrive.

J'ai raccroché et j'ai appelé Claude. C'était mon assistant depuis que j'étais rentrée de mon séjour à La Nouvelle-Orléans pour l'Affaire du Perroquet vert. Je n'avais pas besoin d'un assistant parce que j'étais surchargée de travail. J'en avais besoin parce qu'il y avait trop de démarches barbantes à effectuer. Éplucher des relevés de comptes, passer des coups de fil, aller à l'hôtel de ville vérifier l'acte de vente d'une maison, interroger des distributeurs d'aliments pour chevaux miniatures... J'en avais ras-le-bol.

Claude était le dernier arrivé d'une série d'assistants que j'avais embauchés puis virés au fil des ans. Ou que j'aurais virés s'ils n'avaient pas démissionné avant. Claude était une bonne recrue : intelligent, loyal, et doté de connaissances encyclopédiques en économie médiévale, ce qui se révélait plus utile qu'on ne pourrait le croire.

La nuit où Paul est mort, Claude a décroché à la cinquième sonnerie. Il dormait.

– Il y a eu un meurtre, ai-je dit.

– D'accord, a-t-il répondu avec hésitation. On fonctionne comme ça, maintenant ?

D'ordinaire, on n'intervenait dans une affaire qu'une fois qu'un certain nombre d'autres gens s'y étaient frottés et cassé les dents. Personne n'appelle un détective privé, et surtout pas moi, avant d'avoir examiné et rejeté toutes les possibilités rationnelles. Comme pour l'exorciste ou le conseiller en feng shui. Je n'avais encore jamais appelé Claude au milieu de la nuit pour démarrer une affaire.

– Je ne sais pas, ai-je dit. Je crois que j'avais juste besoin de le dire.

Je n'ai pas précisé que la victime était Paul. Que je le connaissais.

– Vous voulez que j'aille quelque part ? Attendez, c'est là que je suis censé dire : *Je vous retrouve sur place* ou : *J'arrive dans cinq minutes*, puis raccrocher aussi sec. Je ne pense pas pouvoir être là dans cinq minutes, mais ça devrait être bon dans une heure.

J'ai gardé le silence.

Paul était mort. Les mots ne semblaient pas assez forts pour englober cette réalité. Paul qui m'avait un jour confectionné un cygne en origami. Paul qui connaissait tous les restaurants birmans de la région, qui passait tous ses dimanches aux puces à acheter des baffles, des lampemètres et des ohmmètres.

J'ai vu le grand marché aux puces d'Alameda, les lampemètres exposés là, sans personne pour les toucher, sans personne pour les acheter, tout seuls.

– Aucun suspect, ai-je repris. Pas de mobile connu.
– D'accord. Alors, euh… Je peux faire quelque chose ? Ou… ?
– Je ne crois pas.
– Claire, tout va bien ?
– Mais oui. Écoute, tu peux ouvrir un nouveau dossier ?
– Bien sûr. Comment on l'appelle ?
– L'Affaire de…

J'ai fermé les yeux et j'ai vu quelque chose sous mes paupières – un oiseau voletant, des feux d'artifices, un fantôme. Suivant une certaine école de pensée, on était dans le Kali Yuga, une ère qui pouvait durer aussi peu que cent mille ans ou aussi longtemps qu'un million d'années, selon à qui on posait la question. Dans d'autres yugas, les hommes ont été, et seront, plus beaux, plus gentils, plus grands, et on ne passera pas notre temps à nous entretuer. Le ciel sera clair et le soleil brillera. Mais dans l'âge noir du Kali Yuga, toutes les vertus sont noyées dans le péché. Tous les bons livres ont disparu. Tout le monde se marie avec le mauvais numéro et personne n'est satisfait de ce qu'il a. Les sages vendent leurs secrets et les sâdhus vivent dans des palaces. Il y a un démon qui s'appelle Kali ; il adore les abattoirs et l'or. Il aime jouer et il aime semer la pagaille.

Dans ce yuga, on ne sait jamais rien avant qu'il soit trop tard et les gens qu'on aime sont les derniers à nous dire la vérité. On est aveugles, on avance péniblement vers la réalité sans yeux pour voir ni oreilles pour entendre. Un jour, dans un autre yuga, on se réveillera et on verra ce qu'on a fait, alors on pleurera toutes les larmes de notre corps sur nous-mêmes, pauvres imbéciles.

– Claire ? a répété Claude. Claire, ça va ?
– Oui, oui. Ça va. C'est l'Affaire du Kali Yuga.

Quand Claude est entré chez moi pour la première fois, il avait l'air de n'avoir jamais passé une bonne journée de toute sa vie. Il portait une veste, une chemise, un jean propre et de vraies chaussures, pas des baskets. Ça voulait tout dire. Il était mince et beau gosse – à vue de nez, je lui ai supposé un parent ayant des ancêtres au Japon et l'autre des antécédents en Afrique, avec différentes côtes européennes au milieu de tout ça, et j'ai appris plus tard que j'avais vu juste.

Je lui ai fait passer un entretien.
– Tu es étudiant, c'est ça ?
– En doctorat. Histoire médiévale.
– Bon, disons qu'on est sur une affaire. Je t'appelle à cinq heures du matin pour échanger quelques idées. Ça te pose un problème ?
– Pas du tout, a-t-il répondu, sans plus sourire qu'avant. J'adore les idées. Quand vous voulez. Toujours content d'échanger des idées. Ou de faire des trucs. C'est bien aussi, ça. Je peux faire des trucs.

Il ne semblait pas très assuré pour ce qui était de faire des trucs.
– Pourquoi tu es en doctorat ? Et pourquoi tu veux ce job ?

Il a soupiré.

– Je croyais que c'était ce que je voulais. Le doctorat, s'entend. Berkeley. Je croyais que c'était ce que je voulais depuis que j'avais, genre, quinze ans. C'est exactement ça. Et maintenant que j'y suis, je…

Il a regardé autour de lui et plissé le front.

– Je ne crois plus que ce soit ce que je veux. Enfin, je ne laisse pas tomber, hein. Pas encore. J'ai trop bossé pour ça. Et aujourd'hui, je suis dans une excellente position, professionnellement. Académiquement. Mais je ne crois pas que ce soit ce que je veux.

Il a levé les mains comme s'il parlait de quelqu'un d'autre, d'une espèce de fou, un type qu'il ne comprenait pas.

– Je crois que je veux devenir détective, a-t-il dit.

– Détective. Pourquoi ?

– Aucune idée. Parfois, j'ai l'impression que c'est ce à quoi j'ai toujours aspiré. Sauf que ça paraissait trop… trop…

– Mal payé ? ai-je suggéré.

– Oui. Mais aussi…

– Dangereux ?

– Peut-être. Mais aussi simplement…

Il a tendu une main pour m'arrêter quand j'ai ouvert la bouche.

– Simplement irréaliste. C'est vrai, tout le monde veut être détective, non ? Je me disais que la concurrence devait être carrément… astronomique. Et moi je n'avais aucune expérience, même pas comme enquêteur pour une compagnie d'assurances ni rien. Mais quand j'ai appris que vous cherchiez quelqu'un, j'ai pensé que je devrais quand même essayer. Je savais qu'il y avait peu de chances pour que ça marche. Vous devez recevoir des candidats beaucoup plus qualifiés que moi. Mais bon, la vie est courte. Je me suis dit... Enfin...

Il a froncé les sourcils.

— En 2001, a-t-il repris – et brusquement j'ai su qu'il me disait la vérité, et qu'il ne l'avait jamais exprimée à haute voix –, je faisais des recherches à la bibliothèque de Stanford. D'une manière ou d'une autre, je me suis retrouvé dans la section criminologie. Je crois que c'était en cherchant des codes pénaux russes du XV$^e$ siècle. Et là, un bouquin, un petit livre de poche... C'était comme si... Ça paraît idiot, mais c'était comme s'il était tombé exprès de son rayonnage, pile à mes pieds. Je l'ai ramassé, je l'ai ouvert et j'ai lu cette phrase : *Surtout, la connaissance intérieure du détective l'emporte sur toute pièce à conviction, tout indice, toute hypothèse rationnelle. Si nous ne la plaçons pas toujours et sans cesse au-dessus du reste, il ne sert à rien de continuer, ni à enquêter ni à vivre.*

Le silence régnait dans la pièce. Nous étions dans mon appartement de Chinatown. J'habite le dernier étage d'un immeuble de Ross Alley. En dessous de moi s'empilent trois étages de petite industrie et de logements d'immigrés, le tout presque entièrement illégal. Mon appart est grand, près de cent quarante mètres carrés, et me sert aussi bien d'habitation que de bureau. Ou ni l'un ni l'autre.

Ma meilleure amie, Tracy, avait découvert le même livre dans la maison de mes parents quand on était si jeunes que ça me semble impossible. Le livre qui allait sauver nos vies et les détruire.

Même le bruit de la rue s'est assourdi pendant que Claude racontait le moment où il était devenu Claude. Sauf qu'il ne le savait pas à l'époque et je voyais bien qu'il ne le savait toujours pas.

– Je ne sais pas, poursuivait-il.

Il avait l'air triste et peut-être un peu en colère.

– Je ne sais même pas ce que ça signifie. C'était comme si... Ce que tout le monde n'avait pas arrêté de me répéter... Ce qu'on vous dit de faire, vous voyez ? Tout ça. Je ne sais pas comment le formuler... C'est comme quand vous venez ici, à Chinatown, vous voyez les enseignes mais elles sont toutes dans une autre langue, et c'est exactement comme votre vie, mais... comme si elle était décalée, ou dans un autre temps. Un autre yuga. Style, toute votre vie, en sortant de chez vous le matin, vous avez tourné à droite. Et un beau jour, vous vous apercevez que la gauche a toujours été là aussi, sauf que vous ne l'aviez jamais vue, et au lieu de vous retrouver à Berkeley, vous voilà dans le quartier chinois. Ou en Chine. C'est comme ce rêve où vous êtes dans la maison où vous avez grandi et vous découvrez qu'il y a une pièce secrète dont personne ne vous a jamais parlé. Tout le monde était au courant mais personne ne vous l'a dit. Voilà. Et autour de vous, pourtant, personne ne la voit. Comme s'ils ne savaient même pas qu'elle était là. Ou alors ils le savent, mais ils préféreraient ne pas le savoir. Comme des insectes, quoi. Comme une ruche. Je sais pas si je suis très clair. Est-ce que ça a le moindre sens, tout ça ?

– Oui. Absolument.

– Bref, donc, j'ai emprunté le bouquin à la bibliothèque, a-t-il continué, ébranlé. Pour être honnête, je ne l'ai jamais rendu. Ce qui revient à du vol, j'imagine, mais bon. Il n'était pas sorti depuis 1974, alors... Et depuis ce jour-là – je sais que ça paraît dingue –, je veux être détective.

Je n'ai rien dit. Claude a commencé à s'agiter et à tousser. Puis il s'est mis à pleurer, de minces filets de larmes se sont frayé un chemin hors de ses yeux, avares et mesquins d'abord, avant de se transformer en gros sanglots tandis que quelque chose mourait en lui. Peut-être son espoir de devenir quelqu'un d'autre. Son espoir d'être une personne normale avec une vie sympa, une jolie copine et un bon boulot. Tout ça, c'était terminé, maintenant, ou ça le serait bientôt. Bon débarras.

On est restés dans mon bureau à peu près une heure, Claude a pleuré et je l'ai embauché.

Je ne l'ai jamais revu pleurer depuis.

*Détection*, de Jacques Silette, le livre qui avait révélé Claude dans la bibliothèque stérile de Stanford, était un ouvrage qui avait détruit bien des vies, tout comme la sienne. Et la mienne. Pendant trois ans, j'avais vécu à La Nouvelle-Orléans et m'étais formée aux côtés de Constance Darling, l'élève de Silette. Constance avait passé le plus clair des années 1950 et 1960 en France auprès de Silette, à emmagasiner tout ce qu'il avait à lui apprendre cependant qu'ils devenaient amis, puis amants. Silette était un détective renommé, le meilleur d'Europe. Mais après avoir publié *Détection*, il a été rayé de la liste comme étant complètement cinglé. Presque personne ne comprenait ce bouquin – ou ne voulait avouer le comprendre. Ils prétendaient donc que c'était lui, Silette, qui était fou tandis qu'eux, les autres détectives européens et américains de l'époque, avec leurs taux d'élucidation calamiteux et leurs procédés pseudo-scientifiques fumeux, étaient la perspicacité même. Silette s'attendait à cette réaction et, d'après ce que j'en sais, il n'en a pas été particulièrement offusqué. J'ai du mal à croire que ça ne l'ait pas un tout petit peu peiné, malgré tout, lorsque même ses amis détectives les plus proches ont cessé de répondre à ses appels. Au fil des ans, cependant, il s'est créé un nouveau cercle d'amis et de fans – rares et clairsemés, certes, mais entièrement dévoués.

Jacques Silette était le plus grand détective que le monde ait jamais connu. J'en étais convaincue. Il employait des méthodes inhabituelles, mais nous étions quelques-uns à leur rester fidèles. Je ne l'ai jamais rencontré – j'étais encore toute gamine quand il s'est éteint, en 1980, le cœur brisé par l'enlèvement de sa fille, Belle, que personne n'a jamais revue. Sa femme, Marie, était morte de chagrin quelques années après la tragédie. Le génie de Silette n'était pas une défense contre la douleur. Ça ne l'est jamais. Son rôle de plus grand détective du monde ne lui avait pas épargné d'avoir aussi à jouer celui du pauvre diable inconsolable resté tout seul comme une andouille.

Constance était l'élève préférée de Silette, et la meilleure. C'était aussi sa maîtresse, son amie et sa compagne de route. Elle incarnait une branche de l'arbre silettien, dont j'étais le fruit, mais il existait d'autres branches, d'autres détectives qui avaient appris auprès de lui et s'imaginaient avoir un droit sur son héritage. Il y avait Hans Jacobson, qui avait abandonné le métier pour la finance. Il avait fait fortune après fortune, toutes joyeusement dilapidées en femmes, bateaux, œuvres d'art et drogue. À présent, il vivait sous un pont à Amsterdam. Je l'avais rencontré et j'étais à peu près sûre que c'était l'homme le plus heureux que j'aie jamais vu. Il y avait Jeanette Foster, qui était devenue une détective accomplie, quoique falote, spécialisée dans l'espionnage industriel. Elle était décédée juste un an plus tôt, à Perth. Et puis il y avait Jay Gleason, qui était allé jusqu'à monter une arnaque de cours par correspondance à Las Vegas, annonçant en dernière page de

*Soldier of Fortune*, de *Men's World* et de *True Detective* : DEVENEZ DÉTECTIVE OU FAITES-VOUS PASSER POUR TEL, ou un truc dans le genre.

Jay était l'un des derniers élèves de Silette. Il s'était rendu en France en 1975, à quinze ans seulement, pour apprendre à ses côtés. C'était deux ans après la disparition de Belle, quand Silette avait perdu tout ce qu'il y avait de bon dans sa vie. Soi-disant, Jay s'était pointé chez lui à l'improviste. Sans même un bonjour, cheveux blonds en pagaille sur sa jolie petite bouille, en pattes d'eph sales et t-shirt de rock, il lui avait déballé sa solution à l'affaire non élucidée de la mère maquerelle assassinée, un célèbre homicide parisien vieux de cent ans qui avait bousillé de meilleurs détectives que lui. Il était sûr d'avoir raison et sûr d'impressionner le vieil homme. Le coupable était l'ex-mari, il en était certain. Quand Jay s'était tu, Silette avait éclaté de rire, une première depuis la dernière fois qu'il avait vu sa fille. Quelque chose dans l'adolescent – sa ferveur, son intelligence, sa foi en lui – l'avait amusé.

– Tu te trompes, avait-il répondu au jeune Américain – car bien entendu, il avait lui-même résolu l'affaire depuis des années. Tu as bien travaillé, mais tu es passé à côté de l'indice le plus important.

– Lequel ?

– Ferme les yeux.

Jay s'était exécuté.

– Qu'est-ce que tu vois ? avait demandé Silette.

Jay hésitait. Il ne savait pas quelle était la bonne réponse. Plus que tout, il voulait impressionner le vieux monsieur.

– Du noir, avait-il dit. Enfin, rien. Je…

– Chut, avait fait Silette.

Il lui avait mis une main dans le dos pour l'apaiser.

– Garde les yeux fermés. Qu'est-ce que tu vois ? Pas qu'est-ce que tu veux voir. Pas qu'est-ce que tu crois que je veux que tu voies. Ni moi ni personne d'autre. Pas ça. Sers-toi de tes yeux. Qu'est-ce que tu vois ?

Nul ne sait ce qu'a vu Jay. Mais, d'après ce qu'on raconte, il a vu quelque chose – quelque chose qui l'a fait se mettre à trembler et à pleurer pour finir par s'effondrer, les paupières toujours closes, sur le pas de la porte de Silette, démoli. Démoli et sauvé, les deux faces de la pièce silettienne.

– C'était le fils, avait-il fini par lâcher dans un sanglot. Oh, bon sang... Il a tué sa propre mère. C'était le fils !

Silette avait souri. C'était la bonne réponse. Il avait invité Jay à entrer et à s'installer.

Jay était issu d'une famille fortunée du nord-est des États-Unis, avec des ramifications à Newport et sur la côte des millionnaires de Long Island, dans les jardins de la vallée de l'Hudson et les riches recoins boisés du Mid-Atlantic. Il aurait pu être tout ce qu'il voulait. Ou, comme la majeure partie de sa famille, rien du tout. Il n'y a pas de honte à mener une vie de riche oisif – pas au milieu des autres riches oisifs, en tout cas. Seulement Jay voulait être détective. Et à présent, il revendait des certificats officiels de détective bons à encadrer.

Certains voyaient là, dans ces destins divers, la preuve que la méthode Silette était une imposture. Nous n'étions qu'une petite poignée de silettiens, pourtant nous attirions plus que notre compte d'attention malveillante. Selon nos détracteurs, c'était parce qu'on était bizarres et ambigus, théâtraux dans nos méthodes, mélodramatiques dans nos solutions.

Selon moi, c'était parce qu'on résolvait un max d'affaires. Et qu'en général, quand un silettien finissait par débarquer dans une enquête, ça voulait dire que dix autres détectives avaient fait chou blanc. La plupart des affaires n'arrivaient même jamais jusqu'à un silettien, sauf si le client était totalement désespéré, de la même manière qu'une malade du cancer fonce dans un centre de phytothérapie à Tijuana quand ses médecins lui annoncent qu'elle n'a plus aucune chance.

« La seule responsabilité du détective, a dit Jacques Silette dans une interview pour *Le trimestriel des détectives*[1] en 1960, n'est ni envers son client ni envers le public, mais envers l'horrible, la monstrueuse vérité. »

J'ai connu quelqu'un qui est allé dans une de ces cliniques à Tijuana. Cancer du cerveau. Stade 4. Avant qu'elle traverse la frontière, les médecins lui avaient pronostiqué six mois à vivre, peut-être neuf. Peut-être moins.

À son retour, ils l'ont collée dans un scanner, lui ont pompé des litres de sang et ont réalisé analyses sur analyses, à n'en plus finir.

Il ne restait plus une seule cellule cancéreuse.

---

1. Les mots suivis d'un astérisque sont en français dans le texte.

# 4

Lydia était assise sur le perron de leur maison – la maison de Paul – de Florida Street, dans le quartier de la Mission. Elle ne pleurait pas. Elle était encore en état de choc. Autour d'elle, des véhicules de police garés en demi-cercle projetaient les longs faisceaux blancs de leurs phares dans l'obscurité. Avant que Lydia me voie, j'ai repéré l'agent Lou Ramirez et le lieutenant Huong en train de boire un café à côté d'une des voitures. Je me suis approchée.

– Qu'est-ce qui s'est passé ? ai-je demandé.

– Cambriolage, a répondu Huong d'un ton indifférent. À première vue. Le voleur devait penser qu'il n'y avait personne et il a paniqué en tombant sur lui.

– Comment il est entré ?

– Il a crocheté la serrure ou trouvé une clef. À moins qu'ils aient oublié de fermer la porte. Sa femme dit qu'il manque pas mal de choses – la télé, le lecteur DVD, des instruments de musique, des amplis. Ils avaient du matériel de valeur, apparemment.

– Ils étaient tous les deux musiciens.

– C'est là qu'elle était ? a fait Ramirez. Sa femme. Elle était en train de jouer ?

– Je peux lui demander, ai-je dit.

Une centaine de flics avaient déjà dû lui poser la question cette nuit. Seulement ils ne communiquaient pas entre eux. Ce n'était pas comme ça qu'ils travaillaient.
– Qu'est-ce qui s'est passé ?
Huong a répondu :
– Un voisin a entendu un coup de feu. Il a attendu une minute, il est sorti jeter un œil, il n'a rien vu, il a appelé la police quand même. On était un peu débordés, ça a pris un moment. Ramirez est arrivé le premier. Il a sonné, pas de réponse, il a cassé un carreau de la porte pour entrer et il a trouvé… la victime.
– Quoi d'autre ? ai-je demandé à Ramirez.
– Quoi d'autre, comme quoi ? a-t-il répliqué.
Ramirez ne m'aimait pas beaucoup, mais il m'était redevable. Pour le Meurtre du Kabuki. Pour un paquet d'autres aussi, mais c'est sur celui-là qu'on s'était mis d'accord qu'il me revaudrait ça. En même temps, Huong et Ramirez ne m'avaient pas appelée pour me faire une fleur. Ils avaient besoin d'un tampon entre eux et la détresse brute de Lydia. Je comprenais. Quand le plus pénible serait passé, ils voudraient que je dégage de l'enquête. On n'était pas amis.
– Comme n'importe quoi, ai-je répondu. Qu'est-ce que vous avez remarqué ?
Il a plissé le front. Il ne savait pas quoi dire.
– N'importe quoi, ai-je répété. Qu'est-ce que vous avez pensé quand vous avez vu…
La tête me tournait, j'ai posé la main sur le capot de la voiture pour me stabiliser.
*Je suis détective. Je suis détective et j'enquête sur une affaire très importante. Exactement comme je l'ai toujours voulu.*
Ramirez a replissé son front déjà plissé.

— J'ai pensé : *Quelqu'un devait vraiment le détester, celui-là.*

Puis il a ajouté précipitamment :

— Je sais pas si c'est vrai, mais c'est ce que je me suis dit.

— Merci.

Il a haussé les épaules et s'est détourné, comme si je l'avais insulté. Huong a croisé son regard et ils ont échangé une petite moue.

Je me contrefichais qu'ils me prennent pour une folle. Je résoudrais l'affaire. Je trouverais qui avait tué Paul. Et ils me prendraient toujours pour une folle et je m'en contreficherais toujours.

J'ai levé la tête vers les policiers, les lumières, Lydia, et pendant une minute je me suis demandé si c'était réel.

Huong et Ramirez ont commencé à s'en aller.

— Attendez, ai-je lancé. Attendez.

Ils se sont retournés.

— Il était armé. S'il ne s'attendait pas à ce que Paul soit là, pourquoi il aurait apporté une arme ?

— Il ou elle, a précisé Huong.

J'ai acquiescé. Il n'y pas des masses de femmes dans la cambriole, mais ça restait possible.

— Tout ce matériel, ai-je dit. Les guitares, les amplis. Il y en a qui peuvent valoir très cher. Des centaines, voire des milliers de dollars.

Huong a haussé les épaules et s'est éloignée. Elle savait ce que je pensais : un cambriolage, mais pas fortuit ; un vol effectué par une personne qui connaissait la valeur du matos et savait que Paul ou Lydia pouvaient être à la maison. Cela dit, ça devrait faciliter l'élucidation de l'affaire. Même s'ils n'avaient jamais dû en noter les numéros de série, les instruments de collection comme les leurs présentaient toutes sortes de singularités, de traces et de taches qui les rendaient aisément identifiables. Lydia reconnaîtrait n'importe où une de leurs guitares, à elle ou à Paul. En plus, ils étaient tous les deux relativement connus et avaient été assez souvent photographiés avec leurs grattes pour qu'on ait toute la documentation nécessaire, au moins pour celles qu'ils utilisaient le plus souvent. En surveillant les prêteurs sur gages, les magasins de musique et les sites internet de vente entre particuliers, on devrait attraper l'assassin de Paul en un mois ou deux.

Pas que ça changerait grand-chose pour Lydia.

Je suis allée m'asseoir à côté d'elle. Elle s'était enfin mise à pleurer, sans bruit, ses yeux ruisselant de larmes, sa gorge émettant de petits sanglots étranglés. Au bout d'un moment, Ramirez est venu vers nous. J'ai levé la tête. Pas Lydia. Elle était partie, à la dérive sur les océans de la douleur. En pleine noyade, plutôt.

– Vous croyez qu'elle peut faire une déposition maintenant ? m'a-t-il demandé.

– Ça peut attendre ? Demain après-midi ?

Il a hoché la tête. On a pris rendez-vous pour seize heures le lendemain au commissariat de la Mission, sur Valencia Street.

J'ai laissé Lydia, j'ai pris ma voiture, j'ai trouvé un café ouvert 24/24 et je suis revenue avec deux grands plateaux de cafés et une assiette de trucs à grignoter pour les flics et les techniciens de scène de crime. Les policiers et consorts bossent dur, même si ça ne sert à rien, et tout ce qu'on peut faire pour rendre notre affaire plus alléchante est bénéfique.

Évidemment, certains d'entre eux me connaissaient déjà. Ce n'était pas quelques gouttes de café et un muffin à la crème qui régleraient ça.

C'était sans importance, de toute façon. Je ne comptais pas sur les condés pour résoudre l'affaire. Je comptais la résoudre moi-même. S'ils voulaient bien m'y aider en me transmettant leurs infos, tant mieux, mais ce n'était pas indispensable. Je l'éluciderais très bien toute seule. Je découvrirais qui avait tué Paul et après…

Avant de pouvoir m'arrêter, ma tête a dit : *Et après, Paul pourra revenir.*

Au lever du soleil, les policiers et techniciens ont commencé à remballer leur barda pour rentrer chez eux. Quand les derniers ont eu à peu près terminé et que j'ai été sûre qu'ils n'auraient plus besoin de nous, j'ai passé un bras autour de Lydia, je l'ai aidée à se lever et je l'ai emmenée jusqu'à ma voiture. Je l'ai installée sur le siège passager, j'ai bouclé sa ceinture et j'ai refermé la portière. Je nous ai conduites chez moi, où je l'ai tirée de la voiture, lui ai fait monter l'escalier et l'ai mise au lit. Là, je lui ai donné un cachet d'anxiolytique que j'avais mis de côté en cas de besoin. Bientôt, les sanglots étranglés se sont apaisés et elle s'est endormie. Je l'ai observée. Dans son sommeil, ses mains se serraient et se desserraient, essayaient d'attraper les draps. Ses traits étaient bloqués dans l'expression des pleurs alors même qu'elle n'émettait pas un son. Elle ne serait plus jamais la même. Elle était déjà une autre, une fille avec un autre visage.

Je me suis allongée sur le canapé et je n'ai pas dormi. Dans la veste de Lydia, j'ai trouvé un paquet de cigarettes et j'en ai fumé quelques-unes. Je ne pensais à rien. Il y avait un grand trou blanc là où se trouvent d'habitude les pensées normales. Assez vite, mon cerveau s'est branché sur les guitares manquantes et la porte verrouillée, alors le trou s'est rempli d'indices et de suspects, tous les trucs de détective, et j'ai pu faire comme si ce n'était qu'une affaire comme les autres.

Les guitares. La serrure. Les clefs. Le flingue. Le musicien dans le salon avec le pistolet. La duchesse dans la cuisine avec la guitare. J'ai laissé mon esprit se gorger de l'affaire. Ce n'était qu'une affaire. Une affaire de plus. Une autre série de mots à réorganiser.

Peut-être que ce n'était que ça, la vie. Une longue affaire, sauf qu'on n'arrêtait pas de changer de rôle. Détective, témoin, client, suspect. Et puis un jour, ce serait moi la victime, au lieu d'être la détective ou la cliente, et alors tout serait fini. Alors je pourrais enfin m'offrir un putain de jour de repos.

5

À midi, je me suis levée et j'ai contacté les flics. Ils n'avaient rien de neuf. J'ai sorti un annuaire et j'ai commencé à appeler des magasins de musique et des prêteurs sur gages. Je ne savais pas précisément ce qui avait été volé, mais je leur ai donné à chacun une description générale – instruments de collection, haut de gamme, ayant beaucoup servi – et je les ai informés qu'il y aurait une récompense bien supérieure à ce qu'ils pourraient gagner avec quelques guitares et des amplis. Ensuite, j'ai posté des messages sur divers forums et blogs de collectionneurs, de revendeurs et de réparateurs. Beaucoup d'entre eux connaissaient Paul et Lydia, au moins de nom, ainsi que leur matériel ; ils seraient de notre côté. Certains en parlaient déjà.

Pendant que Lydia dormait, je lui ai préparé une grande mixture avec de la poudre protéinée, un expresso, du chocolat, de la racine de maca, de l'astragale et des baies de goji moulues. La mort et la nourriture solide ne font pas bon ménage. À quatorze heures, je l'ai réveillée pour notre rendez-vous de seize heures au commissariat. Elle n'a rien dit. Elle a bu un peu de son mélange et s'est remise à pleurer.

J'ai réussi à l'amener au commissariat à seize heures trente. C'était comme déplacer un cadavre qui pouvait marcher un petit peu.

Ce serait utile à la police de savoir tout ce qu'elle se rappelait de cette nuit. J'ai attendu dehors – les privés ne sont pas autorisés à assister à ce genre de choses. J'ai pris le portable de Lydia pendant qu'elle s'entretenait avec les policiers et j'ai appelé le numéro de son répertoire le plus souvent composé. C'était son amie Carolyn. Je l'avais rencontrée une fois ou deux. Je lui ai tout raconté et elle a répondu qu'elle allait venir au poste. Je lui ai demandé de commencer à prévenir les gens pour Paul. Je lui ai aussi demandé si elle savait organiser des obsèques.

– Oui, a-t-elle fait avec amertume. Malheureusement.

Quand Carolyn est arrivée, Lydia était toujours avec les flics. Carolyn avait de longs cheveux blonds bouclés, une grosse couche de maquillage et un manteau vintage noir à col de fourrure blanche. Elle avait l'air en colère. Je lui ai fait un rapide résumé des événements.

– L'ordure, a-t-elle dit. Ces mecs-là, on devrait les pendre par les couilles et les laisser pourrir.

Ce n'était pas tout à fait mon point de vue. Cependant, le sien n'était pas totalement dépourvu de validité non plus. J'ai attendu jusqu'à ce que l'entretien soit terminé et que Lydia sorte de la salle. Carolyn paraissait tout à fait compétente et prête à prendre le relais, alors je l'ai laissée faire.

Je suis rentrée et j'ai garé ma voiture dans le parking de Stockton Street, où je louais une place à l'année. Quand j'ai claqué la portière, ça m'est revenu : la voiture de Paul. De *la victime*, me suis-je corrigée. Où était-elle ? J'ai griffonné une liste au dos d'une enveloppe de contravention : *voiture, clefs de la maison, guitares, voisin.*

Le flingue, le voisin. Des clefs, des amplis. Un assassin. Une victime.

Et nous autres, pauvres débiles qu'ils ont laissés plantés là.

Chez moi, il faisait sombre et il pleuvait. Tout paraissait trop net et l'éclairage de l'appartement semblait décalé. C'était un grand loft aménagé en zones mal définies servant de chambre, salle de bains, cuisine, placard. En gros, c'était surtout un grand espace avec plein de meubles anciens et trop de livres, de fringues et de papiers disséminés un peu partout, ainsi qu'une collection de curiosités aux murs, comme des peintures dénichées en brocante, de vieilles photos d'identité judiciaire ou un tableau d'ophtalmologiste en hindi. Des choses que je trouvais magnifiques. Tout était agencé de manière à influer sur moi, à apaiser mes angles un peu à vif, pourtant aujourd'hui, ça ne marchait pas. Dans l'armoire à pharmacie, j'ai trouvé une demi-bouteille d'un sirop pour la toux ultra-soporifique que j'avais rapporté du Mexique quelques années plus tôt : j'en ai avalé un quart avant d'aller me coucher et j'ai dormi comme une morte, sans rêves, pour ne me réveiller que peu avant midi le lendemain.

Plus tard, j'ai reconstitué le déroulement des événements. La veille en fin d'après-midi, vers dix-huit heures, la victime avait mis dans sa voiture, une Ford Bronco 1972, deux guitares, un ampli et une petite valise, pour filer à Los Angeles. Il avait un petit concert prévu à l'université de Californie du Sud le lendemain soir. Il comptait partir plus tôt mais il n'avait pas réussi ; la victime était souvent en retard. Lydia était restée à la maison, vers vingt-deux heures elle était sortie au Make-Out Room, un club de la 24$^e$ Rue, pour voir un groupe du nom de Silent Film. Vers minuit, un voisin avait entendu ce qu'il croyait être un coup de feu et avait appelé la police. La police était venue. Elle avait trouvé le corps. Lydia était rentrée et avait découvert la scène. Tout le monde pensait que Paul était tombé en panne quelque part sur la route et avait réussi à se faire raccompagner chez lui, mais personne ne connaissait encore l'enchaînement exact des faits. Toutefois, c'était le plus logique, et je supposais que c'était vrai. La police présumait que Paul avait surpris le voleur, qui l'avait tué pour ne pas se faire prendre.

Sur ce point-là, je n'étais pas très convaincue.

# 6

À vingt-trois ans, je vivais à Los Angeles, si on peut appeler ça vivre. Je n'avais rien d'autre à faire. Un détective de ma connaissance, Sean Risling, m'avait embauchée pour bosser sur une encyclopédie des orchidées vénéneuses qu'il était en train de composer. J'échantillonnais, je recherchais et j'écrivais. Le soir, sur Sunset Boulevard, je m'achetais des petits paquets de vingt dollars de cocaïne, parfois des doses moins chères d'héroïne, enveloppés dans des pages du magazine *Cat Fancy*. Je dormais dans différentes chambres d'hôtel à Hollywood. Lorsque Constance Darling, l'éminente détective de La Nouvelle-Orléans, a débarqué en ville pour l'Affaire du Meurtre du HappyBurger et cherché un assistant, Sean nous a mises en relation. Risling parlait peu et savait beaucoup.

Constance était célèbre – du moins dans le milieu des détectives. Des années plus tôt, à Brooklyn, alors qu'on avait fini d'être des gamines, mon amie Tracy avait découvert un exemplaire du petit livre jaune de Jacques Silette, *Détection*, dans la maison glaciale et renfermée de mes parents. Après ça, on était fichues : on ne pensait plus qu'à mener l'enquête. Surtout Tracy, qui est devenue la meilleure d'entre nous – et qui, en disparaissant quelques années plus tard, s'est elle-même transformée en mystère, ne laissant derrière elle qu'un vide en forme de Tracy, une silhouette de papier découpée sur la page.

Pour moi, Silette et ses disciples étaient des vedettes, des superstars. Ça me faisait toujours drôle que personne d'autre n'ait l'air d'en avoir entendu parler.

Résoudre des mystères n'était-il pas important ? La vérité ne comptait-elle pas ? Bien sûr, Silette l'avait pressenti. Il savait que la vérité était et serait toujours le point de vue le moins apprécié. « S'il y a une seule chose qui puisse nous unifier, a-t-il écrit à Constance, déjà vieux et aigri, lors des événements de Mai 68 à Paris, c'est notre amour de la supercherie et du mensonge et notre exécration de la vérité. »

Constance était plutôt contente de moi quand l'Affaire du HappyBurger a été bouclée, pourtant je n'osais espérer qu'elle me prenne comme assistante permanente. Enfin, aussi permanente qu'on peut l'être ; elle est morte trois ans plus tard à La Nouvelle-Orléans, abattue pour les quelques centaines de dollars qu'elle avait dans son sac Chanel – un sac qui est désormais le mien.

Constance m'avait loué une chambre au bout du même couloir que la sienne au Chateau Marmont. Je ne savais pas ce qu'elle fabriquait maintenant qu'on avait résolu l'affaire. Je me suis dit que j'allais traîner au Marmont jusqu'à ce qu'elle m'éjecte. Je n'avais nulle part où aller, de toute façon. J'avais lâché mon hôtel miteux d'Hollywood Boulevard lorsqu'elle m'avait engagée et quand ce serait terminé, j'irais squatter à la gare routière ou à Griffin Park, là-haut près de l'observatoire. Dès que Sean m'aurait payée, je reprendrais un hôtel ou une chambre en colocation.

Mais le lendemain matin, Constance m'a convoquée dans ses appartements.

– DeWitt, a-t-elle dit.

Elle était à table et sirotait un café à la chicorée, une odeur boisée que je n'ai pas identifiée sur le moment, mais que je reconnaîtrais plus tard. Elle m'étudiait, la tête penchée comme un petit oiseau. Elle était déjà âgée. Elle était née âgée, avec ses tailleurs Chanel, ses escarpins bicolores et ses cheveux blancs roulés en chignon sur le haut du crâne.

– DeWitt, est-ce que vous êtes disponible pour une nouvelle mission demain ?

– Absolument, ai-je répondu, le cœur battant.

– Vous conduisez ?

– Légalement ?

Constance a balayé la question d'un geste. La loi était pour les gens qui avaient besoin de consignes, m'expliquerait-elle plus tard. Les mêmes à qui il fallait préciser de ne pas mettre un bébé au sèche-linge ou un chien au micro-ondes.

– Nous allons à Las Vegas, a-t-elle repris. Enfin, à côté. Vous connaissez la route ?

– Je vais acheter une carte. Donnez-moi l'adresse et je préparerai ça ce soir.

Elle a hoché la tête et m'a lancé les clefs de sa voiture. Pour le séjour, elle avait loué une Jaguar identique à celle qu'elle conduisait à La Nouvelle-Orléans, comme elle le ferait dans toutes les villes où on irait par la suite.

Ce soir-là, j'ai planifié notre trajet sur plusieurs cartes. J'ai demandé au concierge de l'hôtel de m'indiquer les escales recommandées, j'ai repéré les stations-service les moins crasseuses et les meilleurs milk-shakes aux dattes. Quand j'ai eu fini, j'ai pris la Jaguar et j'ai roulé dans Los Angeles, j'ai suivi Sunset Boulevard à travers les collines et plus loin encore, vers l'océan.

Il y avait huit ans que Tracy s'était volatilisée sur un quai de métro à New York. On devait grandir ensemble pour devenir des détectives hors pair toutes les trois, Tracy, Kelly et moi. On était déjà détectives, simplement pas encore hors pair. N'empêche qu'on se débrouillait drôlement bien, pour des gosses.

À présent, Tracy n'était plus là et Kelly tournait à l'aigre. Elle était tellement accablée par notre échec à retrouver Tracy que j'étais quasi sûre qu'elle n'était jamais sortie de New York, terrifiée de passer à côté du moindre indice, de manquer le coup de fil qui expliquerait tout. Elle m'en voulait d'être partie. Elle m'en voulait d'être là alors que Tracy, tellement plus perspicace, plus gentille, plus jolie, avait disparu. J'étais d'accord. Mais je ne pouvais rien y faire.

Au bout du Sunset Strip, je me suis arrêtée à côté d'une cabine téléphonique et j'ai glissé une poignée de pièces dans la fente. J'ai commencé par appeler Tracy. Elle avait disparu en 1987. Personne ne savait si elle était vivante ou morte. Kelly avait trafiqué son ancien numéro pour qu'il ne soit jamais réattribué, jamais modifié. Je l'ai composé. Personne n'a décroché.

*Je suis là*, ai-je prononcé tout haut, à moins que je ne l'aie seulement pensé. J'avais passé tant de temps toute seule que parfois, je n'arrivais plus à faire la différence. *Je suis là, pile à l'endroit où on était censées être.*

Mais Tracy n'a pas répondu, parce que Tracy n'était pas là.

Ensuite, j'ai appelé Kelly. Elle a décroché et n'a rien dit. Je n'ai rien dit non plus. Je savais qu'elle savait que c'était moi, je savais qu'elle savait exactement où je me trouvais et pour qui je travaillais, la grande Constance Darling. Comment aurait-elle pu l'ignorer ? Les anges ne chantaient-ils pas ? La main de Silette ne descendait-elle pas des cieux pour apposer sur nous, une fois encore, la marque de Caïn, la tache du détective, le stigmate de l'initiation, comme il l'avait fait quand nous avions lu son livre ? N'était-ce pas la chose la plus évidente au monde qu'un événement s'était produit, que mon sort, enfin, était changé ?

Le génie, découvrions-nous, ne se mange pas en salade. L'intelligence ne vaut que par ce qu'elle accomplit. Notre capacité à élucider des mystères ne nous servait pas à grand-chose dans la vraie vie.

On ne disait rien. Le silence dans le combiné évoquait Brooklyn. Au bout d'une minute, Kelly a raccroché et j'ai senti un goût amer dans ma bouche, je me suis souvenue que même les meilleures choses ne seraient plus jamais bonnes.

Je suis rentrée à l'hôtel et j'ai pris une aiguille à coudre trempée dans de l'encre de stylo-bille pour me tatouer un trèfle à quatre feuilles en haut du pied gauche, là où ça fait le plus mal. Peut-être qu'un jour quelqu'un m'interrogerait dessus et je pourrais lui raconter ce qui s'était passé aujourd'hui. Le jour où tout avait changé. Et alors tout changerait à nouveau, parce qu'une personne se soucierait assez de moi pour poser la question.

Le lendemain, on a décollé assez tard. Constance a toujours été un oiseau de nuit et elle tenait à son rituel matinal de café-œufs pochés-méditation. Elle n'a rien dit pendant le trajet et paraissait presque inquiète, de minuscules fissures craquelant son vernis de calme. Je lui ai demandé plusieurs fois si elle voulait faire une pause mais non, mes escales soigneusement étudiées sont restées de simples points sur la carte.

On n'est pas vraiment entrées dans la ville, on l'a contournée en partant des faubourgs les plus modestes pour progresser jusqu'aux rues bordées de grandes villas à portails.

– La voilà, a-t-elle dit. C'est ici.

Une allée courbe menait à une haute palissade entourant une propriété pleine de palmiers, de haies et de fleurs du désert. Derrière la végétation luxuriante, j'ai aperçu des bribes d'une résidence toute blanche, flambant neuve, qui semblait avoir été confectionnée en carton-pâte et barbe-à-papa avant d'être larguée là, à Vegas. J'ai entendu des bruissements dans les arbustes – des animaux ou d'autres humains se déplaçaient, en tapinois.

– Attends-moi ici, m'a dit Constance. Ça peut prendre un moment.

Je suis restée dans la voiture et j'ai regardé Constance sonner à l'interphone, prononcer quelques mots, se faire ouvrir. Elle a disparu au milieu des haies. J'ai patienté. Même avec la soufflerie à fond, le soleil était brûlant et j'avais un peu mal au cœur.

Neuf minutes plus tard, j'ai vu un homme en jean bleu, chemise noire et santiags traîner Constance hors de la maison.

J'ai essayé d'accrocher son regard mais elle ne me voyait pas. Elle avait son air ordinaire – l'air intelligent et un petit peu las.

Quand elle a tenté de libérer son bras de la main du type en chemise noire, il le lui a tordu, violemment, sans lâcher.

J'ai observé la scène une minute de plus. Ils se disputaient. Constance ne paraissait pas effrayée. Ils ont échangé quelques mots encore et le ton ne semblait pas trop emporté, mais quand elle a de nouveau essayé de se dégager, le gars en noir a maintenu sa prise.

Je suis descendue de voiture, moteur en marche et portière ouverte. Personne ne m'a vue. Je me suis approchée de la grille, j'ai tiré un petit pistolet bon marché de ma ceinture et je l'ai pointé sur le cœur du type.

Constance et lui se trouvaient à cinq mètres de moi. J'avais acheté le flingue à mon arrivée à L.A. Je préférais me trimballer armée, à l'époque. C'était le seul moyen que je connaissais pour accélérer le temps, plier la réalité à ma volonté. Depuis, Constance m'a enseigné des méthodes plus efficaces et moins douloureuses pour concrétiser les pensées.

J'ai frappé à la grille avec le flingue.

– Hé ho !

Constance et l'autre se sont tournés vers moi.

– T'es qui, toi ? a demandé le type.

– Lâchez-la.

Il m'a regardée et ne l'a pas lâchée. Constance paraissait excédée. Elle a poussé un grand soupir, comme si la situation était trop bête pour dire quoi que ce soit. Ce qui était le cas, évidemment. Ça l'est toujours.

– Remballez vos sales pattes ! ai-je lancé.

Il m'a regardée et n'a pas remballé ses sales pattes.

– Vous croyez que je bluffe ?

J'ai armé le pistolet.

– Ça fera trois. Trois morts.

Il a maintenu sa prise.

– C'est chaque fois plus facile, ai-je dit.

Ce n'était pas vrai.

– Je crois que je commence à aimer ça.

Un autre homme est sorti de la maison. Soit il était jeune, soit c'était simplement un de ces types dont le visage ne mûrit jamais. Il était mince et ses cheveux blonds lui tombaient jusqu'aux épaules. Il avait une tête de gigolo.

J'ai continué à viser le gus en chemise noire.

— Je ne penserai plus jamais à vous, ai-je dit. À l'un ni à l'autre.

Je pensais tout le temps aux deux hommes que j'avais abattus. J'en rêvais la nuit. J'avais l'impression que depuis que je les avais descendus, ils s'étaient insinués sous ma peau et installés avec moi. Le soir, je me défonçais pour essayer de leur échapper, mais ça ne marchait jamais complètement. Certains jours étaient comme un cauchemar dont je n'arrivais pas à me réveiller. Je ne comprenais pas, à l'époque, qu'en les tuant, je m'étais liée à eux pour la vie. Celle-ci et d'autres à venir.

J'ai croisé le regard du blond.

— Je vais vous buter et vous oublier et tout le monde vous oubliera aussi. Personne ne se souviendra de vous. Ce sera comme si vous n'aviez jamais existé.

Je pensais que si je les supprimais, je devrais me supprimer aussi, parce que je ne pourrais pas vivre avec un seul mort de plus. Derrière le blondinet, un lama a tendu le cou pour brouter au sommet d'une haie. Peut-être que c'était un alpaga.

— Va-t'en, Allie, lui a gentiment soufflé le blond. Allez, file.

Je me suis dit que j'essaierais de ne pas toucher le lama, mais sans rien me promettre. Je visais toujours la chemise noire. Constance a levé les yeux au ciel comme devant un mauvais film. Tout à coup, j'ai remarqué qu'au-delà des haies, derrière le blond, il y avait une Rolls Royce, vide.

J'ai tiré une balle dans le pare-brise et aussitôt repointé mon arme sur la chemise noire. Tout le monde sauf moi a eu un petit sursaut quand le coup est parti et que la vitre a explosé. Le lama a déguerpi au galop. Les éclats de verre miroitaient au soleil, aveuglants.

– Il n'y aura même pas d'enterrement, ai-je repris. Parce qu'on ne retrouvera pas vos corps. Et dans quelques années, personne ne se souviendra de vous. À part nous. Vous serez notre bonne blague. L'histoire dont on rigole quand on est un peu pompettes. La fois où on a buté deux connards à Vegas.

Le blond a regardé la chemise noire.

– Lâche-la, lui a-t-il ordonné.

Il s'est approché de la palissade, a appuyé sur un truc que je ne voyais pas et la grille s'est ouverte. Le type en chemise noire a lâché Constance et l'a poussée vers moi. Elle a traversé le portail dare-dare et continué jusqu'à la voiture. Quand elle y est arrivée, j'ai vu ses mains tremblantes et son visage couvert de sueur, alors seulement j'ai compris qu'elle avait craint pour sa vie.

Je savais déjà que je pourrais tuer pour Constance. Je pourrais carboniser la terre entière si elle me le demandait.

J'ai arqué un sourcil à son intention et elle a hoché la tête. J'ai visé et tiré dans le bras du type en chemise noire. Il a poussé un cri et s'est laissé tomber à genoux. Son biceps pissait le sang.

Il s'est remis à hurler. Il s'en remettrait.

J'ai pointé mon flingue sur le blond.

– Non, m'a arrêtée Constance avec douceur. On a besoin de lui.

Elle a grimpé dans la Jaguar et claqué la portière. Sans cesser de viser le blond, je suis montée à mon tour et j'ai passé mon arme à Constance. Elle l'a braquée sur lui à travers le pare-brise et maintenue là pendant qu'on reprenait l'allée en marche arrière.

J'ai reculé jusqu'à la route, puis j'ai mis les bouts en roulant à la vitesse limite mais sans la dépasser, et j'ai pris la première entrée d'autoroute. Une fois au milieu du désert sur la I-15, je me suis arrêtée sur le bas-côté et j'ai vomi dans le soleil brûlant. En pensant au sang qui giclait du bras de ce type, au fait que c'était moi qui avais provoqué ça, je me suis remise à vomir de plus belle et j'ai su que je ne me le pardonnerais jamais. Que je ne me pardonnerais jamais rien. Mais que je l'aurais tué s'il avait fallu. Si Constance me l'avait demandé. J'ai repris le volant et je nous ai ramenées à Los Angeles.

Le lendemain, Constance m'engageait comme assistante et me demandait de la suivre à La Nouvelle-Orléans. J'ai dit oui. La première personne que j'ai rencontrée là-bas, c'est Mick Pendell, l'autre assistant de Constance et déjà détective de mauvaise réputation. On était coincés ensemble, fratrie née dans la même famille insolite.

Trois ans plus tard, Constance était assassinée.

Ceux d'entre nous que Constance a rapprochés ne s'abandonnent jamais, pas complètement. Chaque fois qu'on essayait de s'en aller, on se rappelait nos promesses, la dette qu'on ne pourrait jamais rembourser.

Plus tard, j'ai découvert que le blondinet était Jay Gleason, le dernier élève de Silette, celui aux pattes d'eph et aux cheveux en pagaille, toujours avec sa jolie petite bouille.

Ceux d'entre nous que Silette a rapprochés devaient, à mesure que le Kali Yuga se prolongeait, entretenir des relations plus compliquées.

# 7

Après avoir quitté Lydia au commissariat, je n'ai pas eu de ses nouvelles pendant quelques jours. Entre-temps, j'en ai eu de la sœur de Paul, Emily. Pendant que Lydia s'entretenait avec la police et que je m'entretenais avec Carolyn, Emily m'avait laissé un message sur mon répondeur. Je ne l'avais pas rappelée. Le lendemain, elle a m'a recontactée. Elle venait en ville et voulait me parler.

Tout le monde pense que sa peine est la peine primordiale. Tout le monde croit que sa douleur est première et celle des autres, secondaire. Seulement je n'étais pas encore prête à jouer la Copine Secourable. Je n'étais pas prête à être la putain de bonne samaritaine qui aide à organiser les obsèques. Je n'étais pas d'humeur à être celle qui dit : *Oh, bien sûr, tu étais tellement plus proche de lui* et *Évidemment, c'est tellement plus dur pour toi*. Qu'elle se trouve quelqu'un d'autre pour ça.

Sauf que quand je suis sortie de chez moi, cinq jours après la mort de Paul, une jeune femme m'attendait devant la porte. Elle était blanche, grande et mince et n'avait pas l'air du coin. Elle portait des bottines en cuir marron, un jean et un pull gris.

– Claire ? a-t-elle dit. Claire DeWitt ?

Je n'ai rien répondu. Elle était jolie, ou l'aurait été sans son visage hagard. Elle avait des cernes sous les yeux et ses habits pendouillaient sur sa carcasse – elle avait perdu du poids récemment.

– Je suis la sœur de Paul, a-t-elle repris. Paul Casablancas. Je suis Emily.

– Je suis désolée pour Paul. Sincèrement.

– Je peux te parler ?

– Bien sûr. Je t'écoute.

– Non, a-t-elle fait, l'air au bord des larmes. En fait, je crois que je veux t'engager. Je crois que Paul a été assassiné.

– Il n'y a pas de doute. Je ne sais pas ce que la police t'a raconté, mais…

– Non. Ce que je veux dire, c'est que je crois que Paul a été assassiné par quelqu'un que je connais.

Elle a baissé la voix jusqu'à un murmure.

– Je crois que c'est sa femme. Lydia. Je crois que Lydia a tué Paul.

On est allées dans un resto près de chez moi. L'endroit appartient à une secte. Ils aiment, honorent et suivent une dame appelée la Maîtresse Éclairée qui vit à Shanghai. Elle prône la gentillesse, le végétalisme et la méditation. À part sa dénomination de Maîtresse Éclairée, elle paraît sympa. La secte possède une chaîne de restos végétaliens en Asie ainsi que dans divers quartiers chinois à travers les États-Unis, et propose des cours de méditation gratuits une ou deux fois par semaine.

On nous a installées à une table près de la fenêtre donnant sur Stockton Street. La sœur de Paul, Emily, regardait dans le vide à travers la vitre, raide et tendue. La serveuse est arrivée. J'ai commandé une fricassée de poulet, qui devait donc être du faux poulet. Emily a semblé désorientée, comme si elle avait oublié où on était. Je lui ai conseillé le bœuf aux brocolis. Elle l'a pris.

– Je pense qu'il y a une chose que tu ne sais pas sur nous, a-t-elle commencé une fois la commande terminée. Paul préférait garder ça pour lui. Je ne sais pas, peut-être que toi, il t'en a parlé.

J'ai secoué la tête, même si je savais ce qu'elle allait me dire.

– On est riches, a-t-elle repris. Tu connais les bonbons Casablanca ?

J'ai acquiescé. Casablanca comptait parmi les plus grandes entreprises de confiserie du pays, aux côtés de Mars et Hershey. Je savais que Paul était riche. Il ne m'en avait rien dit. Sauf qu'il ne regardait jamais les prix au restaurant. Quand il donnait sa voiture à réparer, elle ressortait dès le lendemain, parce qu'il la mettait dans le meilleur garage. Il avait sans arrêt de nouvelles chaussures. Et surtout, il ne se plaignait jamais de problèmes d'argent. Seuls les riches ne se plaignent jamais de problèmes d'argent. Même si ça ne prouve rien.

Et puis évidemment, dès qu'on avait commencé à sortir ensemble, j'avais tout appris le concernant, depuis l'état de son compte en banque jusqu'à son tour de tête. J'avais un dossier *Paul* aussi épais que la longueur de mon pouce. Je savais presque tout d'Emily : les revenus de son mari, les contraventions routières de sa fille, sa maison à un million de dollars dans le Connecticut, les excès sur son compte auprès des magasins de luxe Neiman Marcus.

– C'est nous, a-t-elle poursuivi. On est riches. Quand Paul a épousé Lydia, les avocats lui ont conseillé de… faire une petite enquête préalable, d'établir un contrat de mariage. Mais Paul n'a jamais eu cette mentalité-là. Il voulait vivre comme quelqu'un de normal. Il ne parlait jamais de sa fortune, il la dépensait à peine. Et quand il en est venu à se marier, il a voulu faire comme tout le monde. Pas de notaire, pas de contrat. Rien.

Nos plats sont arrivés. Emily a regardé le sien comme si elle ne savait plus ce qu'était la nourriture.

– Goûte, ai-je dit. C'est meilleur que ça en a l'air.

Elle a avalé une bouchée avec hésitation, tel un chat qui teste quelque chose de nouveau, puis elle en a repris encore un peu. Quand ses joues ont été légèrement plus roses, j'ai demandé :

– Pourquoi tu penses que c'est Lydia ?

– Pour l'argent. J'ai tout de suite su que... Enfin bon, elle vient de rien, quoi...

Une expression de culpabilité de gauche a traversé sa figure.

– Ce n'est pas que... Ne vas pas croire...

– Ne t'inquiète pas. Ça ne m'a pas effleurée. Et c'est logique. C'est une hypothèse tout à fait naturelle.

Je ne savais absolument pas si c'était logique ou naturel, je voulais juste la faire parler.

– Mais dis-moi, il s'est passé quelque chose ? Un truc précis ou concret qui te mène à penser que Lydia... ?

Emily a froncé les sourcils.

– Non, rien.

À l'entendre, je n'avais pas posé la question qu'elle espérait.

– Simplement, je ne vois pas pourquoi...

Sa voix s'est éteinte. Évidemment qu'elle ne voyait pas pourquoi. Toute sa vie, Emily avait cru que personne ne l'apprécierait si elle n'avait pas d'argent. Lydia était née avec rien ou moins que rien, mais elle avait sa musique, son intelligence et sa beauté pour s'en sortir. Elle n'avait pas besoin de tuer Paul pour son pognon.

Cent mecs lui en auraient donné sans même qu'elle ait à demander. Il lui aurait suffi de ne pas refuser ce qu'ils lui offraient. En plus, elle et Paul ne menaient pas si grand train que ça. À part leur résidence de la Mission, qui avait coûté pas loin d'un milliard, ils vivaient comme n'importe qui, sauf qu'ils le faisaient sans se soucier du fric.

Évidemment, j'avais moi-même envisagé cette hypothèse. Le conjoint est toujours le premier suspect, et pour cause. Sauf que ça ne tenait pas debout. Ça n'avait aucun sens. Lydia n'avait rien à y gagner. Si elle avait voulu quitter Paul – ce que je ne pensais pas –, il lui aurait accordé le divorce et plein de thunes avec.

Paul ne m'avait pas dit grand bien de sa sœur. Il l'avait mentionnée quelques fois : elle vivait dans « sa baraque à la con dans le Connecticut ». Elle était mariée à « une espèce d'enfoiré qui bosse chez Goldman Sachs ». Paul pouvait se montrer un peu vachard quand on touchait la corde sensible. Comme la plupart des gens, il n'était pas spécialement fier de son milieu d'origine. Plein de banquiers d'affaires et de galas de bienfaisance, plein de femmes aux cheveux méchés et aux dents parfaites. D'écoles privées et d'universités renommées. Le ghetto des riches, fermé et borné.

J'ai dit à Emily que j'allais y réfléchir. Et sans le lui balancer direct, je lui ai laissé entendre que tout paraît toujours atroce après la mort d'un proche et qu'il est naturel de chercher des réponses faciles, mais que ces réponses sont le plus souvent fausses. Je lui ai aussi expliqué que je me chargeais de l'affaire de toute façon. Elle n'avait ni à me payer ni à essayer de me convaincre. Paul était un ami, un ami auquel je tenais beaucoup, et j'allais découvrir qui l'avait tué.

Je lui ai aussi dit que je ne pensais pas que c'était Lydia. Au-dessus du comptoir au fond du restaurant, une chaîne appelée Maîtressé Éclairée TV passait en boucle des images de la Maîtresse Éclairée s'adressant aux foules à travers le monde. Elle avait les cheveux décolorés et portait un tailleur qui ne ressemblait à rien. Le son était coupé et des sous-titres dans une douzaine de langues défilaient au bas de l'écran. *La vérité est à votre disposition. La vie, c'est le bonheur, et le bonheur, c'est le don de soi.*

– Tu vois ce qui se passe, quand un enfant meurt, par exemple ? ai-je repris. Mettons, en tombant dans une piscine ou un truc comme ça. Le lendemain, on nous vote des lois pour interdire les piscines, exiger des barrières, des maîtres-nageurs ou je ne sais quoi. Et au final, on n'est pas plus en sécurité qu'avant. Tu vois ce que je veux dire ?

Emily m'a regardée, les yeux bouffis à force de refouler ses larmes.

– Je crois que Lydia a tué Paul, a-t-elle répondu. Je crois que Lydia a tué mon frère pour son argent et je…

Elle a éclaté en sanglots et n'a pas pu continuer. Je me suis remise à manger et je n'ai pas pensé à Paul, pas pensé à la raison pour laquelle Emily pleurait. Mon esprit a fermé ses portes et bloqué tout ça dehors.

Au final, Emily est partie, toujours en larmes. Je l'ai regardée par la fenêtre, qui pleurait sur Stockton Street, perdue et brisée, sans que personne ne s'arrête pour lui venir en aide. San Francisco n'est pas si grand, mais les gens aiment bien faire comme s'ils étaient dans une mégapole, ici, sans une minute pour l'empathie. Les parents d'Emily et Paul étaient morts depuis longtemps. Paul était la seule famille qu'il lui restait.

Je me suis repenchée sur mon faux poulet et je l'ai avalé avec un appétit bien imité.

Après le repas, j'ai mangé mon fortune cookie et lu la prédiction qu'il contenait.

*Vous êtes au début d'une grande aventure,* disait-elle. *Le chemin sera difficile, mais le monde est de votre côté. N'abandonnez jamais.*

## 8

En fin de journée, je suis passée au cabinet de Nick Chang pour un check-up. Il me tarabustait depuis un moment, comme le dentiste qui vous envoie ses petites cartes pour vous rappeler d'aller le consulter. Sauf que j'habitais à deux pas de chez Nick, si bien qu'à chaque fois que je passais devant sa porte, il y avait toujours un apprenti, un préparateur ou je ne sais quel grade au-dessus pour sortir et me lancer dans un anglais à couper au couteau : « Dr Chang veut voir vous maintenant ! Aujourd'hui ! » Un genre de carte du dentiste version humaine, quoi.

Chang père était devenu le médecin de Constance du jour où ils s'étaient rencontrés à Los Angeles, des années avant ma naissance. Il avait transmis son savoir à Nick et maintenant Nick me soignait. La famille Chang pratiquait l'acupuncture et la phytothérapie chinoises traditionnelles, entre autres choses – dont ils me parlaient pour certaines, et pour d'autres pas.

Les Chang possédaient un vieil immeuble d'habitation comme le mien. Le leur se trouvait sur Waverly Place, une voie hybride entre la rue et l'allée tranquille, qui s'étend sur deux pâtés de maisons, ensoleillée et lumineuse les beaux jours. Ils habitaient les étages, chaque génération dans son propre appartement, et exerçaient au rez-de-chaussée. Leur officine ressemblait à toutes les boutiques de Chinatown : un grand meuble d'herboriste en bois ; des rayonnages poussiéreux de médicaments sur ordonnance ; toujours au moins quelques personnes en train d'attendre leur prescription, une consultation ou simplement de humer la bonne odeur de la pharmacopée chinoise.

Je suis entrée et une des préparatrices tenait le comptoir. Celle-là, je la connaissais. Mei. Elle était avec Nick depuis longtemps et je supposais qu'un jour, ils se marieraient. C'était une fille chouette, intelligente, gentille et compétente. Nick approchait de la cinquantaine maintenant, il avait une dizaine d'années de plus que moi. Il arrivait à cet âge que même les hommes comme lui – ceux qui aiment les femmes et le sexe et ne veulent pas arrêter de tomber amoureux – semblent toujours finir par atteindre à un moment, l'âge où l'idée de se poser avec une seule femme commence à les attirer. Il y en avait une qui était sortie du lot. Carrie. Je l'avais croisée quelques fois. Elle était d'origine chinoise mais sa famille vivait à San Francisco depuis toujours. Pour eux, pas question de mettre les pieds à Chinatown. Aux yeux de Carrie, North Beach, qui se trouvait juste à côté, c'était les bas-fonds. Nick et elle avaient eu un fils ensemble mais ça n'avait jamais marché, et assez vite Carrie avait épousé un riche homme d'affaires de son quartier. Je subodorais que Nick l'aimait encore. Le petit avait dix ans maintenant, et dès que sa mère avait le dos tourné, il sautait dans le bus de Nob Hill pour Chinatown. J'étais à fond de son côté.

Mei portait une jolie petite robe noire, un peu trop de maquillage et de gros godillots genre sabots comme en mettent les serveuses. Elle se tenait debout derrière le comptoir, le menton entre les mains. Elle ne donnait jamais l'impression de bosser mais je m'étais laissé dire que c'était un génie.

– Salut, Claire.

Elle était née ici et parlait mieux l'anglais que le chinois.

– Nick veut te voir.

– J'ai cru comprendre, oui.

– J'ai appris pour ton ami, je suis désolée. On peut faire quelque chose ?

– Non, non. Merci. Comment tu vas ?

– Bien. Longue journée.

– Nick en a pour longtemps ?

– Un peu. Il est avec Henry.

C'était son fils.

– Rends-moi service, ai-je dit.

– Oui ?

– Passe-moi la burette d'huile qui est sous la caisse.

Mei a souri, a attrapé la burette et me l'a tendue. La porte grinçait atrocement, et j'étais sûre que le massicot dont ils se servaient pour confectionner leurs sachets d'herbes aussi. Je l'ai testé : j'avais raison. Un Chang n'allait tout de même pas se salir les mains. J'étais un peu leur factotum. J'ai graissé le massicot puis j'ai grimpé sur une chaise pour traiter les gonds de la porte. L'officine en avait besoin d'une nouvelle, mieux sécurisée, mais elle ne l'aurait jamais si je ne m'en chargeais pas. Je me suis dit qu'un samedi, je pourrais au moins venir remettre celle-ci d'équerre.

Mei est passée dans l'arrière-boutique et a appelé Chang Père en chinois.

– Claire est là. Elle vient de graisser la porte. Venez la remercier.

Le vieil homme est arrivé en souriant. Il traînait des pieds et marchait à un pas à l'heure. Il était plus vieux que vieux. Je n'avais jamais vu personne sourire autant.

— Claire DeWitt, a-t-il lancé en chinois. Toujours un plaisir. J'ai rêvé de Constance la nuit dernière.

— Qu'est-ce qu'elle disait ?

Mon cœur s'est un peu emballé : j'espérais un message secret, un peu d'affection, peut-être la solution à l'Affaire du Kali Yuga.

— Le coquelicot ! a-t-il répondu. J'aide Mei à soigner une dame qui souffre de tuberculose. Constance m'a conseillé d'essayer le coquelicot.

Il s'est remis à rire, puis il s'est arrêté d'un coup et m'a regardée. Vraiment regardée, comme seul un médecin chinois sait le faire.

— Qu'est-ce qui s'est passé ? a-t-il demandé.

Il ne souriait plus à présent.

J'ai détourné les yeux.

— Un décès. Mais je vais bien.

Il a secoué la tête et m'a adressé le regard qu'on reçoit des gens qui nous plaignent.

Nick est sorti avec son fils à ses côtés.

— Salut, Nick, ai-je fait. Coucou, bonhomme.

Nick a souri.

— Dis bonjour à Claire, a-t-il dit à Henry.

Mais Henry était timide et, effarouché, il a tourné la tête vers son père. Tout le monde a éclaté de rire.

Mei a proposé de raccompagner Henry et Nick m'a fait entrer dans son cabinet. Je me suis assise sur la table d'examen et il a commencé par me prendre le pouls.

— Qui est-ce qui est mort ?

— Un mec.

Je n'avais plus envie d'en parler. Nick a compris, il a changé de sujet.

— Ton foie est toujours surchauffé. Tu prends bien tes herbes ?

– Non. Elles puent. Et elles me mettent un peu à l'ouest.

– Bien sûr. Parce que tu détestes te mettre à l'ouest. Lève les yeux.

J'ai levé les yeux et il les a examinés. Après, il a observé ma langue.

– Qu'est-ce qui se passe ? a-t-il dit. Tes poumons sont viciés, ton foie ne s'arrange pas et ton cœur est faible.

– Il ne se passe rien. Je vais prendre tes herbes.

Il m'a de nouveau regardée.

– Tu ne veux vraiment pas en parler ?

– Il n'y a rien à dire. Un mec est mort. C'est une nouvelle affaire.

Nick a arqué un sourcil.

– Quand tu voudras en discuter, je suis là.

Il m'a prescrit de nouvelles plantes qu'un autre stagiaire m'a préparées au comptoir, des feuilles, des brindilles et des coquillages que j'étais censée faire bouillir en infusion. Si j'avais eu un peu de jugeote, j'aurais épousé Nick. On avait eu une petite histoire après Carrie. J'aurais laissé tomber les enquêtes pour me reconvertir en herboriste. Mais bon, si j'avais eu un peu de jugeote, il y en a des choses que j'aurais faites autrement.

Le monde ne m'avait pas embauchée pour avoir de la jugeote et être heureuse. Il m'avait embauchée pour être détective et élucider des mystères.

# 9

Paul ne tenait pas en place, il était toujours en train de tambouriner du bout des doigts, de balancer la tête, de se lever ou de s'asseoir. Ce n'était pas de l'anxiété, juste un petit peu trop d'énergie pour les limites imposées par son corps. Il paraissait en paix avec lui-même, parvenu à une sorte de trêve avec ses démons, un équilibre qui me semblait rare et durement acquis. Il s'était enraciné ici et maintenant ; s'était engagé à habiter ce corps, cette vie, avec ses démons et tout le reste.

La troisième ou quatrième fois qu'on est sortis ensemble, on s'est retrouvés pour un café dans un bar de Valencia Street.

– Ils prennent leur caoua bien trop au sérieux ici, a commenté Paul, et c'était vrai, il y avait des tartines à lire avant de pouvoir commander.

Il a récupéré nos cafés trop sérieux au comptoir et nous a trouvé une table. Je suis sortie pour prendre un appel – toujours un appel, toujours une affaire – et quand je suis revenue, j'ai senti son regard sur moi pendant que je traversais la salle bondée pour le rejoindre, un regard qui m'a donné le sentiment d'être quelqu'un d'autre. Quelqu'un de meilleur.

– Je pourrais contempler ça toute la journée, a-t-il dit quand je me suis assise, comme s'il le pensait vraiment.

Et puis il a ajouté : « Salut, toi », il s'est penché et il m'a embrassée – ce n'était pas la première fois, mais ça m'a quand même fait quelque chose. Un truc que je ne me rappelais pas avoir éprouvé auparavant, en tout cas pas depuis une éternité. Comme si une porte venait de s'ouvrir après être restée si longtemps fermée que j'en avais oublié sa présence, et ce qu'elle cachait était plus lumineux et moins tourmenté que ce que j'étais devenue.

Ce n'était qu'un baiser, et une minute plus tard on était revenus à nos cafés.

– Tu souris, a-t-il dit.

Il avait dit ça d'un air un peu timide et j'ai considéré ma tasse en me demandant si on ne rougissait pas un peu tous les deux. J'ai pensé, mais sans l'énoncer : *Parce que tu me donnes le sourire.*

Et puis d'un coup, je me suis sentie tendue et le moment a viré sombre et menaçant, comme quand les nuages se sont amoncelés et que la lumière change juste avant l'orage. Comme au cinéma, quand on voit un couple heureux et plein de vie mais qu'on sait, on le savait déjà en achetant notre place : ce n'est pas une histoire d'amour. C'est une histoire de meurtre.

## 10

Lydia a fait inhumer Paul en privé, cérémonie réservée à la famille. Elle ne se sentait pas capable d'assumer une foule, ce qui se comprenait. L'enterrement s'est tenu dans un cimetière du comté de Sonoma, près de la Bohemian Highway, où Paul possédait une maison et avait passé une grande partie de son enfance. Il était décédé depuis une semaine. En même temps que les funérailles privées, une commémoration publique avait lieu à Delores Park. Le meurtre de Paul avait fait grand bruit dans le voisinage. Paul était très apprécié. Depuis sa disparition, des secrets s'étaient fait jour : il avait offert une somme substantielle au collectif artistique qui organisait le défilé du jour des Morts ; il avait donné plus encore à un programme d'aide sociale visant à insérer les jeunes dans la forte culture mexico-américaine de la Mission. Paul affichait publiquement son attachement à l'identité mexico-missiono-san franciscaine du quartier. Il ne voulait surtout pas le changer, surtout pas qu'un Starbucks ou un Pinkberries vienne remplacer les *taquerías* et les *botánicas*.

Je ne sais pas qui avait orchestré ce rassemblement à sa mémoire. Peut-être personne ; peut-être que ça s'était fait tout seul. Après coup, impossible de me rappeler comment j'en avais eu vent, comment j'avais su que je devais me rendre à Delores Park ce jour-là.

Une centaine d'individus étaient déjà rassemblés, qui grouillaient dans le parc. D'autres composaient une espèce d'autel autour du grand chêne vert séculaire, auquel ils suspendaient des photos, des CD, des vinyles de Paul et même des instruments de musique. Quelqu'un y a ajouté une poignée de petits squelettes mexicains en sucre, un autre des dizaines de talons de billets de ses concerts. Il y avait beaucoup de musiciens, naturellement, et bientôt ils ont commencé à jouer. Tout le monde connaissait *Danny Boy* et *Auld Lang Syne*, *When the Saints Go Marching In* et *Will the Circle Be Unbroken*.

Des gens se sont mis à pleurer, certains se sont littéralement effondrés. J'ai vu le bassiste de Paul, Phil, éclater en sanglots. Maryanne, sa batteuse, se tenait seule dans la foule amassée autour de l'autel, les mains sur les hanches, secouant la tête d'un air furieux. Quelqu'un a essayé de la prendre dans ses bras et elle l'a repoussé.

Anthony Gides, un critique musical qui adorait Paul, a fait taire la musique, s'est posté devant le grand chêne et a pris la parole. Il a parlé de la musique de Paul, de son rôle de mentor auprès d'autres groupes, de son exploration de la guitare manouche, de sa passion pour les percussions haïtiennes et les *claves* cubaines. Il a dit combien le monde de la musique serait vide sans lui, combien...

À ce moment-là, le groupe a recommencé à jouer, se lançant bille en tête dans *Brother, Can You Spare a Dime*. L'assistance, qui atteignait désormais plusieurs centaines de personnes, a applaudi. Nancy O'Brien, une claviériste qui jouait parfois avec Paul, est venue me serrer dans ses bras. Elle avait l'air épuisée et on n'a pas parlé. Josh Rule, un autre guitariste ami de Paul, est venu m'étreindre à son tour.

— Tu sais qu'il était raide dingue de toi, a-t-il dit.

J'ai haussé les épaules. Maintenant qu'il n'était plus là, ça devait donner l'impression qu'il adorait tout le monde. La mort efface les complications.

— Je me casse, a lâché Josh. C'est trop zarb, tout ça.
— Moi aussi.

On est sortis du parc et on a descendu la colline. La foule se comptait par centaines à présent. Bientôt, quelqu'un ferait une connerie, quelqu'un d'autre appellerait les flics et ça finirait dans les journaux du lendemain.

— C'est vraiment dégueulasse, a dit Josh. J'arrive pas à croire que ni toi ni moi, on ait été invités aux obsèques.

Je lui ai répondu que ça ne me dérangeait pas. La famille, c'est la famille.

— La famille ? s'est-il écrié. C'était nous, sa famille, bordel. C'était nous !

Je n'ai pas argumenté. Je l'ai ramené chez lui à Albany, juste au-dessus de Berkeley. Quand on est arrivés, il m'a proposé d'entrer boire un verre et j'ai accepté. Tout le monde a besoin de s'envoyer en l'air après un enterrement. La baise était bien, après on s'est fait livrer des plats népalais pas mal du tout et on s'est endormis devant des rediffusions de *Naked City* à la télé. Je me suis tirée aussi vite que j'ai pu le lendemain, laissant Josh à poil, endormi et seul.

Josh était un dormeur gentil, silencieux, un mec qui ferait un bon époux pour quelqu'un, un jour. Mais pendant que je me rhabillais, que j'accrochais mon soutif dans mon dos au milieu de la chambre feutrée, j'ai senti le soleil froid de l'hiver dans mes yeux, un frisson le long de mon échine, un déferlement de honte dans mon plexus solaire et j'ai su : cette affaire allait être coton.

# 11

– Salut. C'est Claire.

En quittant Josh, j'ai avalé deux Valium fauchés dans sa salle de bains et j'ai roulé dans la ville. Même avec le doux engourdissement du diazépam, je sentais un truc malsain et douloureux au croisement de ma poitrine et de mon ventre. Arrivée chez moi, j'ai pris un cachet d'oxycodone dans la réserve d'antalgiques que j'avais engrangée pour les jours de souffrance réelle et je l'ai réduit en poudre à l'aide d'un manche de couteau sur une planche à découper dans le coin cuisine. J'en ai sniffé la moitié et je me suis sentie un peu mieux, ou du moins j'ai eu l'impression qu'il y avait peut-être un remède à mon tourment. J'ai appelé Andray.

– Je me demandais juste si tu allais bien. Si tu étais occupé, si tu avais du boulot, que sais-je. Si tu avais besoin de quelque chose. Enfin, tu vois, quoi.

J'avais connu Andray à La Nouvelle-Orléans sur l'Affaire du Perroquet vert. Andray était un détective-né, comme Tracy et Constance. Contrairement à elles, il était en vie. Tout juste, mais en vie. Il aurait pu bosser pour n'importe quel détective au monde. Même pour la crème de la crème. Au lieu de ça, il se noyait à La Nouvelle-Orléans, à refourguer de la came et des armes et à se défoncer. Il s'était ramassé au moins une balle depuis la dernière fois que je l'avais vu.

Moi, j'avais eu Constance, sobre, avisée, mais aussi aimante et pure à sa manière, pour me guider hors de l'eau. Andray, lui, il avait moi, Claire DeWitt, qui, toute meilleure détective du monde qu'elle soit, était en ce moment même en train de sniffer un antalgique écrasé sur le comptoir de sa cuisine.

J'ai raccroché. Andray ne m'a pas rappelée. Le malaise, qui s'était atténué une minute, est revenu. Je ne le sentais pas près de s'en aller.

« Toutes ces gamines disparues, avait écrit Silette, vieux et aigri, dans une lettre à Constance, et la seule que je n'arrive pas à retrouver, c'est ma propre fille. Si c'était un roman policier, il serait trop con pour que je le lise. »

« Comme me l'a dit un jour un homme plein de sagesse, avait répondu Constance, des solutions sont toujours possibles, et les limites de la vérité vont bien au-delà des limites de la compréhension humaine. »

« Assez de mes foutues platitudes, avait-il envoyé en retour. Considère tout ce que j'ai pu dire comme un mensonge, une erreur. J'avais tort et j'en regrette jusqu'au dernier mot. La seule chose réelle, c'est la douleur. »

Je me suis endormie devant *Arabesque*. Personne ne connaissait le passé anglais de Jessica Fletcher en tant que femme de chambre perfide de George Cukor.

À mon réveil, Tracy était assise au bord de mon lit. Elle était de nouveau jeune, quinze ans, mais empreinte d'un air pénétrant qu'on n'attrape pas avant la trentaine ou la quarantaine. Elle se tenait à son aise, comme une femme, pas comme une enfant.

– Les choses que tu ignores, a-t-elle dit, pourraient remplir l'océan.

J'ai jeté un coup d'œil par terre. Mon appartement avait pris l'eau pendant la nuit. Des rigoles noires ruisselaient sur mon plancher pour se réunir en un océan.

L'océan montait.

– Les choses que tu ne vois pas, a dit Tracy avec son fort accent de Brooklyn, pourraient illuminer tout le firmament.

J'ai levé la tête. Le ciel au-dessus de moi était couvert d'étoiles, toutes scintillantes d'or et de blanc. Elles se sont mises à tourbillonner pour former de nouvelles constellations : le Perroquet, la Clef, le Pistolet, la Bague. Puis elles se sont réagencées en un mur d'albâtre.

On était dans le métro, plafond d'acier au-dessus de nous. Les constellations étaient maintenant des graffitis : un couteau, une bombe de peinture, un pigeon.

Les parois se tapissaient de mots. Des mots par milliers. *Océan, tempête, botte, poignard, mission, Nevada…*

Tracy était assise en face de moi. On se trouvait dans l'ancienne ligne RR du début des années 1980. Prochaine station : Atlantic Avenue, correspondance pour…

– Et avec les mots que tu as oubliés, a-t-elle dit, tu aurais déjà pu résoudre tout ce putain de mystère.

Elle a tiré un marqueur de sa poche et a écrit de nouveaux mots sur le mur. *Vérité. Clef. Oiseau. Bague.*

– Lequel, de mystère ? ai-je demandé.

– Tous. Rappelle-toi. L'Affaire de la Fin du monde.

Elle a claqué dans ses doigts et j'ai bondi dans mon lit, réveillée.

# 12

*Brooklyn*
*7 janvier 1986*

– Elle a pris ses clefs ?

On était en 1986. Chloe et Reena étaient des copines de Tracy. Elles avaient quelques années de plus que nous : Chloe, 18 ans et Reena, 19. Reena travaillait dans une friperie de la 7ᵉ Rue. Chloe bossait pour un jeune cinéaste dénommé Ace Apocalypse. Il la payait au lance-pierre, mais elle adorait son boulot. Elle aussi voulait réaliser des films, un jour. Enfin, c'est ce qu'elle disait.

Chloe et Reena partageaient un appartement sur la 5ᵉ Rue, au niveau de l'Avenue A. Tracy les connaissait depuis un an, elle les avait rencontrées un soir au bar Chez Sophie, juste à côté de chez elles – le même où on était maintenant assises autour d'une bière tiède. Chloe et Reena aimaient bien Tracy, elles la traitaient comme une petite sœur : Reena lui faisait un prix dans sa boutique ; Chloe l'invitait dans des clubs, à des vernissages et des soirées happening à travers Alphabet City et Brooklyn.

Tracy, Kelly et moi, on était détectives. Si on en croyait Silette, on l'avait toujours été, bien sûr, mais on n'en avait pris conscience que quelques années plus tôt. Depuis, on passait notre temps à résoudre des mystères. On avait démarré dans notre quartier de Brooklyn, puis, à mesure que notre réputation grandissait, on avait pris des enquêtes dans toute la ville. Qui avait fourré les réponses de l'interro de mardi dans le casier de Dori pour la compromettre ? Qui avait piqué l'herbe de Jamal ? Qui était le vrai père de Janelle ? Pour de jeunes détectives, Brooklyn offrait une mine d'affaires, seulement les solutions étaient rares et troublantes.

C'était Chloe qui avait disparu. Avec ses clefs.

Tracy avait reçu l'appel un lundi soir, tard. On était début janvier, après les fêtes mais avant la reprise des cours. Le lendemain après-midi, Tracy, Kelly et moi, on est allées retrouver Reena et Alex, son copain, au café. Reena et Alex avaient l'air crevés et dans le pâté, les cheveux sales et les yeux cernés. Leurs mains tremblaient et ils fumaient clope sur clope. L'heure des alcools forts était passée : ils sirotaient chacun une grande chope de bière pression. Reena portait un manteau en simili léopard à large col dans lequel elle était chaudement emmitouflée. Des guirlandes lumineuses de Noël clignotaient encore au-dessus du bar.

Alex et Reena n'avaient pas vu Chloe depuis le jeudi précédent. Ce soir-là, ils étaient restés chez eux devant la télé. « On a des côtés vieux couple », a précisé Reena, un peu gênée. Chloe était rentrée vers minuit. Ace Apocalypse, le réalisateur avec qui elle travaillait, tournait un documentaire sur le groupe Vanishing Center. Le film s'intitulait *La Fin du monde*. Chloe et Reena avaient échangé quelques mots, puis Chloe était allée se coucher. Quelques minutes plus tard, Alex était rentré chez lui. Il devait se lever tôt le lendemain – il bossait dans le bâtiment – et Reena voulait faire la grasse matinée, c'était son jour de congé. Le téléphone l'avait réveillée à 11 h du matin.

C'était Ace Apocalypse. Il se demandait ce que fichait Chloe. Elle ne s'était pas présentée sur le tournage. Reena était allée dans sa chambre avec l'intention de la réveiller. Chloe n'était pas là.

Reena s'était un peu inquiétée, mais sans plus, nous a-t-elle expliqué.

– C'est vrai, quoi, ça peut arriver, a-t-elle dit dans un nuage de fumée de Camel. Elle avait peut-être décidé de se faire porter pâle ou de se débiner pour se payer une journée sympa. Et puis Ace, il est complètement à la masse. Siphonné jusqu'au trognon, le mec. Alors il avait très bien pu se planter de jour ou d'heure ou de lieu, et Chloe était en train de l'attendre au fin fond de Queens ou je ne sais où. En plus, quand on s'était croisées, elle ne m'avait pas dit qu'elle allait bosser le lendemain. Je l'avais simplement supposé. Alors bon. Pas de quoi en faire un plat.

– Sauf que le vendredi soir, on ne l'a pas vue non plus, a dit Alex.

Il paraissait aussi inquiet que Reena. J'ai pris une note dans mon carnet (*Alex : bon petit ami*).

– Alors là, on a commencé à trouver ça un peu bizarre. On a appelé Ben...

– C'est son ex, a précisé Reena. Vous le connaissez ? Il est barman au Horseshoe, au coin de la 7$^e$ et de l'Avenue B.

J'ai hoché la tête.

– Un peu, a dit Kelly. Continue.

*Ben, Horseshoe Bar*, ai-je noté. *Ex-petit ami.*

— Bon. Donc, ils sont sortis ensemble. À ma connaissance, ça faisait un bail qu'ils ne s'étaient pas vus, mais je me suis dit que ça valait quand même le coup d'essayer.

Les trois détectives qu'on était ont hoché la tête avec approbation. Ça valait totalement le coup d'essayer.

— Il n'avait pas de nouvelles depuis une éternité, a poursuivi Reena. Et bon, okay, on était inquiets, mais on ne voulait pas dramatiser non plus. On est tous adultes, non ? C'est pas comme si elle avait une heure limite pour rentrer ni rien. On n'est pas ses parents. Et puis là-dessus, dimanche soir, sa copine Rain a laissé un long message super énervé sur le répondeur. Chloe avait rendez-vous avec elle, elles s'étaient organisé une super soirée, resto puis ciné au Theatre 80.

— Pour voir quoi ? ai-je demandé.

Reena m'a regardée.

— Hein ? Mais qu'est-ce que ça peut faire ?

— Tout est important, lui a assuré Tracy.

*Theatre 80*, ai-je griffonné. *Dimanche, séance du soir.*

Reena a haussé les épaules.

— Aucune idée, a-t-elle répondu. Elles ne s'étaient pas vues depuis longtemps et comme elles n'avaient pas de mecs, elles avaient décidé d'en profiter. J'ai rappelé Rain pour en savoir plus. Elles devaient se retrouver à six heures et demie chez Dojo pour dîner, aller au cinéma à huit heures et probablement sortir ensuite. Sauf que Chloe n'était pas venue, elle ne l'avait pas appelée, rien.

— Quand est-ce qu'elles avaient prévu tout ça ? ai-je demandé.

— Je sais pas. Je lui ai pas posé la question.

— C'est pas son genre, a dit Alex. Vraiment, mais alors vraiment pas son genre.

– Voilà, a enchaîné Reena. On n'a absolument rien trouvé. On ne veut pas aller voir les flics…

– Mais on le fera, si vous pensez qu'on devrait.

– Oui. Mais on ne préférerait pas.

Il ne fallait pas compter sur la police pour nous aider, et en plus, on était toutes constamment en train de commettre au moins un ou deux délits – en ce moment même, fumer et boire de l'alcool en dessous de l'âge légal.

– Après ma conversation avec Rain, a poursuivi Reena, on a décidé d'attendre encore une journée avant de paniquer. Et du coup, lundi, ben… on a paniqué, a-t-elle lancé avec un petit rire. Alors comme on sait que vous êtes à fond dans ce truc de détectives, là, avec votre bouquin ou je ne sais quoi, on s'est dit…

– On peut le faire, a tranché Tracy, la petite pro en minirobe orange rétro, Dr. Martens et manteau de cuir noir deux fois trop grand. On peut la retrouver. Et puisque c'est une amie, ça ne vous coûtera rien. À part…

Elle m'a jeté rapide un coup d'œil avant de continuer.

– Je trouve que Claire et Kelly devraient bénéficier du tarif employés à la boutique. Elles ont accepté sans broncher de payer le prix fort alors que nous, on paye que dalle. Et elles sont fauchées comme les blés. Y a pas de raison.

– Je peux plus appliquer le tarif employés. À personne. Ils l'ont supprimé. Mais je peux vous proposer 20 % de remise. En plus de toute ma gratitude.

Tracy m'a regardée. J'ai acquiescé. On a regardé Kelly. Elle était d'accord. On s'est tournées vers Reena.

Marché conclu.

On allait retrouver Chloe.

– La dernière fois que vous l'avez vue, jeudi soir, a repris Tracy. Revoyons tout ça en détail.

Reena s'est mordu la lèvre.

— Eh ben, Alex et moi, on regardait la télé, et...

— Vous regardiez quoi ? l'a coupée Kelly.

Reena a regardé Alex.

— *Simon et Simon*, a-t-il répondu.

— Donc, on regardait la télé, on fumait un joint et je crois que je mangeais des céréales...

— Des Lucky Charms, a lancé Alex.

Il commençait à prendre le pli.

— Chloe est rentrée, on a échangé des : *Salut, ça va ?* Normal, quoi. Elle avait l'air un peu, euh, peut-être un peu paf. Elle avait les yeux rouges et... c'est quoi, le mot, déjà ? Vitreux. Elle avait les yeux vitreux.

*Yeux vitreux*, ai-je noté. *Lucky Charms*.

— Bref, elle s'est servi un bol de céréales et elle s'est installée avec nous devant la télé pendant quelques minutes. Et puis d'un coup, elle s'est levée et elle a dit... C'était quoi, Alex ?

— *Ras-le-bol de ces conneries*, a-t-il cité. Elle a dit : *Ras-le-bol de ces conneries, j'en peux plus*, et elle est allée se coucher. Du moins, c'est ce qu'on a cru.

— Je pensais qu'elle parlait de la série télé, a ajouté Reena. Mais maintenant...

Elle a fermé les yeux et froncé les sourcils.

— Je sais plus. Tout ce que je veux, c'est la retrouver. Je veux vraiment, vraiment la retrouver.

Une sorte de frémissement, de tremblement, pas loin des larmes, l'a traversée. Elle l'a ravalé.

— Elle a pris ses clefs ? a demandé Tracy.

*Clefs*, ai-je noté. C'était une bonne question.

— Euh, je... Oui. Elle les a. Je m'en suis rendu compte quand j'ai fouillé dans ses affaires. Son trousseau n'y était pas.

À côté de *clefs*, j'ai inscrit : *emportées*. Tracy a jeté un coup d'œil dans mon carnet. Elle m'a pris le stylo et a écrit : *Partie, pas enlevée*. J'ai mis un moment avant de comprendre que le sujet était Chloe.

J'ai relu mes notes et me suis arrêtée sur *Lucky Charms*. J'y ai ajouté ce dont je me souvenais par la publicité. *Cœurs roses. Étoiles orange. Lunes jaunes. Trèfles verts. Diamants bleus. Fers à cheval violets.*

On s'est donné rendez-vous plus tard – Reena avait une réunion du personnel à la friperie, Alex allait je ne sais où. Kelly, Tracy et moi, on est restées au bar et on a commandé une nouvelle tournée de bière à un dollar le verre.

Kelly et moi, on s'est tournées vers Tracy. C'était elle qui connaissait le mieux Chloe.

– Tu crois qu'elle aurait pu se... ai-je demandé.
– Je sais pas. Enfin...

Elle a froncé les sourcils.

– On va partir du principe que non, a-t-elle décrété. On va partir du principe qu'elle est vivante et qu'elle est là, quelque part, jusqu'à preuve du contraire. Okay ?

Kelly et moi, on a hoché la tête. On était d'accord.

Kelly s'est levée :

– Faut que j'y aille. Jonah a un concert ce soir.

Jonah... Avec Tracy, on a dû lever les yeux au ciel parce que Kelly a enchaîné :

– C'est ça, en fait vous crevez d'envie d'avoir un mec.

On a fait la grimace. Peut-être que c'était vrai, qu'on crevait d'envie d'avoir un mec. Peut-être qu'on voulait juste que personne d'autre n'en ait un. Jonah ne me semblait pas si génial que ça. Il jouait dans un groupe qui se produisait dans des fêtes et des concerts punk pour toute la famille. Des trucs de gosses. Il ne m'adressait presque jamais la parole et j'avais cessé d'essayer de m'entendre avec lui. Il ne paraissait pas spécialement sympa avec Kelly non plus. C'était un copain ; un accessoire, comme un nouveau sac ou de nouvelles chaussures, mais le meilleur de tous : celui qui vous tenait compagnie quand vous vous ennuyiez, celui qui vous rendait plus intéressante aux yeux des autres filles, plus désirable à ceux des autres mecs. N'empêche que je n'aurais pas voulu me retrouver toute seule avec lui. Pour Tracy et moi, le sexe était plus intéressant en théorie qu'en pratique.

Kelly est partie. On est restées sans rien dire. Jonah l'accaparait de plus en plus depuis qu'ils sortaient ensemble, près de six mois maintenant, mais c'était la première fois qu'elle nous lâchait sur une enquête.

La toute première fois.

– Bon, a lancé Tracy, répondant à mon interrogation tacite. J'imagine qu'il faut commencer par leur appartement.

J'étais d'accord. Je ne connaissais pas très bien Chloe. Son affection pour Tracy ne s'étendait que partiellement à Kelly et moi. Elle se montrait sympa avec moi, mais on n'avait jamais passé de temps seule à seule. Elle m'impressionnait un peu. Elle avait les cheveux courts, qu'elle teignait en noir et laissait longs devant les yeux. Elle connaissait tous les lieux ouverts la nuit et tous les videurs de toutes les boîtes. Elle connaissait les barmans de tous les bars et n'avait pas dû avoir à se payer un seul verre depuis des années. Tout en elle semblait simple et naturel. C'était la première fille que je connaissais à s'être fait tatouer, un petit merlebleu dans le dos. Elle avait fait de la figuration dans une poignée de films d'Ace. Ce n'était pas la plus jolie fille – elle avait une bouche immense sur une mâchoire légèrement rétrognathe et elle était un peu trop maigre, avec presque pas de poitrine et les os qui saillaient sous ses fringues rétro –, mais tous les garçons l'aimaient bien. Elle avait le sourire facile et la langue bien pendue, et je l'avais vue gifler une nana dans un club parce qu'elle l'avait poussée et refusait de s'excuser.

J'ai regardé Tracy et je me suis dit qu'elle pensait la même chose que moi. Que si *Chloe* avait pu se volatiliser, si *elle*, elle avait pu disparaître…

Chloe qui paraissait si solide, si réelle.

L'Affaire de la Fin du monde avait commencé.

## 13

Tracy et moi, on a retrouvé Reena à l'appartement qu'elle partageait avec Chloe. C'était un deux-pièces avec un immense séjour qu'Alex, le charpentier-petit ami, avait divisé en un salon et une chambre séparée illicite. Le salon était meublé d'un futon, une table basse, un téléviseur sur pied et une bibliothèque pleine à craquer. Henry Miller, William Burroughs, Philip K. Dick, *L'Étranger*.

– Ils sont tous à Chloe, a dit Reena. Les miens sont dans ma chambre.

– Et elle les lit ? a demandé Tracy.

Elle était penchée pour regarder les titres.

– De temps en temps, a dit Reena. Pour être honnête, j'ai l'impression qu'elle en pioche un, elle le commence et arrivée à la moitié, elle laisse tomber.

Elle a haussé les épaules.

– Je sais pas. Elle aime bien les vrais livres mais elle n'a aucune capacité d'attention. Des fois, je la vois avec un bouquin et quand je l'observe de plus près, m'aperçois qu'elle fixe le mur. Moi, je lis des trucs du style V.C. Andrews et Judith Krantz. Et parfois des romans d'amour.

L'appartement n'avait rien d'original : parquet, murs blancs, vue sur des escaliers de secours et des bouches d'aération. Tout ce qu'il contenait provenait de brocantes ou des trottoirs. Reena a ouvert la chambre de Chloe, la seconde pièce officielle.

— Voilà, a-t-elle fait d'un ton nerveux, comme si Chloe risquait de débarquer d'un instant à l'autre pour nous surprendre en train de fouiller dans ses affaires. Éclatez-vous.

On a refermé la porte derrière nous.

La pièce faisait moins de dix mètres carrés. Un lit, une penderie, un bureau, un fauteuil. Du bazar, mais rien qui sorte de l'ordinaire. Sur un mur, un poster de Joe Strummer, la tête orientée de façon à surveiller Chloe dans son sommeil. Sur un autre, une affiche de Vanishing Center. Le chanteur, CC, arborait un *X* sanguinolent là où il s'était tailladé la poitrine. Sur le troisième s'étalait une série de six cartes postales.

On se tenait devant la porte à examiner l'endroit, toutes les deux avec la même idée en tête : *Qu'est-ce que je ferais si j'étais Chloe.*

Tracy a désigné le bureau à côté de nous. Un ramasse-monnaie, un petit tas de courrier. C'est là qu'elle s'arrêterait en premier. Tracy s'est approchée et a feuilleté les enveloppes. Je lorgnais par-dessus son épaule. Relevé de compte, proposition de carte de crédit, réclames. On sentait que c'était là qu'elle déposait ses clefs.

Tracy a fourré les lettres dans son sac, un genre de cartable à bandoulière bon marché. Ensuite, elle s'est laissé tomber sur le lit. Elle a étudié Joe Strummer.

J'inspectais les cartes postales sur le mur d'en face. Sid Vicious foudroyant l'objectif du regard. Iggy Pop le torse dégoulinant de sang.

— Sid Vicious, ai-je dit. Iggy Pop. CC.

Tracy s'est tournée vers moi. J'ai levé ma main droite pour me couper le poignet gauche.

– Ils se scarifient tous, a-t-elle opiné.

Tracy s'est redressée et a observé autour d'elle. Elle a glissé la main dans l'interstice entre le mur et le lit. Je l'ai rejointe pour chercher avec elle. On a tiré et poussé le sommier pour passer ses creux et ses plis au peigne fin.

– Trouvé ! a lancé Tracy au bout d'une minute.

– Trouvé ?

Je soulevais le coin du matelas et ne voyais pas ce qu'elle avait repéré.

– Trouvé.

Elle a pris l'objet et j'ai laissé retomber le matelas.

On a regardé ce qu'elle avait découvert. Exactement ce à quoi on s'attendait : une lame de rasoir enroulée dans une serviette en papier sale.

*Automutilatrice*, ai-je noté dans mon carnet. Les filles comme ça n'étaient pas rares. Quand la pression s'accumulait, elles s'entaillaient un peu pour l'évacuer. Ni moi ni Tracy ne pratiquions ce genre de choses, mais on le comprenait très bien.

N'empêche... Chloe ? Automutilatrice ?

« La vérité ne fait pas de concessions, écrit Silette. Elle ne fait pas de quartier. Si vous ne voulez pas connaître ce sort terrible, mieux vaut ne pas vous en approcher. Restez à l'autre bout de la ville, en dehors des bois, et ne vous y aventurez jamais, sous aucun prétexte. »

J'ai baissé la tête et tressailli. Une sensation m'a submergée, une sensation noire, comme si j'étais tombée au fond d'un étang d'eau fétide ; comme si j'étais entrée dans les bois et ne connaissais pas le chemin de la sortie.

Tracy s'est rallongée sur le lit les yeux tournés vers Joe Strummer. Je me suis étendue à côté d'elle. Le soleil dardait ses rayons obliques de janvier.

- On dirait qu'il la regarde, a fait Tracy.
- Mais est-ce qu'il la réconfortait ? Ou est-ce qu'il... je sais pas, qu'il la jugeait ? Qu'il la toisait ?
- Bonne question.

On a observé Joe.
- Il la réconfortait, a décrété Tracy, plongée dans sa contemplation, tombant sous le charme de Strummer. Je suis sûre qu'il lui faisait du bien.

En partant, on a remarqué une bande de photomaton de Chloe et Reena glissée dans l'encadrement du miroir. C'était une série de quatre : deux photos d'elles ensemble, une de Reena, une de Chloe.

Tracy a attrapé la bande, en a arraché la photo de Chloe et a remis le reste en place.
- Allons-y, a-t-elle dit.

Cette nuit-là, j'ai rêvé de Chloe. On était à l'orée d'un bois, au bord d'une clairière sombre où luisait un maigre croissant de lune. Je n'avais jamais vu de vrai bois avant, pas plus grand que ceux de Central Park ou de Prospect Park, pourtant dans mon esprit il était net et éclatant. Des arbres énormes fusaient à des dizaines de mètres de hauteur, enveloppés de lourde écorce grenat. Un lit d'aiguilles de pin toutes vertes tapissait le sol et de jeunes pousses s'agglutinaient au pied des troncs. Dans la clairière, de petites fleurs jaunes jaillissaient autour de trèfles géants.

Chloe et moi étions assises côte à côte sur de grosses pierres moussues au bord de la clairière. On était habillées comme pour une journée type en ville : bottines, robes d'occase, vestes en cuir. On parlait tout bas, échangeant secrets et murmures.

Tout à coup, Chloe était toute nue. Ses hanches et ses côtes saillaient douloureusement sous sa peau. Elle avait la tête baissée. Quand elle levait les yeux, son visage commençait à s'obscurcir – ou plutôt, de petits trous noirs apparaissaient aux endroits où il se décomposait. Morceau par morceau, il s'effondrait sur lui-même pour ne laisser qu'un vide noir à la place.

Je me suis réveillée en parlant, tournant et me tortillant dans mon lit, sans savoir si j'essayais de m'approcher de Chloe ou de m'enfuir.

## 14

*San Francisco*

Dix-neuf jours après la mort de Paul, j'ai reçu un coup de fil d'un ambulancier de La Nouvelle-Orléans. Quand on répond au téléphone à trois heures du matin et qu'on entend : « Vous êtes Mlle Clara DeMitt ? », on sait que ça ne présage rien de bon.

– Oui, ai-je répondu. Je suis. Je veux dire, c'est moi. Claire. Clara. Clara DeMitt.

– J'ai de mauvaises nouvelles, mademoiselle DeMitt. Pénible, mais il s'en sortira.

*Andray*, ai-je pensé. *Andray s'est pris une balle.*

Mais l'ambulancier a dit :

– Clara, Mick Pendell a eu un petit accident.

– Un accident ? Il s'est fait tirer dessus ?

– Intoxication médicamenteuse. On pense que c'était volontaire. Il est au centre hospitalier de Touro.

J'ai senti une drôle de boule dans ma gorge quand j'ai compris qu'un jour, même si ça remontait à des lustres, Mick – ou qui que ce soit – m'avait inscrite comme personne à contacter en cas d'urgence.

Je n'avais pas revu Mick depuis mon séjour à La Nouvelle-Orléans pour l'Affaire du Perroquet vert. Il avait travaillé pour Constance, comme moi. Avant de la rencontrer, il prenait le chemin d'une vie de terrorisme intérieur, de taule et de tatouages pourris. Il déclenchait des émeutes dans les États du Nord-Ouest Pacifique et s'enchaînait à des séquoias en Californie. Il faisait évader des prisonniers et exploser des résidences d'hommes politiques à la bombe incendiaire. Cependant, la frontière est bien mince entre se battre pour une cause et se battre tout court. Mick volait aux riches pour donner aux pauvres, à commencer par lui-même, jusqu'au jour où il avait tenté de dépouiller Constance. Constance faisait partie des riches. Les Darling avaient assez de réserves pour se maintenir à flot sur des générations.

Constance avait aidé Mick à saisir qu'il n'y avait pas de côtés, bons ou mauvais. Seulement des choses qu'on comprend et d'autres qu'on préfère feindre de ne pas comprendre. Seulement ce qu'on avoue aimer et ce qu'on prétend ne pas reconnaître.

Mick était détective. Il le savait tant que Constance était là pour le lui rappeler et l'avait oublié après sa disparition.

Sitôt raccroché avec l'ambulancier, j'ai appelé l'hôpital. On m'a transférée plusieurs fois jusqu'à ce que je tombe sur une infirmière du service où se trouvait Mick.

– Il est stable, m'a-t-elle dit. On lui a fait un lavage d'estomac.

– Qu'est-ce qu'il a pris ?

– Je n'ai pas encore les résultats, mais au jugé, pas mal de trucs. Il est sous traitement ?

J'ai hoché la tête puis je me suis souvenue qu'elle ne pouvait pas me voir, alors j'ai répondu :

– Oui.

Je n'en étais pas sûre, mais je le soupçonnais de prendre tout un fatras de médocs : antidépresseurs, anxiolytiques, somnifères. Il avait durement essuyé l'ouragan.

– Une partie des médicaments a fait effet, m'a-t-elle expliqué, mais il s'en remettra. Il faut juste qu'il arrive à régler ce qui l'a poussé à ça, quoi...

Elle paraissait compatissante, mais fatiguée. Je lui ai demandé si je pouvais parler à Mick. Elle m'a dit qu'il dormait.

– Il a de la famille ?

Mick n'avait personne et il n'avait rien. Il était prof de criminologie et dirigeait un centre d'accueil de jour pour jeunes deshérités. Il avait commencé là-bas comme simple bénévole, et puis le centre avait perdu ses subventions, le directeur était allé voir ailleurs et comme Mick ne supportait pas de lâcher l'affaire, il ne l'avait pas lâchée. Sa plus grosse donatrice était Anonyme, et s'il avait su qui était Anonyme, il n'aurait peut-être pas accepté son fric.

Mick – mon Mick, le Mick de Constance – n'allait sûrement pas mourir ou frôler la mort tout seul. J'ai réservé un billet pour La Nouvelle-Orléans sur le vol du lendemain soir. Quelque chose palpitait dans ma poitrine, un sentiment de vie, de but, d'être indispensable, occupée et membre à part entière de l'espèce humaine.

Quelques heures plus tard, avant que j'aie commencé à préparer mes bagages, Andray m'a appelée. C'était la première fois depuis La Nouvelle-Orléans. Peut-être la seule et unique fois depuis toujours.

– Mick a été hospitalisé, a-t-il déclaré.
– Oui. J'ai appris ça.
– Ah. Vous étiez au courant.
Il paraissait déçu.
– Merci, ai-je dit. Tu l'as vu ?
– Oui, quand il y était.

– Comment ça ? Il est déjà sorti ?
– Ouais. Ce matin.
– Où il est ? Il va bien ?
– Chez lui.

On est restés une minute sans rien dire. Je me demandais comment Andray pourrait survivre un an de plus. Il s'était pris une balle depuis mon départ, la quatrième. Elle lui avait proprement transpercé le haut de l'épaule droite pour ressortir de l'autre côté. Personne à La Nouvelle-Orléans ne m'avait prévenue quand c'était arrivé. Je l'avais appris par le lama.

Je savais que je ne m'en serais jamais tirée sans Constance. Andray avait Mick et moi. À nous deux, on ne valait pas le quart de Constance. Comme en attestait le fait que Mick et Andray étaient tous les deux quasi morts.

– Ça va, toi ? ai-je demandé.

Il a émis un borborygme évasif : *Han-han* ou *Chaipas*.

– Tu as vu Terrell ?
– Ouais. Quelques fois.
– Il va bien ?
– Pas trop.
– Hmm... Mais bon. Tu sais bien. La seule issue, c'est de faire face. C'est ce qu'on dit.

Andray n'a pas répondu.

Je pensais à lui et à Terrell tout le temps. Je ne savais pas si j'avais rendu leur vie meilleure ou pire quand j'étais allée à La Nouvelle-Orléans pour l'Affaire du Perroquet vert. Au moins, avant mon passage, ils étaient là l'un pour l'autre. Maintenant, Terrell croupissait en taule et Andray flottait seul au gré de la vie.

J'avais envie de lui dire : *Je ferai tout ce que je peux pour te tirer de là.* J'avais envie de lui dire : *Je vais te hisser hors de ce cloaque gluant de mort et de chagrin et te traîner jusqu'au rivage.* Comme on m'avait moi-même hissée hors de ce cloaque.

Quand on aime aussi fort, l'idée d'intervenir, mais de le faire de travers, est presque plus pénible que de ne rien tenter. Presque. Tant qu'on n'a pas essayé, on ne peut pas savoir qu'en fait, même se planter, c'est quand même mieux.

– Bon, a dit Andray. Je voulais juste vous tenir au courant.

Il a raccroché. J'ai farfouillé sur ma table basse, à travers des factures impayées, des magazines non lus et des tasses de thé non bues, jusqu'à mettre la main sur ce que je cherchais : un petit sachet de cocaïne que Tabitha avait oublié là quelques jours plus tôt. J'ai ouvert un des magazines, le *New Journal of Criminology*, j'ai arraché le bulletin d'abonnement cartonné et je m'en suis servi pour prélever un petit tas du sachet et le sniffer.

J'ai appelé Mick. Il a décroché, groggy.

– Allô ?
– C'est moi, ai-je dit.
– Qui ça, « moi » ? Ellie ?

Il était encore envapé par ce qu'il avait pris pour en finir avec l'existence. Ellie était son ex-femme, celle qui l'avait quitté après l'ouragan.

– Claire, l'ai-je détrompé. Claire DeWitt.
– Ah, salut, Claire, a-t-il lâché, sa déception audible. Je suis pas bien.
– Je sais. L'hôpital m'a contactée. Ils m'ont expliqué.

Il n'a rien dit.

– Je le crois pas ! ai-je lancé.

Brusquement, je me sentais insultée, comme s'il avait essayé de quitter cette vallée de larmes uniquement parce que j'en faisais partie.

– Nan mais sérieux ?

Il a soupiré et n'a rien dit.

— Tu veux venir passer un moment ici ? ai-je proposé. Je pourrais...

Il a de nouveau soupiré et n'a toujours rien dit. Il a soupiré comme si j'avais sorti la plus grosse connerie du monde, comme si je ne comprenais rien et ne comprendrais jamais rien.

— J'ai réservé un billet pour demain, ai-je repris. Je me suis dit que...

— C'est pas le bon moment pour venir. Écoute, Claire. Je me sens pas... Je... Tu vois, quoi.

— D'accord. Je peux te rappeler plus tard ?

— Oui.

Je savais qu'il ne s'épancherait pas davantage plus tard.

— T'es sûr que ça va ? ai-je insisté. Je veux dire, je pourrais venir...

— Ça va, a-t-il répondu, clairement mal et clairement sans aucune envie de me parler. Je vais bien, je vais parfaitement bien. On se tient au courant, d'accord ?

On aurait cru qu'il s'adressait à un agent de recouvrement. On a raccroché. J'ai rappelé Andray. Sa boîte vocale a décroché.

— Salut, c'est Claire. Je viens d'avoir Mick au téléphone et il m'a l'air en assez piteux état. Je me disais que tu pourrais peut-être passer chez lui ? Voir si tout va bien ? Je crois que l'hôpital l'a laissé sortir trop tôt et que... bref, tu vois. Je suis un peu inquiète pour lui.

Andray ne m'a pas rappelée et Mick non plus.

J'ai annulé mon billet d'avion et je ne suis pas allée à La Nouvelle-Orléans. À la place, j'ai tapé le reste de coke et j'ai fait le ménage, c'est-à-dire que j'ai déplacé des piles de factures impayées et de courrier non ouvert d'une table à une autre. J'ai rapproché les paperasses à trier de mon placard à dossiers et rassemblé tous mes bouts de papiers griffonnés de notes très importantes (*Nate n'a PAS PRIS DE CITRONNADE. Empreintes digitales collent pas, 1952-58. Sylvia DeVille, née 2-12-71, pas dans système, probablement pas IVG.*) en tas sur le comptoir de la cuisine. J'ai mis les assiettes dans l'évier. Une fois l'appartement plus ordonné, il paraissait vide et solitaire, comme une tombe dont je ne m'échapperais peut-être pas. Je me suis habillée et j'ai filé aussi vite que j'ai pu. Il était minuit passé. Je suis allée dans un bar de North Beach et j'ai commandé une bière, puis un scotch, puis une nouvelle bière, et quand un inconnu m'a proposé de m'offrir un autre verre, j'ai dit oui. Il m'a demandé ce que je faisais dans la vie.

– Je suis détective privée.

– C'est ça, a-t-il répliqué avec un fin sourire, croyant savoir. Et moi, je suis cow-boy.

## 15

Là-dessus, il y a eu l'Affaire de la Disparition des chevaux miniatures. Je l'ai prise vingt-cinq jours après la mort de Paul. Un dénommé Ellwood James possédait un ranch vers Monte Rio, dans le comté de Sonoma, à cent vingt bornes au nord de San Francisco. Ellwood James était le cousin par alliance du procureur de San Francisco, et il élevait des chevaux miniatures. J'ai été stupéfaite de voir à quel point ils étaient miniatures. Le plus grand mesurait quatre-vingt-dix centimètres au garrot. Ils avaient l'air un peu tristes et honteux que leur croissance s'arrête là. Ils m'ont rappelé les jumeaux de *Fleurs captives*, de V.C. Andrews, qui cessent de grandir après être restés enfermés quelques années de trop dans le grenier.

Ellwood James pensait qu'on lui volait ses chevaux.

– J'ai commencé à cent cinquante, a-t-il dit.

On aurait cru un vrai propriétaire de ranch, il en parlait comme de têtes de bétail.

– Morts et naissances comprises, au bout de six mois, j'étais descendu à quatre-vingt-dix-neuf. Quelqu'un me vole mes chevaux.

Ma théorie, c'était que les petits bouts de chou s'enfuyaient pour chercher à récupérer des gènes de grand cheval quelque part. Ou qu'ils se suicidaient.

J'ai noté dans un coin de ma tête de me renseigner sur le suicide équin.

Il m'a fait faire le tour du ranch. C'était le type même de l'exploitation mal sécurisée. Je lui ai expliqué que s'il voulait mettre un terme aux vols, il fallait qu'il installe des barrières plus hautes, de la lumière et éventuellement des barbelés. S'il voulait découvrir qui, s'il s'agissait bien de ça, lui piquait ses choupinets, il aurait meilleur compte à tout laisser tel quel et à investir dans des systèmes de surveillance.

Ellwood élevait aussi des paons.

– Et des paonnes, a-t-il tenu à préciser.

Il a levé la tête ; j'ai suivi son regard pour voir un cercle de vautours converger dans les airs.

– Merde, a-t-il fait.

On s'est orientés sur eux et on a traversé le pré, au milieu de mini-chevaux de toutes les couleurs qui flânaient et paissaient. Des pissenlits et de petites fleurs violettes dont j'ignorais le nom tachetaient l'herbe verte. Le ciel était si bleu qu'il faisait presque mal à regarder.

Au bout d'une trentaine de mètres, on a découvert ce qui attirait tant les vautours. Un paon mort. Ou une paonne.

– Bon Dieu, a répété Ellwood. Ces bestioles étaient censées vivre vingt ans.

– Peut-être qu'elle les avait déjà.

Ellwood a acquiescé. Ni lui ni moi ne savions comment estimer l'âge d'un paon, ça, c'était sûr.

Un vautour a fondu en piqué pour se poser à quatre ou cinq mètres de nous.

– Autant la laisser se faire bouffer, a dit Ellwood, et on a retraversé le pré en sens inverse.

– Ce n'est pas vraiment un boulot de détective, votre truc, ai-je avancé.

— Je veux trouver le coupable. On a son honneur. Sa fierté.

Je me demandais un peu où se situaient l'honneur et la fierté dans le fait de nanifier des chevaux. Quand on est arrivés près de l'écurie, un des petits zigotos, à la robe toute noire et brillante, s'est approché de moi. Je me suis accroupie et on s'est regardés. Il avait l'air triste et très sage.

— Je comprends, ai-je dit à Ellwood. Mais le montant de mes honoraires va dépasser vos pertes.

— L'argent n'est pas un problème, a-t-il répondu.

Des mots magiques.

J'ai pris l'affaire.

Depuis le ranch d'Ellwood James, j'ai mis le cap à l'ouest sur Santa Rosa et j'ai poussé jusqu'au Point mystère. Le Point mystère est un de ces endroits où une très mystérieuse bicoque a glissé le long d'une très mystérieuse colline et défie à présent toutes les lois de la physique, pour peu qu'on louche juste comme il faut. Les autres attractions comptent une boutique de souvenirs, un enclos de chèvres myotoniques accessible au public, des sources chaudes et des séquoias géants baptisés Vieille Branche ou Fidèle Suzanne.

Jake, le directeur du Point mystère, était un ancien privé de San Francisco. Dans les chalets, derrière le bâtiment principal, il tenait une espèce de centre de convalescence pour flics et détectives, hommes et femmes à mi-chemin entre un mystère et un autre. Je lui ai expliqué que j'avais besoin de gens pour un boulot de surveillance et il m'a dit qu'il allait m'arranger ça. Je lui faisais confiance pour assurer. Je lui ai exposé le plan et lui ai donné de quoi commencer à payer deux personnes. Je chargerais Claude, mon assistant, de l'appeler tous les jours pour suivre l'affaire.

Je suis allée dire bonjour aux chèvres. Elles se souvenaient de moi, j'avais passé plusieurs semaines à m'occuper d'elles quelques années plus tôt. Je me suis demandé si ça leur faisait plaisir de me voir comme ça. Sans doute pas. Je me suis dit que je m'en foutais.

Voilà donc pour l'Affaire de la Disparition des chevaux miniatures.

## 16

Trente jours après la mort de Paul, les flics m'ont contactée à propos des balles. Aucune correspondance. C'était une nouvelle arme, ou du moins elle était inconnue du fichier central. J'étais retournée plusieurs fois inspecter son domicile depuis le meurtre et je n'avais absolument rien trouvé d'intéressant. Du côté de la police comme du mien, les relevés d'empreintes n'avaient rien donné – Paul et Lydia recevaient beaucoup, et leur maison n'était pas petite. Il y avait des centaines d'empreintes partielles, quelques-unes complètes et lisibles, mais aucune fichée. Les guitares volées, dont j'avais cru qu'elles résoudraient tout, n'avaient toujours pas réapparu. Lydia m'avait fourni une liste approximative de ce qui avait été dérobé et j'avais envoyé des alertes à tous les prêteurs sur gages et magasins de musique que j'avais trouvés. Comme beaucoup de musiciens, Paul n'arrêtait pas d'acheter et de revendre des instruments, il était donc difficile de pointer exactement ce qui manquait. L'affaire avait été largement médiatisée, tous les journaux en avaient parlé. Sachant cela, le voleur – qui ne faisait sans doute qu'un avec l'assassin – devait garder le matériel dans un coin pour le fourguer quand les choses se seraient tassées.

Je suis retournée chez Paul une nouvelle fois. J'ai interrogé ses voisins. Aucun témoin. Personne n'avait rien remarqué à part celui qui avait entendu le coup de feu.

Le voisin en question s'appelait Freddie. Freddie était un homme blanc, quelque part entre la cinquantaine et le million d'années, qui donnait l'impression d'être la personne la moins heureuse du monde. On aurait dit qu'il avait voué sa vie au malheur.

Il portait un peignoir élimé sur un t-shirt, un pantalon de pyjama et des mules en skaï qui avaient connu des jours meilleurs, même si je crois pouvoir affirmer qu'aucun de leurs jours n'avait été franchement bon. On est restés sur son perron. Le temps était brumeux et froid. Vivre à San Francisco est une épreuve d'endurance. Je connaissais beaucoup de gens qui, après des années de victoire, avaient fini par perdre la bataille contre le brouillard et déménager plus à l'est ou plus au sud.

– Avec tout le boucan qu'il y a dans le coin, a dit Freddie. D'abord les Mexicains, et maintenant les clubeurs ou hipsters ou je ne sais quoi. Et les musiciens. Tout le monde est musicien.

Les gens comme lui, les quinquagénaires-blancs-grincheux de ce monde, n'étaient pas franchement réputés pour leur silence, mais j'ai laissé couler. Je ne lui ai pas non plus fait remarquer que vu que sa maison devait valoir pas loin d'un milliard de dollars, il pouvait très bien aller s'installer dans un quartier où il y aurait moins de clubeurs mexicains s'il le souhaitait.

– Mais vous étiez sûr que c'était un coup de feu, ai-je dit.

– Ma foi, quand on vit par ici, on apprend. Vous savez, les Mexicains.

– Et les Salvadoriens, ai-je abondé. Il y a aussi des Guatémaltèques, je crois.
– Exactement.
– Donc, vous êtes allé voir.
Il a hoché la tête.
– Je ne sais pas ce que j'avais dans le crâne. Qu'est-ce que j'aurais fait, si ça canardait ? Enfin bon, j'y suis allé, j'ai jeté un coup d'œil, je n'ai rien vu de spécial, j'ai appelé la police. Ils m'ont dit de surtout bien rester enfermé chez moi le temps qu'ils arrivent.

C'était l'histoire la plus chiante du monde.

J'ai croisé les bras contre le froid. Le brouillard du Kali Yuga. Paul méritait tellement mieux. Il méritait un braquage de haut vol, un cambriolage de bijoux, un meurtre de fan enragé. Il méritait de périr en duel, de chuter du sommet de l'Himalaya, d'être déchiqueté par des fauves dans le Serengeti. Au lieu de ça, un pauvre connard voulait ses guitares, lui a tiré dessus et s'est barré avec. Paul aurait dû être tué dans une course-poursuite en Lamborghini, empoisonné par une duchesse, frappé à mort à coups de chandelier dans la véranda.

Ou alors il aurait pu vivre, tout simplement.

– Ce quartier, a dit Freddie. Je ne sais pas où on va.

*Ça aurait dû être toi*, ai-je pensé sans l'exprimer. *C'est toi qui aurais dû mourir et Paul rester en vie.*

– Peut-être que les Mexicains vont s'en aller, ai-je répondu. Retourner en Espagne.

– Peut-être. J'en doute. Je crois qu'ils se plaisent bien ici.

J'ai regardé la maison de Paul. Des brochures publicitaires et des annuaires commençaient à s'entasser devant la porte.

Peut-être que tous les Mexicains s'en iraient et que Freddie récupérerait son quartier de merde. Peut-être que tout le monde s'en irait, tout le monde mourrait, tout le monde se rendrait compte qu'en fait, la vie était aussi horrible et sinistre que Freddie le leur disait, comme ça semblait être le cas aujourd'hui, et qu'alors il y aurait un grand suicide collectif et Freddie pourrait avoir le monde entier pour lui tout seul.

Freddie et moi, debout sur son perron, contemplions le brouillard autour de nous. Le Kali Yuga.

« Les mystères sont sans fin, écrit Silette. Pourtant nous les résolvons quand même, tout en sachant que nous résolvons tout et rien à la fois. Nous les résolvons en sachant que le monde s'en portera sûrement aussi mal, voire moins bien qu'avant. Mais c'est sur cette parcelle de vie que l'on nous a donné autorité, et aucune autre. Et nous avons beau demander *Pourquoi ?* à cor et à cri, personne jusqu'ici n'a jamais obtenu de réponse. »

# 17

Quarante jours après la mort de Paul, sa Bronco a refait surface dans une fourrière d'Oakland. Les flics n'ont pas voulu que je la voie. J'avais tenté de la retrouver mais ça n'avait rien donné. Lydia pouvait à peine se lever les trois premières semaines, alors elle ne cherchait pas. Elle avait passé le plus clair de son temps dans le comté de Sonoma, dans la maison que Paul possédait sur la Bohemian Highway. Je la comprenais. Personne n'avait envie d'habiter une scène de crime. Je l'avais appelée quelques fois et elle n'avait pas très envie de parler. Ça aussi, je comprenais.

La voiture avait été retrouvée sur le Bay Bridge au petit matin, le lendemain du jour où Paul avait été tué. Seulement le bureau des immatriculations étant le bureau des immatriculations et Lydia ne vérifiant pas son courrier, personne n'avait fait le rapprochement jusque-là. J'avais appelé, les enquêteurs avaient appelé, mais parfois, la vie est comme ça.

– C'était l'alternateur, m'a dit Ramirez au téléphone.

J'étais chez moi. J'avais essayé de le joindre quatre fois avant de l'attraper par surprise en appelant d'un autre numéro, un portable jetable bon marché.

– Il devait être sur la route, la direction s'est mise à cafouiller, il a pris peur, il s'est arrêté sur le côté et là, soit il a appelé quelqu'un pour venir le chercher, soit il a hélé un automobiliste ou une voiture de patrouille qui passait par là.

Pendant que je discutais avec Ramirez, j'ai senti quelque chose dans ma poitrine, j'ai attrapé le fond d'un sachet de coke que Tabitha m'avait passé et j'en ai sniffé une pointe au bout d'une clef.

Dans l'après-midi, j'ai roulé jusqu'au Bay Bridge, que j'avais emprunté plein de fois mais où je n'étais jamais allée exprès. Vers le milieu du pont, je me suis arrêtée sur le côté et j'ai mis mes feux de détresse. Je suis descendue et j'ai contrôlé mon téléphone : pas de réseau. Paul avait dû avoir du bol et tomber sur une patrouille ou sur un bon samaritain disposé à le secourir. Il semblait ne jamais y avoir de mauvais samaritains. Mais bon, pour ce que j'y connaissais...

En remontant en voiture, je me suis repoudré le nez pour tuer la puissante chose noire qui hurlait dans ma poitrine.

## 18

Le dimanche soir, en général, je dînais avec Claude pour discuter de ce qu'on avait fait ou pas fait la semaine écoulée et de ce qu'on ferait ou ne ferait pas la semaine à venir. Comme je n'avais pas de bureau – ça n'aurait fait qu'attirer du monde –, Claude travaillait parfois chez lui à Berkeley, parfois chez moi. Ce dimanche-là, quarante et un jours après la mort de Paul, on est allés chez la Maîtresse Éclairée. Claude suivait de près notre opération chevaux miniatures, je lui ai donné A+. Il n'y avait rien de nouveau dans l'Affaire du Kali Yuga – aucun indice, aucune intuition, aucun suspect. Autour de nous, quelques grandes tablées de familles chinoises étaient réunies pour le dîner dominical. Il faisait froid et humide dehors et tous les convives semblaient avoir une tasse de thé brûlant ou un bol de soupe chaude devant eux. Certains jours à San Francisco, on avait le sentiment que le temps avait migré en nous et qu'on emporterait la froideur partout où on irait, pour l'éternité.

Après le dîner, j'ai appelé Lydia. Elle était dans la maison de la Bohemian Highway.

Elle se portait aussi bien qu'on pouvait l'espérer. Elle avait beaucoup d'amis pour l'aider sur le plan pratique. En revanche, aucun ne lui parlait de Paul ; du fait qu'il était mort maintenant, parti, disparu à jamais. À la place, ils lui sortaient des trucs du style : « Il repose en paix », « Il est avec les anges » ou « Ses souffrances sont terminées ». Comme si, disait-elle, ils croyaient qu'elle ne savait pas qu'il était mort.

— On dirait qu'ils n'ont toujours pas capté qu'il est mort et enterré. On dirait qu'ils pensent que je ne sais pas à quel point c'est grave alors il ne faut surtout pas m'en parler.

Elle paraissait en colère. La plupart des gens fuient devant la mort, ils se gardent des veuves, des veufs et des parents endeuillés comme si perdre les personnes qu'on aime était contagieux. Mais si la mort est contagieuse, j'étais déjà infectée.

— J'ai une affaire dans ton coin, ai-je dit. À Monte Rio. Des chevaux miniatures.

— Des chevaux ? Quoi, ils ont fait quelque chose de mal ?

— Peut-être.

L'un d'eux avait l'air bien coupable, une mini-jument palomino au regard meurtrier.

— Si ça te tente, je t'emmène boire un café quelque part la prochaine fois que j'y vais.

— Super. Tiens-moi au courant.

— Au fait, ai-je ajouté. Les clefs.

On n'avait jamais retrouvé le trousseau de Paul. Est-ce que l'assassin avait l'intention de revenir ? Pour finir de voler ce qui restait ?

— Tu peux m'en passer un jeu ? ai-je demandé. Je voudrais revérifier un truc chez vous.

— Pas de problème. Je t'envoie ça par la poste. Et donc, oui, fais-moi signe la prochaine fois que tu viens par ici. On prendra un café.

Elle a dit ces mots comme si ce n'était qu'une nouvelle promesse que le monde ne tiendrait pas, une nouvelle couleuvre qu'elle devrait avaler.

# 19

Plus tard dans la soirée, j'ai de nouveau essayé de joindre Mick. Je l'appelais une ou deux fois par semaine. Il ne répondait jamais. Je suis tombée sur sa boîte vocale. J'ai appelé Andray. Il ne m'a pas répondu non plus.

Il n'y avait pas grand-monde qui voulait me parler, semblait-il. J'ai pensé à d'autres gens que je pourrais appeler et qui ne répondraient pas. Des gens qui étaient morts, des gens qui étaient partis, des gens qui me détestaient ou simplement ne m'aimaient pas.

Ce n'était pas qu'il se soit passé quelque chose. Je savais que Mick n'était pas fâché contre moi. Il ne m'avait juste jamais appréciée tant que ça. Je savais qu'il m'aimait plus ou moins, mais ce n'est pas la même chose qu'apprécier quelqu'un. Si j'étais à l'article de la mort, il m'appellerait sans doute et je ne décrocherais sans doute pas. Ni lui ni moi n'étions très doués, pas même passables en fait, en matière de relations humaines.

J'ai raccroché, je me suis allumé un joint et j'ai essayé de dormir. Je me suis tournée et retournée un moment, puis, quand j'ai enfin trouvé le sommeil, j'ai fait des cauchemars : Mick était sous l'eau, enfermé dans une espèce de boîte en verre à la Houdini. Ça commençait comme un numéro, sauf qu'après, il n'arrivait pas à se libérer. Il ne retrouvait pas ses clefs. Il les avait quand il était entré mais les avait perdues quelque part à l'intérieur. Il commençait à manquer d'air et il ne pouvait pas s'échapper. Il n'avait pas ses clefs...

Quand je me suis réveillée, j'avais mal au ventre, une terrible angoisse comme si j'avais perdu quelque chose d'important et d'irremplaçable. Il était 3 h du matin. Pas moyen de me rendormir. Je me suis levée et je me suis préparé une tisane de camomille, boutons de rose et menthe.

J'ai réétudié l'affaire. Les clefs. Or donc, l'inconnu n'avait eu aucun souci pour tuer Paul et lui voler ses guitares, mais il avait eu le souci de verrouiller la porte derrière lui.

Ou alors il ne savait pas que Paul était mort et s'était dit qu'en l'enfermant à l'intérieur, ça lui ferait gagner un peu de temps. Peut-être qu'il lui avait juste tiré dessus sans trop savoir s'il avait mis dans le mille. La police devait avoir effectué tout un tas de tests et d'analyses qui révéleraient à quelle distance se trouvait le tireur. Ils ne me transmettraient pas leurs conclusions, alors tant pis. En plus, je ne faisais pas spécialement confiance à tout ça.

J'ai écrit *clefs* sur un bout de papier et je l'ai ajouté à ma pile de bouts de papier très importants sur le comptoir de la cuisine. Je l'ai fixé un moment mais rien de génial ni d'intéressant ne m'est venu. Rien du tout. J'ai jeté un œil à mon téléphone. La sœur de Paul, Emily, m'avait de nouveau laissé un message. Je l'ai effacé sans même l'écouter.

Il y en avait un autre, de Kelly. Kelly de Brooklyn. On ne s'était pas parlé depuis La Nouvelle-Orléans.

*Salut, (marmonni marmonna) c'est moi (chute du téléphone). Rappelle-moi.*

Je n'ai rappelé aucune des deux. J'ai mis un disque de Maria Callas sur ma platine, j'ai fumé un autre joint et j'ai renoncé à dormir. À défaut, je suis restée allongée dans mon lit à penser aux chevaux, si tristes et malheureux à pleurer de ne jamais grandir, pris au piège dans la mort vivante de leur corps minuscule, séquestrés au grenier par cette cruelle grand-mère...

Je me tenais dans le pré de Monte Rio en compagnie du petit cheval noir que j'avais vu au ranch, celui à la robe luisante et au regard sage. Il faisait nuit et derrière lui, la lune était ronde et pleine. Je lui donnais une petite fiole de potion et il se transformait en bel et grand étalon. Il se cabrait de tout son haut et rugissait.

– Ta science ne m'embrouillera pas, rugissait-il. Tes mensonges ne m'empêcheront pas de découvrir la vérité.

## 20

*Brooklyn*

On avait trouvé le programme de tournage de *La Fin du monde* d'Ace Apocalypse dans la piaule de Chloe. La prochaine séance de prise de vues était pour le vendredi. Il devait filmer CC et Vanishing Center dans un hangar de Brooklyn. On espérait mettre la main sur Chloe avant, mais dans le cas contraire, on pourrait aller au hangar pour interroger Ace.

La chambre de Chloe avait révélé peu d'autres indices, à notre grande déception. La lame de rasoir, le programme de tournage et quelques bouquins supplémentaires. Tracy les avait dénichés sous un tas de fringues sales dans la penderie.

C'étaient des poches à deux balles. Il y en avait des présentoirs entiers au kiosque à journaux de Myrtle Avenue. *Le Châtiment de Miss Mary. Histoire d'une jeune esclave. Juste correction pour une garce.*

On avait entendu parler de ce genre de choses, bien sûr. Les hommes avaient toutes sortes de désirs et si vous les laissiez faire, ils vous les collaient résolument sur le dos pour que vous les portiez à leur place. Ils vous refilaient la totale, un merdier monstre que vous ne pouviez jamais espérer contenir ou maîtriser. Qui finissait par vous écraser, si vous n'y preniez garde. Et je savais que leur désir n'allait pas toujours en ligne droite, qu'il pouvait parfois se replier sur lui-même, se dévorer vivant. Que non contents de vouloir une partie de vous, ils avaient besoin que vous vouliez une partie d'eux, que vous les aimiez assez pour leur faire du mal ou les laisser vous en faire.

Mais Chloe ? Chloe, aspirer à ça pour elle-même ?

À nouveau, je me suis sentie perdue au fond des bois. Aucun panneau n'indiquait la direction. Aucune issue en vue, et il était trop tard pour rebrousser chemin, désormais. La seule possibilité, c'était de suivre les indices et de continuer à avancer.

À vingt-deux heures ce soir-là, on avait déjà visité quatre bars : l'International, le Mars Bar, le Blue & Gold et le Holiday. On avait interrogé tous les gens qu'on connaissait, plus quelques inconnus. Un tas de monde connaissait Chloe, mais personne ne savait où elle se trouvait. Ce n'est que Chez Blanche, un troquet un peu minable de l'Avenue A, qu'on a fini par obtenir un vague début de commencement de piste.

« On », c'était Tracy et moi. Kelly était avec Jonah. Lui et son groupe jouaient à Hoboken.

– Avec Chloe, on était super proches avant, a dit Elizabeth.

Elizabeth était en terminale à la très réputée Hunter High School. Pendant qu'on discutait, elle se démenait sur un flipper Playboy. Elle était remarquablement douée à ce jeu.

– J'allais tout le temps dormir chez elle. C'était une de mes meilleures amies. Depuis nos treize ans jusqu'à, quoi... il y a moins d'un an. Neuf mois, je dirais.

– Qu'est-ce qui s'est passé ? ai-je demandé.

Elizabeth s'est renfrognée et a envoyé une bille valdinguer contre des seins, des ventres, des cuisses de playmates.

– Il s'est passé qu'un beau jour, elle s'en est prise à moi, a pesté Elizabeth, les yeux sur le flipper. On était chez elle et d'un coup, elle s'est mise à me gueuler dessus. Je croyais entendre mon vieux.

– Donc, vous vous êtes disputées ?

Elizabeth a propulsé sa boule en plein dans la tête d'une playmate blonde, toujours avec ses 25 cents de départ.

– Nan, même pas. Ce qui était fou, c'est que jusque-là, on s'entendait super bien. Quand on s'est connues, au début, il lui arrivait d'être un peu garce, mais bon, après tout, moi aussi. Et puis après, ça a été… comme si on avait dépassé tout ça, et on est vraiment devenues super copines. Ce jour-là, je passais le week-end chez elle, avec elle et sa mère. On s'éclatait bien, à se mater des films, commander chinois et faire les folles. Arrivées au dimanche soir, après ce week-end génial, elle a commencé à s'énerver après moi. Style, je faisais la vaisselle et c'était pas comme ça qu'il fallait s'y prendre. Ou quand cette connerie de magnétoscope s'est débranché et que j'ai voulu le rebrancher, ça n'allait pas. Et après… je sais même plus comment c'est venu. Merde !

Une boule argentée a rebondi sur un lapin pour retomber entre les deux leviers, signant la fin de la partie.

– T'as eu la loterie ? ai-je demandé.

Si les deux derniers chiffres du score correspondaient à ceux qui avaient été tirés au sort par la machine, le joueur remportait une partie gratuite.

– C'était cette partie-là, a répondu Elizabeth.

Elle s'est tournée face à nous.

— Ça a pété sur un truc complètement débile. Elle m'a demandé si je pouvais lui prêter une robe, ma robe rétro super mimi – vous voyez, celle à pois ?

Tracy et moi avons acquiescé. On connaissait cette robe.

— Je lui ai dit non, parce que je voulais la mettre. Et ça l'a rendue dingue. Elle s'est mise à hurler, à me traiter d'égoïste, d'hypocrite, de sale pute... Le délire total.

— Et sa mère, comment elle a réagi ?

— Elle était pas là quand ça s'est passé. Elle avait rendez-vous avec un mec. On devait sortir toutes les trois et puis le mec avait appelé et elle nous avait plantées aussi sec pour aller le rejoindre. Il devait avoir vingt-cinq ans. Enfin, bref. J'ai plus adressé la parole à Chloe depuis ce coup-là. Qu'elle aille se faire foutre. Elle s'est même pas excusée ni rien.

— À ton avis, qu'est-ce qui lui a pris ?

— J'en sais rien du tout. Elle peut crever, je m'en tape. Ouais, qu'elle crève pour de bon, parce que c'est une vraie pouffiasse. Elle a disparu depuis combien de temps ?

— Quelques jours seulement, a répondu Tracy. Mais on a des raisons de soupçonner un enlèvement.

— Très bien. J'espère qu'on la reverra jamais. Qu'elle va clamser là-bas. Non, en fait, j'espère qu'elle va d'abord se faire violer, avorter avec un cintre rouillé et seulement après, clamser.

— Bon, eh ben, okay, ai-je dit. Merci de ton aide.

— Pas de problème, a fait Elizabeth, toujours furibarde. Les filles, nous a-t-elle rappelées alors qu'on s'apprêtait à s'en aller. Si vous avez besoin d'un coup de main... Sérieux, je peux plus saquer Chloe, mais vous, vous êtes... Enfin, tenez-moi au courant, quoi. Dites-moi si vous résolvez votre affaire.

– Qu'est-ce que tu penses de tout ça ? m'a demandé Tracy quand on s'est retrouvées dehors dans le froid.
– Aucune idée.

Mais on s'est regardées et on avait bien une petite idée quand même. Simplement, on n'avait pas les mots pour l'exprimer.

Quand on se déteste assez fort, on finit par détester la première personne qui nous rappelle nous-même. Et si ça ne s'arrange pas, on en vient à détester tous ceux qui ne voient pas à quel point on est horrible.

Comme Tracy et moi ne le savions que trop bien.

On avait un peu bu, mais après Elizabeth, on n'avait plus envie de s'amuser ni de sortir ou je ne sais quoi. On s'est tues et sans mot dire, on a marché jusqu'au métro pour entamer notre long trajet de retour.

Je me sentais prête à partir à la dérive ou à me désintégrer d'un instant à l'autre. Il ne resterait plus rien. J'aurais pu être réelle ou pas. J'aurais pu mourir. Peut-être que j'étais morte et que personne ne s'en était aperçu ou n'avait pensé à me prévenir.

Dans le métro, on s'est assoupies, ma tête sur l'épaule de Tracy.

– Trace, ai-je lancé.
– Oui ?
– Si j'étais morte, tu me le dirais ?

Elle m'a mis la main sur la tête, m'a caressé les cheveux.

– Carrément, ouais.
– Je te manquerais ?
– Carrément, ouais. Jusqu'à la fin de mes jours. Je pourrais pas vivre sans toi, ma salope.

# 21

*San Francisco*

La maison de Paul était une maison de ville début XX$^e$ siècle, pas techniquement victorienne, donc, mais imitée à s'y méprendre. J'avais chargé Claude de faire des recherches dessus, et ce que son rapport ne me disait pas, je le devinais aux cicatrices dans les murs. Au fil des ans, elle avait été éventrée et remaniée maintes et maintes fois : d'abord construite comme une demeure familiale, elle avait ensuite été découpée en appartements, probablement pendant la grande dépression, puis convertie en pension dans les années 1970-80 et subdivisée en chambres, chacune accueillant probablement une plaque électrique et un pauvre dépressif esseulé. Ou une pauvre dépressive. Quand le quartier avait commencé à s'embourgeoiser dans les années 1990, elle avait retrouvé de grands appartements, avant d'être rachetée par un couple gay qui lui avait rendu son statut de demeure familiale. Ensuite, Paul l'avait reprise, il avait transformé le sous-sol en studio, le petit salon en un autre studio pour Lydia, et habité le reste de la bâtisse.

Quelques jours après mon coup de fil à Lydia, j'ai reçu un jeu de clefs dans une enveloppe blanche. J'ai remarqué que ce n'étaient ni les siennes ni celles de Paul : c'était un jeu tout neuf de chez le serrurier. En fin d'après-midi, j'ai roulé jusqu'à la Mission et j'ai pénétré dans la demeure où Paul était mort.

La police était venue et repartie. Je m'étais faufilée plusieurs fois pendant qu'ils étaient là, mais ils me fichaient dehors dès qu'ils me repéraient. Bien sûr, c'était le domicile de Lydia et j'avais le droit de m'y rendre à ma guise tant qu'elle m'y autorisait. Seulement les flics ne voulaient pas de moi sur place et j'essayais de filer doux, en espérant être tenue au courant dans le cas improbable où ils découvriraient quelque chose. À présent, l'enquête retombait et la baraque était toute à moi.

En arrivant à la porte, j'ai noté que la serrure paraissait impeccable. Si on l'avait crochetée, c'était du bon boulot : aucune trace, pas une éraflure ni une entaille. La clef que Lydia m'avait fait parvenir entrait presque parfaitement, avec le frottement habituel des clefs neuves. La porte elle-même était intacte, hormis le carreau venu remplacer celui qu'avait cassé Ramirez, et les fenêtres de part et d'autre n'avaient clairement pas été fracturées récemment.

Alors, comment l'assassin de Paul était-il entré ?

À l'intérieur, tout était sombre et silencieux. La police avait ratissé les lieux, les amis de Lydia étaient allés et venus, passés récupérer des affaires ou de quoi l'aider avec la paperasse administrative et fiscale. Pourtant le calme régnait. Les choses avaient été déplacées depuis la mort de Paul, mais l'énergie demeurait, inaltérée.

La porte s'ouvrait sur une sorte de couloir-vestibule flanqué d'un petit salon d'un côté et d'un séjour de l'autre. Le soleil couchant projetait de longues ombres sur le sol. J'ai allumé la lumière et je me suis aperçue que je marchais sur une pile de courrier. Je l'ai ramassée et l'ai ajoutée à celle qui s'entassait sur la console.

Tout était presque exactement comme la nuit où Paul avait trouvé la mort. Le manteau de Lydia pendait toujours sur la rampe d'escalier, où elle l'avait jeté ce soir-là. Partout il y avait des vinyles, des CD, de petits instruments style maracas ou grelots, des ouvrages sur la musique. *Ethnomusicologie du Pérou, Argus 2007 de la guitare de collection, Narcocorrido : histoire de la musique des cartels, Contestation et harmonie dans la musique folklorique française.* La maison était propre, mais pas parfaitement rangée. Meubles anciens, posters encadrés, tableaux de chats et de chiens achetés aux puces : on aurait dit que c'étaient deux grands ados qui vivaient ici.

Le petit salon était le studio de Lydia, la pièce où elle entreposait ses instruments, répétait et enregistrait des idées. J'y suis entrée et j'y ai jeté un coup d'œil. Elle ne dégageait rien. Lydia n'avait pas beaucoup joué au cours des mois précédant la mort de Paul – et encore moins depuis, évidemment. Elle disait qu'elle avait perdu l'inspiration. Je ne savais pas très bien ce que ça signifiait. Une fine couche de poussière recouvrait tout. Ses guitares étaient enfermées dans un coffre riveté au mur. Elle avait grandi dans un quartier difficile, personne ne lui prendrait ce qui lui appartenait.

Au fond du couloir, une porte donnait sur l'escalier menant au studio de Paul au sous-sol. La police avait trouvé le cadenas ouvert en arrivant la nuit du meurtre ; le lieutenant Huong avait fait venir un serrurier pour qu'il y mette un vrai verrou. Elle ne voulait pas que Lydia se fasse barboter ce qui restait par des cambrioleurs à la petite semaine.

Huong était réglo. Pour une flic.

D'après Lydia, le voleur avait pu crocheter le cadenas, mais Paul avait aussi bien pu le laisser ouvert – ce n'était pas un super cadenas et il ne faisait pas très attention à le verrouiller. Elle avait pourtant tenté de l'avertir, m'avait-elle dit d'un ton amer au téléphone. Comme si ça aurait changé quoi que ce soit. *J'ai essayé de le prévenir pour cette connerie de cadenas. Que cette saloperie ne servait à rien.*

La clef du verrou figurait parmi celles qu'elle m'avait envoyées. J'ai ouvert et je suis descendue au studio. Il était rempli de reliefs musicaux : cordes de guitare, castagnettes, un harmonica, un ordinateur portable, un vieux magnéto à bandes. Les noms de marques égrenaient un poème nostalgique : Vox, Harmony, Voice of Music.

Paul possédait dix-huit guitares. Il en avait emporté deux avec lui. Dix étaient sorties, posées sur des supports, au moment du crime. Cinq avaient été volées, cinq laissées. Les six autres se trouvaient enfermées dans un placard ; on n'y avait pas touché. Pas le temps, dans un casse express.

Cinq guitares volées et cinq laissées. Les deux raisons évidentes pour que le cambrioleur ne les ait pas toutes prises étaient le temps et l'attention – pas assez du premier et volonté d'éviter d'attirer la seconde. Sauf que ce qui est évident n'est pas toujours vrai.

Cinq volées : une Favilla acoustique, une Gibson J-2000, une Dan Armstrong plexi, une Les Paul et une Telecaster. Cinq laissées : une Teisco Del Rey, une Maccaferri en plastique, une petite guimbarde western de fabrication japonaise décorée de cow-boys, une Gretsch Anniversary en deux tons de vert et une Guild acoustique.

Pourquoi ces cinq-là volées ? Pourquoi ces cinq-là laissées ?

On penserait qu'un connaisseur aurait pris les bonnes et laissé celles qui ne valaient rien, financièrement parlant. Ou qu'à l'inverse, un balluchonneur lambda en aurait embarqué cinq au pif, éventuellement en repérant les grands noms comme Gibson ou Fender, mais au petit bonheur la chance pour le reste.

Seulement le matériel dérobé se situait quelque part entre ces deux extrémités.

La valeur des grattes s'échelonnait de deux cents à deux mille dollars. Je supposais que le casseur avait estimé les plus chères au jugé et s'était planté. Lydia m'avait fourni les références des dix et j'avais fait examiner la liste par différents revendeurs. Leur valeur réservait des surprises. La plupart des gens se seraient attendus à ce que la Les Paul vaille son pesant d'or, seulement c'était une copie qui ne se montait qu'à quelques centaines de dollars. La Favilla volée ne payait pas de mine, pourtant elle allait chiffrer dans les six cents. Bien sûr, notre cambrioleur et probable assassin en tirerait beaucoup moins, mais il en tirerait quand même quelque chose. La Telecaster de fabrication coréenne volée ne valait que deux ou trois cents dollars, alors que la Teisco laissée en valait près de mille, et la Maccaferri, qui ressemblait à un jouet en plastique insignifiant, au moins six cents. Quant à la Gretsch, superbe mais peu connue, elle grimpait à près de deux mille dollars.

Peut-être que le bandit avait juste attrapé cinq guitares au hasard. Peut-être qu'il croyait s'y connaître mais n'était pas aussi averti qu'il le pensait. À ce compte-là, je pouvais traiter la moitié des hommes de San Francisco comme suspects, plus le quart des femmes. Ou alors, le gars savait quelque chose que j'ignorais.

On ne pouvait pas vraiment appeler ça un indice, mais c'était quelque chose.

À l'étage, il y avait deux chambres et une salle de bains. Je suis allée dans la salle de bains et j'ai inspecté les armoires à pharmacie. Lydia avait oublié une boîte de Vicodin, douze puissants cachets à l'intérieur. Je l'ai fourrée dans mon sac.

L'une des chambres à coucher servait à l'usage prévu, l'autre accueillait vêtements, chaussures et éventuels invités. Paul et Lydia étaient tous les deux très classe, et ils avaient des tonnes de fringues. Un nouveau cortège de CD, bouquins, médiators, capodastres et transducteurs s'éparpillait un peu partout. Sur une commode de la première chambre reposaient trois tasses à café et deux livres. L'une des tasses était ancienne, du lac Tahoe. Elle contenait un billet de vingt dollars, deux de un, et de la petite monnaie. Une autre, une tasse souvenir de Las Vegas d'à peu près la même époque, renfermait un trombone, deux médiators, une *mala* bon marché en bois de santal et un mégot de joint.

C'est là que Paul vidait ses poches. Presque tous les mecs ont un coin comme ça. Tout ici appartenait à Paul, lui avait appartenu, avait été touché par lui.

J'ai repoussé cette pensée et j'ai examiné la dernière tasse, qui venait du Point mystère de Santa Rosa. Elle recelait une petite collection de cartes de visite. Je les ai passées en revue : un restaurant vietnamien à Alameda. Un magasin de guitares à San Rafael. Une carte de fidélité de dix cases dont une tamponnée donnant droit à un smoothie gratuit à Oakland.

Rien ne me sautait aux yeux. Rien ne me parlait. J'ai mis les cartes de visite dans ma poche. Le lit n'était pas fait, les draps emmêlés et froissés. J'ai imaginé Paul étendu en travers, endormi, le soleil ruisselant dans la pièce au matin de son dernier jour, béatement inconscient de ce que cette nuit-là lui réservait.

Je suis sortie de la chambre et j'ai commencé à redescendre quand, soudain paniquée à l'idée de me trouver dans la maison d'un mort, j'ai détalé. J'ai foncé dans la cuisine et j'ai regardé par la fenêtre pour me rappeler qu'il y avait toujours un autre monde au-dehors. Le jardin en friche ne m'a pas convaincue. De ma poche, j'ai tiré mes dernières bribes de coke. J'ai utilisé un couteau à beurre pour en racler le maximum, je l'ai inhalée, puis je me suis léché l'index et je l'ai passé à l'intérieur du sachet avant de m'en frotter les dents. Je suis restée une minute sans bouger le temps que mon métabolisme s'acclimate, puis je me suis remise au travail.

Je suis retournée dans le séjour. C'était là que le corps avait été découvert. Quelqu'un avait jeté un tapis sur les taches de sang du parquet. Je l'ai écarté.

Je me suis assise sur une chaise et j'ai contemplé le sang de Paul.

Non, me suis-je corrigée. Le sang de la victime. Paul n'était plus là. Il n'y avait pas de Paul et peut-être même n'y en avait-il jamais eu. Seulement la victime, *une* victime, le rôle qu'apparemment il était né pour remplir. Toute sa vie, il avait sans doute pensé être autre chose, quelque chose de mille fois plus intéressant : ami, mari, amant, musicien. Au final, il était une victime.

J'ai laissé mon esprit s'éclaircir et j'ai regardé le sang, ce sang qui avait été rouge et bleu et vivant et qui maintenant était mort et brun.

Les flics ont leurs limites. Même de bonne volonté, même géniaux, ils ont une cinquantaine d'affaires sur les bras, des heures supp contingentées, des femmes, des maris, des enfants, des emprunts à rembourser. C'est bien pour ça qu'on fait appel à une détective privée.

Parce que si elle est maligne, la détective n'a rien de tout ça.

Je savais que les flics avaient fouillé sous le canapé, passé le bureau au peigne fin, inspecté les recoins et épluché le panier à linge. N'empêche qu'il y avait des secrets à découvrir.

D'abord, je suis retournée à la cuisine et j'ai examiné le frigo. Rien d'insolite – lait de soja, légumes moisis, une demi-tablette de chocolat, tout ce qu'il y a de plus normal. J'ai ouvert le congélateur : des glaces, des burgers végétariens, divers aliments sans intérêt. J'ai exploré les placards, l'égouttoir, le lave-vaisselle, l'étagère à épices.

Rien. C'était la quatrième fois que je renouvelais l'opération, peut-être même plus. Il n'y avait rien la première fois, rien la dernière et rien aujourd'hui.

Revenant dans le séjour, j'ai tiré une mini torche de mon sac, je me suis baissée à quatre pattes et j'ai regardé sous les meubles. Rien. J'ai fouillé le canapé. Je l'avais déjà fait, mais les canapés sont des créatures compliquées. Ils sont comme des machines à sous : des milliers de trucs tombent dedans et la plupart n'en ressortent jamais. De temps à autre seulement, ils daignent recracher quelque chose – et encore, uniquement pour les gens obstinés, chanceux, et rompus au fonctionnement de la bête.

J'avais déjà fouillé le canapé. Cette fois, je l'ai *vraiment* fouillé. D'abord, j'ai retiré tous les coussins pour les entasser dans un coin. Là, j'ai examiné sa carcasse, ses profondes crevasses et ses vallées encaissées. Je suis allée à ma voiture, j'ai ouvert le coffre, et, à force de fourrager, j'ai débusqué mon *slim jim*, l'outil dont les serruriers se servent pour déverrouiller les portes de voitures, une longue barre d'acier large de deux centimètres et demi. Armée de cet instrument, je suis retournée au canapé. J'ai commencé par plonger la main dans les fentes sur tout le pourtour. Ensuite, je suis repassée dans les mêmes fentes, aussi lentement que possible, avec le *slim jim*. La première chose que j'ai pêchée, c'est une chips de maïs. Je l'ai mise de côté. Après, j'ai ramassé quelques pièces de vingt-cinq cents, puis une de cinq. J'approchais du dossier quand le *slim jim* a heurté un machin solide et dur.

J'ai senti un courant fuser à travers la barre depuis le bitoniau jusqu'à ma main et j'ai su : c'était un indice.

Un indice est un mot dans une autre langue, et les mystères parlent la langue des rêves, les mystères parlent la langue alchimique des oiseaux. Il n'existe pas de dictionnaire. Pas même pas pour moi.

J'ai retiré le *slim jim* en douceur et je l'ai posé. Il était dur, je ne voulais pas risquer d'abîmer l'indice. À la place, j'ai tendu le bras aussi loin que possible, me déboîtant légèrement, cruellement l'épaule au passage. J'ai tâtonné comme je pouvais, coincée dans ce mince interstice et, au bout de quelques secondes, je l'avais : un objet petit, dur, rond. Lentement, avec précaution, je l'ai dégagé du canapé et ramené dans la lumière.

C'était un jeton de poker.

Paul ne jouait pas. Je l'avais emmené avec moi à Reno, une fois. Dans le cadre d'une enquête, je devais m'y rendre afin de récupérer une valise de pognon auprès d'un médecin qui faisait du trafic de toniques hépatiques maison et de fausses ordonnances de sédatifs, valise que j'irais ensuite livrer à une bonne femme à Needles, Arizona – une longue histoire, mais c'était la seule solution pour espérer résoudre l'Affaire de la Colombe aux ailes brisées. Puisque je devais passer la nuit à Reno, autant en profiter pour m'éclater, avais-je estimé. Je m'étais essayée au craps, puis une heure ou deux au baccara, mais Paul n'avait pas joué du tout, même pas aux machines à sous. Il disait qu'il ne savait pas comment faire et qu'en plus, il s'amusait bien juste à regarder.

Au bout d'un moment, j'avais fini par piger la véritable raison de son refus. Il ne craignait pas de perdre. Il craignait de gagner. Paul était assez gêné comme ça d'être riche. La dernière chose qu'il désirait, c'était de l'être encore plus.

J'ai glissé le jeton dans un petit sachet plastique et je l'ai rangé dans mon sac. J'en avais fini pour ce soir. Ça faisait déjà deux heures que j'étais là et j'étais à peu près sûre d'avoir trouvé ce pour quoi j'étais venue. Je me suis relevée, je me suis époussetée, je suis passée aux toilettes, je me suis lavé les mains, j'ai enfilé mon manteau et j'ai plongé la main dans la poche pour attraper mes clefs…

Les clefs. J'avais oublié. J'ai examiné la porte d'entrée. Pas besoin de clef pour sortir, en revanche il en fallait une pour verrouiller derrière soi.

Je suis allée m'allonger sur le canapé et j'ai essayé de comprendre. L'assassin de Paul n'avait pas besoin de lui faucher son trousseau. Pourtant, il semblait l'avoir pris quand même.

Paul était rentré. Peut-être que le tueur l'accompagnait. Peut-être qu'il avait frappé à la porte. Peut-être qu'il était déjà dans la place.

D'une manière ou d'une autre, le tueur était entré aussi.

Il – ou elle – avait abattu Paul puis décampé en refermant la porte à clef derrière lui.

Pourquoi refermer cette porte ? Sérieux, tu descends un mec, tu rafles ce que tu peux et tu t'arraches. Tu as peur de quoi, qu'un autre vienne voler *plus* ? Que ta super scène de crime soit polluée ?

Une pensée rebondissait dans ma tête. Elle est arrivée tout près de la surface, puis elle est retombée se dissoudre dans le flot des listes de courses, livres à moitié lus et autres idées fausses, le triste petit cimetière où les pensées vont mourir.

J'ai tâté ma poche à la recherche d'une nouvelle dose de coke et j'en ai tiré le sachet vide. Je l'ai léché jusqu'à la dernière particule.

Hypothèse : le voisin entend le coup de feu, tergiverse une minute ou deux, enfile un peignoir, va voir ce qui se passe chez Paul, trouve la porte fermée, appelle les flics et attend, cloîtré chez lui. Même s'ils étaient arrivés tout de suite, ça laissait largement le temps à l'intrus de tuer Paul, de refermer la porte et de disparaître.

Alors qu'est-ce qui me chiffonnait là-dedans ?

J'ai dégainé mon téléphone et appelé l'agent Ramirez.

– Bonjour, c'est Claire DeWitt.

– Sans dec ? Aujourd'hui ?

– Nan, je rigole, il y a quelqu'un que vous aimez vraiment bien en attente sur la ligne. Mais pendant que je vous tiens : Paul Casablancas. Vous êtes absolument sûr que la porte était verrouillée ?

– Oui. Je suis arrivé le premier, que je sache. C'était fermé.

– Est-ce que le tueur aurait pu être encore là ? Je ne vous demande pas s'il y était, mais si ce serait éventuellement possible.

Il a réfléchi une seconde.

– Non. Enfin, si. Possible ? Oui. Il n'aurait pas pu sortir par devant parce que justement, au cas où, on avait mis un agent pour surveiller l'entrée pendant que je faisais le tour des pièces. Après, est-ce qu'il aurait pu, disons, filer par une fenêtre de derrière, la rebaisser et réussir à escalader un mur ou à s'introduire chez le voisin pour regagner la rue en s'échappant par les jardins, tout ça sans se faire repérer par une douzaine de flics... Oui, pourquoi pas. C'est du domaine de l'humainement possible. On a fouillé les jardins, mais s'il s'était enfui avant qu'on y arrive... oui. Ça reste possible. Quoique foutrement improbable.

— Foutrement improbable, ai-je repris.

— Plus qu'improbable, sauf que je connais pas le mot pour dire ça.

— Moi non plus. Faudra que je le cherche.

— En tout cas, je crois pas que ça se soit passé comme ça. Je pense qu'on l'aurait vu ou entendu ou senti ou détecté d'une manière ou d'une autre.

— Est-ce qu'il aurait pu rester caché à l'intérieur ? La maison est grande.

— S'il aurait pu ? Bien sûr. Est-ce qu'il aurait pu, quoi... trouver un faux mur et se planquer derrière ? Oui. Il aurait même pu loger là depuis des années. Mais est-ce que les agents ont inspecté les lieux de manière convenable et exhaustive ? Ouais. Un peu, mon neveu. Je les ai vus de mes propres yeux. Je crois pas qu'il était là.

Il s'est interrompu pour boire une gorgée de quelque chose. Sans doute du café.

— Ou elle, a-t-il repris.

— Ou elle, ai-je répété.

— Ouais. C'est ce que je viens de dire.

— Voilà.

Ramirez a lâché « Okay » et « Au revoir » sur un ton qui sonnait comme *Va te faire foutre*, puis il a raccroché.

## 22

Je suis rentrée chez moi, où j'ai pris une douche, me suis habillée avant de lire le dernier numéro de *La Revue du détective*. Alex Whittier était en couverture. Professeur de criminologie à l'université Northwestern. La revue présentait une transcription de sa dernière conférence : la méthode scientifique d'élucidation de blablabla. Ou un truc dans le genre.

Quelques heures plus tard, je suis remontée en voiture et je suis allée à Japantown retrouver un vieux copain, Bret, pour un dîner tardif chez Fukyu, au centre commercial. Il avait déjà commandé. Il savait ce que j'aimais. C'était son hobby : savoir ce qu'aimaient les femmes. Bret avait la cinquantaine et c'était la personne la plus riche que je connaisse. Je n'avais pas besoin d'argent, mais au cas où, je savais que je pouvais toujours compter sur lui. Ce n'était pas rien ; on ne pouvait pas en dire autant de tous les nantis. Il était né plein aux as et comme il adorait le pognon, il n'arrêtait pas de s'enrichir.

Après le dîner, on s'est baladés dans le centre commercial. Bret était né en Italie et avait vécu un peu partout dans le monde. Il s'est arrêté devant une confiserie et a bondi à l'intérieur pour bavarder avec la vendeuse en japonais. En ressortant, il portait une petite boîte et un air triomphal au visage.

– C'est ça ! m'a-t-il lancé avec un grand sourire.

Je ne savais pas de quoi il parlait, mais j'ai souri aussi. Il m'a expliqué que c'était un gâteau spécial qu'il n'avait pas mangé depuis l'époque où il habitait Kyoto. Le bonheur est contagieux et Bret paraissait toujours, inimaginablement, heureux.

Plus tard pourtant, chez lui, alors que le soleil se levait, je n'arrivais pas à dormir et son bonheur avait reflué, battu en brèche par mon immunité naturelle. « Le bonheur, écrit Silette, est le résultat temporaire du déni de ce que l'on sait déjà. » Loin de moi l'idée de nier la subtile et séduisante vérité pour un truc aussi bête que le bonheur. Cette vérité qui était si fichtrement importante, cette vérité pour laquelle on était tous censés donner notre vie, abandonner notre bonheur. Cette vérité que nous, détectives, nous, silettiens, étions censés chérir. Et dire qu'une autre fille, une pauvre poire innocente, était peut-être en train de s'éclater en ce moment même...

Je me suis assise sur une banquette de fenêtre en soie et j'ai regardé la ville en contrebas. Bret dormait d'un sommeil ravi dans son lit géant. Dans un tiroir à son chevet j'ai trouvé un bon gros paquet de coke. J'en ai sniffé l'équivalent d'un ongle et j'ai fourré le reste dans mon sac. Il connaissait les risques en m'invitant chez lui. La maison qu'il possédait à San Francisco était perchée tout en haut de Pacific Heights, on voyait le monde entier depuis sa chambre. J'ai ouvert la fenêtre et je m'y suis penchée. Le brouillard était moite et les réverbères luisaient. J'ai pris le gâteau spécial de Bret sur la table de nuit où il l'avait posé, à moitié boulotté, et je l'ai balancé dans la rue. Je l'ai regardé tomber lentement dans l'aube rose jusqu'à l'asphalte noir, puis, en morceaux et en strates, dégringoler au bas de la colline. Un corbeau grassouillet, finaud, a fondu dessus, s'est posé à côté et a commencé à picorer les miettes pour son petit-déjeuner. Ensuite, je me suis habillée et j'ai rejoint le parking où je m'étais garée. La note s'élevait à cinquante-deux dollars cinquante et le caissier s'attendait à ce que je proteste, mais je ne l'ai pas fait.

Après avoir récupéré ma caisse, je ne suis pas rentrée chez moi. J'ai roulé à travers la ville, à regarder le soleil se lever quartier après quartier et à m'enfiler de petites doses du gros sachet de blanche. Vers six ou sept heures, j'ai regagné mes pénates et j'ai pris un des cachets de Vicodin de Lydia. J'ai rampé jusqu'à mon lit et je me suis endormie devant *Craig Kennedy, Criminologist*. Le professeur Kennedy résolvait toujours ses affaires en trente minutes. Chaque semaine, les mêmes décors, habillés de manière un peu différente, et presque toujours les mêmes acteurs, vêtus de nouveaux costumes, déroulaient diverses intrigues à l'écran. Ce qui n'était peut-être pas si éloigné que ça de tous les mystères. Seulement plus court.

Le lendemain, après un sommeil agité, je me suis levée, je me suis préparé un thé vert et je me suis recollée devant la télé. J'ai eu Claude et Tabitha au téléphone. Plus tard, je me suis assise par terre et j'ai battu les cartes de visite que j'avais prises sur la commode de Paul. Je les ai rebattues et j'en ai tiré une.

Le magasin de guitares.

Je suis allée chercher le dossier de l'Affaire du Kali Yuga et j'ai étudié la liste des guitares disparues. Cinq. Le vocabulaire de la gratte évoquait un récit porno traduit d'une langue étrangère : vibrato, rosace, double échancrure, œillets, chevilles, action, barrage, filets, queue d'aronde.

J'ai appelé Jon, le mec du magasin, et je lui ai laissé un message. Je lui ai dit que je voulais lui parler. Je ne lui ai pas dit que j'ignorais de quoi je voulais lui parler.

Je ne savais pas pourquoi je n'avais pas informé Lydia pour le jeton de poker.

Tout ce que je savais, c'est que je ne l'avais pas fait.

## 23

*Brooklyn*

Je me suis réveillée le lendemain assoiffée et avec la gueule de bois. Je me suis traînée jusqu'à notre cuisine caverneuse, conçue pour toute une brigade, et j'ai mis la cafetière en route. J'étais drapée dans ma couverture. Le chauffage était soit en panne, soit coupé pour défaut de paiement. J'ai allumé le four.

– Tu fais cuire quelque chose ?

Je me suis retournée. Ma mère était là, l'air aussi cuitée que moi.

– C'est juste pour me réchauffer.

– Yah, a-t-elle dit. Fais un café pour maman, tu veux ?

– Il est déjà en route.

Elle a paru soulagée. On s'est assises toutes les deux à la grande table en bois. Ma mère, Lenore, était encore une femme d'une beauté renversante, surnaturelle. Sa chevelure blonde présentait une coupe démodée et son maquillage de la veille avait coulé, mais ça n'y changeait rien. Elle avait les pommettes hautes et une peau parfaite, si bien tendue qu'on aurait pu y faire rebondir une pièce de monnaie. Ses yeux bleus irradiaient. Son accent autrichien avait été soigneusement affiné dans une ribambelle d'internats à travers l'Europe à mesure qu'ils la renvoyaient l'un après l'autre. Les hommes auraient pilé au beau milieu de l'autoroute pour ma mère. Les hommes auraient sacrifié des fortunes pour elle. Des hommes avaient fait tout ça, et plus encore, comme elle se plaisait à nous le rappeler.

Seulement, elle était tombée amoureuse de mon père. Et selon elle, c'était à partir de ce moment-là que sa vie avait entamé sa longue spirale descendante.

Au-dessus de la cheminée, un carré bien net, encadré de poussière grise, marquait l'emplacement où figurait une sérigraphie de ma mère par Warhol avant qu'elle finisse par la vendre, quelques années plus tôt. On a regardé la trace vide.

– Ach, a-t-elle lâché. La voiture.

Lenore possédait une petite Karmann Ghia jaune. Au moins deux fois par an, elle atterrissait à la fourrière – lire les panneaux et alimenter les horodateurs était exactement le genre de corvées pour lesquelles ma mère n'avait pas le temps. La corvée consistant à aller récupérer sa caisse au dépôt de Brooklyn incombait toujours à d'autres.

Un matin, quelques mois plus tard, un Italien se pointerait chez nous et passerait une heure à enguirlander ma mère en italien pendant qu'elle l'invectiverait en retour. Là-dessus, le type s'en irait au volant de la petite voiture jaune, que je ne reverrais plus jamais.

Lenore s'est approchée de la fenêtre. Elle s'était garée devant une borne d'incendie à quelques mètres de la maison. On avait notre propre allée, mais elle était bloquée par un véhicule abandonné là depuis plusieurs semaines.

Personne n'avait encore rien remarqué, ni le tacot dans notre allée ni la Karmann Ghia devant la borne d'incendie. La brigade de surveillance de la voie publique était loin de patrouiller régulièrement notre quartier. La rue était grise, avec des petits tas de vieille neige durcie çà et là, des amas de détritus éparpillés autour.

– Ma puce, a dit Lenore. Tu veux bien ?

Elle paraissait au bord des larmes.

– Okay. Mais après un café, d'accord ?

Elle a acquiescé. Elle m'a regardée, longuement, comme si elle m'étudiait vraiment.

– Quoi ? ai-je lancé, agacée.

– Tu vas bien, hein ? Tout baigne ?

– Ben oui. Évidemment, tout baigne.

Elle s'est approchée de moi. J'ai craint qu'elle ne veuille me serrer dans ses bras et je me suis raidie, mais elle m'a simplement mis la main sur la tête.

– Yah, a-t-elle dit. Tu vas toujours bien, toi.

Le ton était amer, on aurait cru que j'avais fait une bêtise. Ses doigts se sont resserrés autour de mon crâne, comme si elle était un aigle et moi une souris qu'elle venait d'attraper. Un moment, j'ai cru que j'allais tomber de ma chaise.

Lenore me pressait le crâne. Je sentais ses ongles s'enfoncer dedans.

Enfin, elle m'a relâchée.

– Donne-moi des sous, ai-je dit au bout d'une minute. Je vais demander aux garçons du coin de la rue de déplacer la voiture tout de suite.

Le soir venu, Tracy et moi avons pris le métro pour suivre notre dernière et meilleure piste : le film que Chloe avait prévu d'aller voir avant de disparaître. On a emprunté la ligne G, puis la F jusqu'à l'East Village.

New York n'était pas si vaste que ça, pour nous – c'était Brooklyn, certaines parties de Queens, et Manhattan en dessous de la 14$^e$ Rue.

Il y avait dans les six kilomètres entre chez nous et la Deuxième Avenue. En métro, le trajet prenait soixante-sept minutes. Je me suis plongée dans *Les Enquêtes de Cynthia Silverton*, emprunté au bibliobus le matin même. Tracy l'avait déjà terminé. Elle a ramassé un numéro du *New York Post* resté sur la banquette.

– Ed Koch. Putain de maire. Viens, on échange.
– Non.

Chaque mois apportait rigoureusement une bonne chose, plus régulière que les règles : un nouveau numéro des *Enquêtes de Cynthia Silverton*. On n'était pas gâtées en matière de bibliothèque dans notre coin de Brooklyn – une vitrine rouge pâle constamment fermée pour travaux –, mais il y avait le bibliobus : un grand camping-car rutilant qu'un généreux bienfaiteur achalandait en bandes dessinées, romans sentimentaux, polars, quelques volumes brochés des *Jumelles de Sun Valley*, et *Les Enquêtes de Cynthia Silverton*. *Les Enquêtes de Cynthia Silverton* était un mensuel illustré petit format qui relatait les exploits de la jeune détective et étudiante en première année Cynthia Silverton. Chaque numéro comprenait une aventure de Cynthia Silverton, un « Vrai mystère pas totalement élucidé », des récits de crimes véridiques et d'alléchantes publicités pour des cours par correspondance en investigation, dactyloscopie et autres outils importants du métier. Je possédais déjà l'appareil-photo espion Cynthia Silverton, un minuscule faux Minox de quatrième catégorie qui tenait dans le creux de ma main, ainsi que la mallette de dactyloscopie officielle Cynthia Silverton apprentie détective, celle-là même qui nous avait lancées sur le chemin de notre perte.

Le mystère non élucidé du mois était l'Affaire de l'Héritière assassinée. Lana Delfont avait été retrouvée écharpée dans son appartement de Park Avenue. La porte était fermée de l'intérieur. Qui avait bien pu la tuer ? Et pourquoi le meurtrier n'avait-il pas volé ses fameux diamants, mais préféré les disposer harmonieusement sur son corps ?

– C'est sa fille, a dit Tracy.

– Oui. Les boucles d'oreilles.

– Exactement. Il n'y a qu'une fille pour mettre des boucles d'oreilles sur sa mère comme ça.

– Il n'y a qu'une fille pour labourer sa mère d'autant de coups de couteau.

Tracy a hoché la tête. Elle n'avait pas de mère – la sienne était morte dans un accident alors qu'elle n'avait que deux ans – mais elle avait ouï dire.

Enfin, le métro est arrivé à notre station de destination et on s'est emmitouflées contre le froid du dehors.

On est allées au Theatre 80. Une punkette dégoûtée à cheveux roses et sweat léopard tenait le guichet. *Boulevard du crépuscule*, clamait l'enseigne. Trois soirs seulement.

– Bonsoir, ai-je dit à la fille devant l'hygiaphone. Tu peux m'indiquer ce qui passait dimanche dernier à la séance du soir ?

– Cinq dollars.

– Je veux pas acheter une place. Je te pose une question. Est-ce que tu sais ce qui passait ici dimanche soir dernier ?

Elle a pointé un doigt à gauche. J'ai regardé. Je n'ai rien vu.

– Tu peux me répondre, non ? ai-je insisté.

Elle a de nouveau montré ma gauche. Puis elle m'a tourné le dos.

— Pourquoi tu fais ta pétasse ?

Elle a haussé les épaules.

— Va chier, ai-je lancé. Pétasse.

Elle a pivoté vers moi et m'a fait un doigt.

— Va chier, salope, a-t-elle répliqué.

— Regarde, a soufflé Tracy.

Sur le mur de gauche s'étalait une affiche de *Belle de jour*. En dessous, un petit carton annonçait : *Dimanche : 20 h, 22 h, 24 h.*

— Je l'ai jamais vu, a-t-elle ajouté. Ça parle de quoi ?

On a mangé un morceau chez Stromboli, en face, et je lui ai raconté *Belle de jour*, le gros type avec ses insectes en boîte et le gangster aux dents en or. Après la pizza, on a poussé jusque Chez Sophie, le bar tout près de chez Reena et Chloe. Là, on a pris des pintes à un dollar. Quelqu'un a mis les Pogues sur le juke-box. Au comptoir, un vieux bonhomme marmonnait dans sa barbe, énervé et suspect.

On est reparties pour le Horseshoe bar, où l'ex de Chloe, Ben, devait maintenant avoir pris son service.

Ben venait de commencer quand on a commandé notre première tournée. À première vue, il était parfait. Il avait vingt et un ans. Châtain, cheveux courts, en jean Levi's sous une chemise aux manches retroussées qui révélaient de superbes avant-bras basanés, l'un tatoué d'un cœur brisé accompagné des mots L'AMOUR TUE.

Si on savait toutes les deux qui il était, lui ne se souvenait pas de nous. Et il avait l'air de s'en ficher pas mal.

— Ouais, a-t-il lâché méchamment quand on lui a dit qu'on cherchait Chloe. Eh ben, je sais pas du tout

où elle est et si je le savais, c'est sûrement pas à vous que je le dirais.
— Quoi ? ai-je fait. Mais pourquoi ?
— Qui tu crois qu'on est ? a renchéri Tracy.
— Je sais parfaitement qui vous êtes, a-t-il répondu avant de s'en aller accomplir quelque tâche imaginaire.

Avec Tracy, on s'est regardées. Encore un mystère. On a longé le comptoir pour rejoindre l'endroit où se trouvait Ben.
— On est détectives, a attaqué Tracy. Reena nous a demandé de l'aider à retrouver Chloe. Elle est terriblement inquiète.

Ben a ouvert la bouche puis l'a refermée, l'air interdit.
— Je connais Chloe depuis environ un an, ai-je renchéri. On s'est déjà vus. Au moins des millions de fois. Au Gas Station, par exemple, quand Vanishing Center...
— Oh ! Oh, merde !

Il a secoué la tête.
— Pardon. Je vous avais absolument pas reconnues. Non, vous, vous êtes... Oh là là, je suis désolé.

J'ai dit que ce n'était rien. Il nous a demandé pourquoi on cherchait Chloe. Je lui ai expliqué que Reena nous avait embauchées. Que Chloe avait disparu. Que personne ne l'avait vue depuis le jeudi précédent.
— Merde. C'est vrai, Reena m'a appelé, mais j'ai pensé que... Bref. Vous savez bien.
— Non, a démenti Tracy. On sait pas.
— Vous savez pas ? Vous êtes pas au courant pour Chloe ?

On a secoué la tête. Ben nous a regardées et a poussé un soupir. Il a fermé les yeux et s'est passé une main sur le visage, comme s'il essayait d'effacer une tache qui refusait de partir.
— Héro, a-t-il fini par déclarer en rouvrant les yeux.

– Quoi ? s'est écriée Tracy. Chloe ? Elle se came ?
Ben a hoché la tête.
– Je vous ai prises pour ses petites connes de copines de shoot. Certaines sont venues la chercher ici.
– Attends, l'ai-je coupé en tirant mon carnet et mon stylo. Quand est-ce qu'elle a commencé à se shooter ?
Ben a haussé les sourcils.
– Ça doit faire dans les six mois. Peut-être un peu plus, je sais plus. Elle s'est liée avec ces nanas, là. Je vous ai confondues avec elles, désolé. Toute cette bande de pouffiasses, de raclures de fond de tiroir. Soon Yi et Nico et la clique de petites putes de bas étage avec qui elles traînent.

*Soon Yi*, ai-je noté. *Nico. Petites putes de bas étage.* On les connaissait.

– Et pour la clique de petites putes de bas étage, ai-je demandé, tu as des noms ?
– Hmm… Il y en a une qui s'appelle Cathy, elle vient des cités HLM. Il y aussi Georgia, elle, il me semble qu'elle est carrément sans-abri, je crois qu'elle squatte chez Cathy la plupart du temps.

On connaissait aussi Cathy et Georgia.

– C'est pour ça que vous vous êtes séparés ? À cause de la dope ?

Ben a acquiescé. Il avait l'air triste et j'ai regretté d'avoir posé la question. J'ai regretté d'avoir eu à la poser.

– J'étais fou d'elle, a-t-il dit. J'avais l'intention de… J'espérais qu'on… Voilà, quoi. Je pensais qu'on resterait ensemble. Je sais bien qu'elle était jeune, mais elle était tellement mûre. Elle était… comme une nana normale, quoi. Pas du tout gamine. Et puis elle a commencé *ça*. Je lui en ai pas voulu. Pas au début. Je pensais qu'elle testait, qu'elle expérimentait, et bon, j'ai fait pareil, hein. J'ai à peu près tout essayé. J'étais mal placé pour la sermonner. Sauf que… Vous savez comment ça se passe. Elle s'est mise à se shooter tous les week-ends, puis tous les soirs, puis tous les jours.

– C'est toi qui as rompu ? Ou c'est elle ?

– Ni l'un ni l'autre, en fait. C'est bien ça le pire. On a juste arrêté de se voir. Elle passait de moins en moins de temps avec moi et quand on se voyait, on s'engueulait.

– Sur la drogue ? a demandé Tracy.

– Oui. Non. Sur tout.

Il a soupiré.

– Quand j'ai connu Chloe, c'était une fille pétillante, intelligente, équilibrée. Elle avait un super boulot, son appart à elle, cent pour cent responsable. Elle paraissait totalement, euh… totalement saine.

– Et après ? ai-je demandé.

– Après, ça a commencé à partir en couille. Y avait pas que l'héro. Elle traînait de plus en plus avec les autres tordues, elle sortait trop, elle oubliait de payer ses factures, elle rappelait pas quand on lui laissait un message. C'était comme si elle était en train de sombrer. Ou comme si elle avait jamais été la nana responsable et équilibrée qu'elle paraissait être, en fait. Comme si tout au fond, elle avait toujours été complètement ravagée, elle avait juste super bien réussi à le cacher jusque-là. Et qu'elle y arrivait plus. Quelle merde, putain, c'était horrible.

– Tu as tenté de l'aider ? a demandé Tracy.

– Évidemment. J'ai essayé de lui parler, de l'engueuler, de lui dire que je l'aimais, tout. Mais elle arrêtait pas de s'enfuir. Ce que je racontais comptait de moins en moins.

– Votre dernière dispute, c'était quand ? ai-je voulu savoir.

– Notre dernière dispute... Eh ben, un soir, je rentre à la maison et je la trouve là, avec une poignée de ses pouffiasses de copines. En train de se défoncer. Assises en rond à se passer un sachet de poudre comme si de rien n'était. À piquer du nez au milieu du salon. De *mon* salon. Alors là, j'ai... Ce que vous savez pas, c'est que ma mère est toxico. Et j'ai une règle : pas de drogues chez moi. Je vous l'ai dit, j'ai tout essayé, je juge pas. Seulement j'ai grandi au milieu de la came et je veux plus de ça chez moi.

On a hoché la tête. On comprenait parfaitement.

– Alors j'ai viré ses copines. Et Chloe, ben... elle était déchirée. J'aurais dû la laisser dormir, attendre qu'elle redescende, mais ça m'avait mis hors de moi. Alors j'ai pété les plombs. Je me suis mis à lui gueuler dessus. *Je t'aime, putain, qu'est-ce que tu fous ? Qu'est-ce qui te prend ?* Et elle, elle a éclaté de rire ! Elle était assise par terre, les yeux qui roulaient dans tous les sens, et elle se marrait !

Ben a secoué la tête. Il y avait autre chose. Un truc qu'il ne disait pas. Je l'ai vu dans la manière dont il a froncé les sourcils, dont le blanc de ses yeux s'est voilé.

– Elle a parlé, ai-je hasardé. Elle t'a dit quelque chose.

– Oui, a-t-il répondu tout bas. Elle a dit... Elle a dit... Elle a dit qu'elle savait bien que je l'avais jamais vraiment aimée, de toute façon. Là, ça a été la goutte d'eau. Je lui ai balancé un verre à la figure – enfin, sur le mur au-dessus d'elle. Parce que c'était pas possible qu'elle sache pas... Merde, j'avais tout fait. Tout ce que j'avais pu.

Il a de nouveau froncé les sourcils.

– Du moins, tout ce que je connaissais. Mais bon, qu'est-ce que j'y connais à l'amour, moi, hein ?

On est restés comme ça un moment sans se regarder. C'est là que je me suis aperçue que son tatouage au bras était encore très foncé, presque tout neuf. L'AMOUR TUE.

– Il y a un bouquin, a commencé Tracy les yeux dans son verre. L'auteur, il dit : « Le narrateur n'est en aucun cas tenu de convaincre l'auditeur de la vérité. Il revient à chacun de prendre les mots et de se les approprier. Nul ne peut accomplir cette tâche pour un autre. » Voilà ce qu'il dit dans ce bouquin qu'on aime bien.

Ce bouquin qu'on aimait bien. Au même titre que cet air qu'on respirait, que ce soleil qui brillait sur nous.

Ben a plissé le front et s'est tourné vers Tracy.

– Tu crois que c'est vrai ?

– Absolument.

Ben et Tracy se sont regardés et quelque chose est passé entre eux – une poignée de main secrète, un mot codé. L'instant est reparti aussi vite qu'il était venu. Ben nous a servi deux shots de tequila et a tapé du poing sur le bar, indiquant dans le langage ancestral des barmen que c'était aux frais de la maison. On l'a remercié, on a vidé nos verres cul sec et il nous a remis une tournée.

– Donc, ai-je dit, revenant à nos moutons, c'est la dernière fois que tu l'as vue ?

– Oui. Je suis ressorti et j'ai passé quasiment toute la nuit dehors. Quand je suis rentré, elle était partie. Le lendemain, j'ai fait remplacer mes serrures. Quelques semaines plus tard, j'ai changé de numéro de téléphone. Je ne voulais plus jamais la revoir.

– Et donc, les pouffiasses sont venues ici à sa recherche ?

– Quelques fois. Elles avaient pas l'air inquiètes ni rien. Elles ont juste dit qu'elles étaient sans nouvelles.

Aucun de nous n'a rien ajouté. Un client est entré. Ben est allé le servir puis il est revenu vers nous.

– Dis-m'en plus, a fait Tracy. Parle-moi de Chloe.

Il a pris une grande inspiration.

– Je l'aimais. Et je veux plus jamais la voir de ma vie.

De nouveaux clients sont entrés et il est parti s'occuper d'eux, en séchant d'abord sa deuxième tequila.

– Tu sais où on peut les trouver ? ai-je demandé à Tracy. Cathy et Georgia ?

– Peut-être. T'as de la monnaie ?

J'ai tiré des pièces de mon sac et Tracy est allée à la cabine téléphonique au fond du bar. Elle est revenue vingt minutes plus tard avec des infos.

– D'après Chris Garcia, un mec que je connais qui a couché avec elle une fois ou l'autre, Cathy traîne à la Cherry Tavern.

– Et quand Cathy est quelque part, Georgia n'est pas loin.

Je connaissais Georgia. Je détestais Georgia. J'ai pensé à sa jolie frimousse et à ses yeux noirs et quelque chose en moi s'est mis à bouillonner.

Parfois, on avait l'impression que tous les ados de New York n'étaient qu'à deux ou trois degrés de séparation. Comme si c'était un petit monde secret dans lequel on gagnait le droit d'entrer à quatorze ans et qu'on quittait à vingt, en jurant de ne jamais répéter ce qu'on avait vu. Personne ne nous croirait, de toute façon.

## 24

*San Francisco*

Cinquante jours après la mort de Paul, j'ai traversé le Bay Bridge pour Oakland. En dépassant l'endroit où Paul avait laissé sa voiture, je pensais que je ressentirais peut-être quelque chose, mais non. Du moins, c'est ce que je me suis dit. La circulation était infernale, je me suis trompée de sortie et je me suis retrouvée coincée dans les bouchons du centre-ville. Celui d'Oakland ressemble à celui de Brooklyn – beaucoup de beaux bâtiments anciens, construits pour le respectable consommateur bourgeois, désormais envahis de boutiques de fringues « New York style », d'officines qui vendaient des dents en or, de stands de fish & chips et, maintenant, de centres de distribution de marijuana thérapeutique. Quelques vénérables établissements comme le grand magasin de luxe I. Magnin résistaient encore, allez savoir comment.

Un essaim de SDF s'agglutinait sous un auvent au coin de Broadway et de la 13e Rue, essayant de rester secs alors qu'il commençait à pleuvoir. Un peu plus loin, un zèbre en fauteuil roulant slalomait entre les voitures pour faire la manche, ses roues glissaient sur la chaussée humide. Il a frappé à ma fenêtre. Je n'avais pas envie d'ouvrir.

Il a insisté. Le feu est passé au vert mais je n'ai pas démarré – je ne savais pas très bien à quelle distance il se trouvait, si les roues de son fauteuil croisaient celles de ma vieille Mercedes cabossée. Il me saoulait, mais je ne voulais pas le tuer non plus.

– Salope ! a-t-il craché. Salope, dans ta caisse de bourge. File-moi du pognon.

J'ai regardé autour de moi. Depuis le trottoir, deux flics observaient la scène. Ils ne sont pas intervenus et ne paraissaient pas près de le faire.

Le gus tambourinait à ma portière.

– Salope !

Des *tut tut* ont résonné derrière moi.

– Salope ! File-moi du fric, salope !

J'ai écrasé mon klaxon. L'autre n'a pas eu l'air de l'entendre et n'a pas bougé d'un poil.

– Putain de salope en Merco. Tu vas donner, ouais.

Dans mon dos, les *tut tut* redoublaient. Enfin, les condés se sont avancés vers nous.

Le type s'est éloigné en braillant sous la pluie.

Je me suis faufilée à travers la ville, je me suis encore fourvoyée quelques fois et j'ai fini par retrouver mon chemin en grimpant dans les collines. Gavée de ma voiture, je me suis arrêtée à la première entrée du parc forestier que j'ai trouvée, je me suis garée, et je me suis enfoncée dans les bois par un chemin de randonnée.

La pluie a cessé. Au bout de huit cents mètres, j'ai bifurqué sur un passage de cerfs montant à flanc de coteau. Des champignons foisonnaient tout autour. Je n'ai croisé personne pendant dix ou quinze minutes, jusqu'à ce que j'entende une voix de femme qui chantait avec insouciance en espagnol. Après encore quelques minutes de marche, je suis tombée sur un groupe de dix ou douze personnes dans une clairière, dont la moitié était constituée d'indigènes du sud des Amériques – j'aurais dit Pérou, sans toutefois en mettre ma main au feu. La plupart étaient étendus dans l'herbe à ne pas faire grand-chose, mais deux femmes, une toute petite Indienne et une grande Blanche, se tenaient debout.

L'Indienne chantait. La Blanche disait : « Quand la potion commencera à agir, tu auras peut-être des visions. Elles peuvent paraître réelles ou non. Quoi qu'il en soit, essaie de te rappeler ce que tu vois. Il n'y a pas deux visions identiques d'un individu à l'autre. Ce sont des communications privées entre l'esprit de la liane et toi. »

J'ai continué à grimper. Non loin du sommet, j'ai tourné sur un autre sentier, moins bien tracé celui-là. En une demi-heure, j'ai contourné la colline jusqu'à l'autre versant. Il n'y avait personne ; personne que je puisse voir, en tout cas.

Trouver des points de repères dans les bois n'était pas un exercice facile pour moi. J'avais vécu la majeure partie de ma vie en ville et à mes yeux inexpérimentés, presque tous les arbres se ressemblaient. Après quelques erreurs d'aiguillage, j'ai quand même trouvé l'endroit que je cherchais : un anneau de séquoias encerclant une souche géante carbonisée. Quand un séquoia meurt, cinq ou dix autres repoussent en couronne autour des vestiges du fût mère. C'est un de leurs modes de reproduction. Cette forêt de séquoias avait été ravagée par le feu, peut-être lors des incendies d'Oakland dans les années 1980, peut-être il y a cent ans. Certains des arbres qui composaient l'anneau présentaient des crevasses calcinées à leur base, des cavités assez grandes pour qu'un homme de petite taille s'y pelotonne. Mais ils étaient toujours solides.

Un gros rocher s'élevait à proximité. Le Détective rouge était assis dessus.

– Regarde-toi, m'a-t-il lancé. T'es tellement empêtrée de mensonges que tu sais même plus où est la vérité.

J'ai haussé les épaules et me suis installée à côté de lui.

– Tu veux lire les cartes ? m'a-t-il demandé. Ou juste rester là comme ça ?

– Je crois que je veux juste rester là comme ça.

– Dommage. Moi, je veux lire les cartes.

De sa poche il a sorti son vieux jeu de tarot Rider-Waite poisseux, il a battu les cartes et en a tiré une. La Lune.

– Je te l'avais dit, a-t-il fait.

– Merci.

Le Détective rouge n'a jamais vraiment été détective, pas dans le sens où on l'entend généralement. Il n'a jamais eu de clients ni résolu d'affaires. En fait, il a vécu la plus grande partie de son existence de l'autre côté de la ligne, à commettre des crimes et à se faire pincer. Il avait un accent du Sud à couper au couteau qui trahissait les origines louisianaises de ses parents – l'accent du Sud est fréquent à Oakland, où il paraît que la moitié de la population peut remonter jusqu'à des racines en Louisiane ou en Alabama. À trente-trois ans, dit-on, et je ne sais pas si on dit vrai, le Détective rouge avait passé plus de la moitié de son existence en taule. Il était ressorti depuis trois mois quand on l'avait coincé pour homicide, volontaire. Il risquait perpète, à coup sûr, s'il perdait le procès.

Après ça, l'histoire devient floue. À Oakland, on raconte qu'il savait se servir des racines et qu'il a « marabouté » le juge, qui a rejeté le procès pour une vétille de procédure. À Berkeley, bien sûr, on considère cette explication comme raciste. On dit qu'il s'est servi de sa cervelle pour dénicher un vide juridique que le magistrat et les juristes avaient tous omis, que son esprit brillant, affûté par des années d'avocasseries pénitentiaires, avait pris la loi en défaut. À San Francisco, on prétend que c'est une femme, que le Détective rouge était un maquereau et qu'une de ses poules avait travaillé le juge au corps jusqu'à ce qu'il finisse par céder et trouve un motif pour rendre l'affaire irrecevable.

Les silettiens ont une autre version. Les silettiens racontent que dans sa cellule, le Détective rouge a lu *Détection*. Et que si l'ouvrage n'a aucun sens pour presque personne, il en avait eu pour lui. Et qu'en mettant à profit ce qu'il y avait appris, plus son armée de copains de cabane et de relations de rue, il avait découvert le véritable assassin – car il n'avait pas, en fin de compte, commis l'homicide dont il était accusé, bien que sans nul doute il en ait commis d'autres.

Mais les silettiens ne se soucient pas de justice. La justice, c'est pour les tribunaux et les magistrats. Les silettiens ne se soucient que d'une seule chose : la vérité.

Quoi qu'il en soit, le Détective rouge était désormais libre. Bien sûr, il n'était pas encore le Détective rouge, à ce moment-là. Il était, peut-être, seulement rouge. Libre, mais, si l'on en croit la légende, sans rien – pas d'amis, pas de famille, pas d'argent, pas de logement. D'abord il était resté dans le centre d'Oakland, allant et venant dans les foyers, suivant les indices pour apprendre ce que les rues avaient à lui enseigner. Lentement, quelques pâtés de maison à la fois, il avait commencé à gravir les collines.

Je l'avais rencontré sur l'Affaire du Tueur au washboard. J'entendais parler de lui depuis des années, mais je ne croyais pas franchement à son existence. À cette époque, il n'avait pas tout à fait entamé son ascension vers la forêt. Il hantait encore le centre-ville, où il se blottissait sous les auvents pour se protéger de la pluie. Il m'avait signalé l'indice que j'avais si bêtement raté : l'assassin avait encore de la terre sous les ongles bien longtemps après l'heure à laquelle il affirmait avoir quitté le parc. Ce qu'on peut être aveugle, parfois... Il se refusait à parler à la plupart des gens et ne m'aurait pas adressé un seul mot s'il n'avait su qui j'étais ; Constance et lui avaient correspondu par courrier quand il était sous les verrous. Je l'ai installé dans un petit appart à Berkeley pendant un moment, mais ça ne l'a pas botté du tout. C'est là qu'il a commencé à sentir que les bois étaient faits pour lui. Il ne m'a jamais remerciée, mais il ne m'a jamais oubliée non plus, et si j'avais besoin d'une paire d'yeux neufs sur une affaire, il répondait toujours présent.

— Cette affaire de fille disparue, a-t-il dit. C'est pour ça que tu débarques ici dans un cafard noir.

— C'est pas une affaire de fille disparue. C'est une affaire de meurtre.

— Toutes les affaires sont une affaire de fille disparue. Il n'y a pas d'affaire de meurtre, de vol, de fille disparue. Chaque affaire est toutes les affaires.

J'ai acquiescé.

— Je m'en rends bien compte. Je t'assure. Il y a plein de trucs, là. Cambriolage, c'est sûr. Meurtre, c'est sûr. En revanche, je ne vois pas de fille disparue.

— Tu trouves cette fille et ton enquête est résolue.

— Merci. Ça m'est extrêmement *in*utile.

Il a rigolé.

— Bonne chance, a-t-il dit dans un reste de rire. Bonne chance avec la fille disparue.

## 25

Le lendemain, j'ai confié le jeton de poker trouvé chez Paul à Claude. C'était un jeton de cinquante dollars. Il ne portait pas de nom d'établissement. Je lui ai demandé de se renseigner.
– D'accord, a-t-il dit. Pas de problème.
Puis il a tiqué.
– Euh, non. Je comprends pas bien ce que je suis censé faire avec ce truc. Désolé.
– Commence par trouver d'où il vient.
Là, je me suis rendu compte que Claude ne savait pas comment s'y prendre.
– La première chose à chercher, c'est une marque ou un poinçon quelconque. Alors étudie-le à la loupe. Il existe quelques ouvrages de référence sur le sujet pour les collectionneurs. Ils sont forcément à la grande bibliothèque du Civic Center. Donc, ensuite, va là-bas. Si ça ne marche pas, j'ai un contact.
– Un contact ?
– Un contact. Mais c'est le dernier recours.
Mon expert en jetons de poker pouvait se montrer désagréable, et en plus, je pensais que Claude avait besoin de cet exercice. Il était excellent pour les recherches en bibliothèque, seulement il avait encore du mal à les combiner en un récit qui soit non seulement

plausible, mais vrai. On n'enseigne plus ça à l'école, de nos jours.

– Okay, a dit Claude.

Il semblait soulagé d'avoir enfin des instructions précises.

– Je m'en occupe. Ah, et j'ai trouvé l'adresse que vous vouliez. Je vous l'ai envoyée par mail.

– Dis-la-moi.

– Je me rappelle pas.

– Mais si.

– Je vais me planter.

– Mais non.

Il a soupiré et m'a donné l'adresse à Concord.

Il faisait sombre quand je me suis garée dans Hemlock Drive à Concord, bourgade insipide de l'East Bay. Le numéro 404 de la rue était un petit pavillon de banlieue de plain-pied avec un carré de pelouse verte sur le devant. Je suis descendue de voiture et j'ai sonné.

Un homme est venu ouvrir, qui ressemblait à ce à quoi je m'attendais. Il était blanc, la quarantaine, baraqué, et habillé en jean et t-shirt.

– Craig Robbins ? ai-je demandé.

– Vous êtes ? a-t-il fait, méfiant.

– Claire DeWitt, ai-je répondu en lui montrant mes papiers. Détective privée.

Il m'a regardée d'un œil vide.

Craig Robbins travaillait pour le service de remorquage municipal – enlèvement de véhicules embourbés, de véhicules abandonnés, de véhicules ayant rendu l'âme et, dans le cas de Paul, de véhicules dont le propriétaire l'avait, lui, rendue.

– J'enquête sur le meurtre de Paul Casablancas. C'est vous qui avez découvert sa voiture.

– Ah oui ?
– Oui. Une Ford Bronco. Ancienne. Vous l'avez récupérée sur le Bay Bridge, à 4 h 50 du matin, il y a cinquante et un jours.

Il a plissé le front.

– Ah, oui ! s'est-il écrié, surpris.
– Qu'est-ce qu'elle avait comme problème ?
– L'alternateur. Le conducteur a dû appeler la police de la route ou trouver quelqu'un pour l'emmener. Aucune trace. Il était parti depuis longtemps quand je suis arrivé.
– Qu'est-ce qu'elle dégageait, à l'intérieur ? Quand vous y êtes monté pour l'examiner. Elle dégageait quoi ?
– Ce qu'elle dégageait ? Comment ça, ce qu'elle dégageait ? Genre si elle sentait le cuir ?
– Non. Qu'est-ce qu'elle dégageait ?

Il a froncé les sourcils.

– Je vois pas ce que vous voulez dire. Je pige pas. Je l'ai pas vraiment sentie.
– Ce que je veux dire, c'est : qu'est-ce qu'elle dégageait ?
– Je l'ai pas auscultée, non plus. J'ai fait qu'entrer et sortir.
– Quand vous étiez dedans. Elle dégageait quelle impression ?
– Une impression de voiture, a-t-il lâché avec une pointe de sarcasme. Elle dégageait une impression de voiture.

Je l'ai observé. Je l'ai observé jusqu'à voir les ombres derrière ses yeux, ces ombres qu'il tentait de cacher avec ses railleries et ses protestations à deux balles.

– Écoutez, Craig. Je suis la seule à qui vous puissiez le dire. Vous pouvez me refiler le bébé et vous en débarrasser une bonne fois pour toutes. À moi et à personne d'autre. Si vous ne le faites pas, si vous préférez le garder pour vous et faire comme si de rien n'était, ça vous hantera pour le restant de vos jours.

Il m'a fixée.

– Vous êtes cinglée. Vous feriez mieux de partir. Allez-vous-en.

– Qu'est-ce qu'elle dégageait ? ai-je insisté. C'est votre dernière chance. Votre dernière chance de vous en débarrasser. Définitivement. Jusqu'à la fin de votre vie.

Craig Robbins a fait la moue, poussé un soupir, regardé autour de lui, froncé les sourcils et fini par lâcher :

– Elle dégageait... du noir. Quelque chose de très, très sombre. Comme un lieu où on pouvait se perdre. Où les gens pouvaient vous oublier et...

Il s'est mis à pleurer, des larmes furieuses forçant le passage.

– C'était comme... a-t-il sangloté, être perdu au fond des bois.

# 26

À Concord, je me suis acheté des *pupusas* et des bananes plantain dans un resto salvadorien, puis j'ai pris le chemin du retour. À la maison, j'ai allumé un pétard et j'ai regardé *New York, police judiciaire*. Pendant le troisième épisode, le téléphone a sonné. J'ai laissé le répondeur se déclencher.

C'était encore Kelly.

*Marmonni marmonna t'es là ? Je sais que t'es là. Décroche. Décroche. Décroche.*

J'ai décroché.

– Salut, a-t-elle fait comme si on se parlait tous les jours. Tu te rappelles le bibliobus ?

– Ben oui. Évidemment.

– Les bouquins de Cynthia Silverton ? Ou illustrés ou je ne sais quoi ?

– Oui.

Ça me faisait un peu mal qu'elle me pose cette question. Que ça n'aille pas sans dire. Que peut-être, notre vie ensemble ait été aussi éphémère que tout ça.

– Va voir sur le Net, a-t-elle repris. Cherche Cynthia Silverton. Et après, rappelle-moi.

Elle a raccroché.

Je me suis préparé une tasse de thé vert en ruminant quelle salope elle était. Quelle salope elle avait toujours été.

Ensuite, j'ai fait ce qu'elle demandait.

D'abord, j'ai cru l'avoir mal écrit. J'ai essayé différentes orthographes et j'ai compris que je ne m'étais pas trompée.

Il y avait une brève description dans un catalogue en ligne des magazines illustrés, piquée et recopiée trente-huit fois.

*Cynthia Silverton : illustré à tirage limité publié en autoédition à Las Vegas, Nevada, de 1978 à 1989. Les aventures de Cynthia Silverton, apprentie détective et étudiante en première année d'université. Extrêmement rare, mais de valeur limitée.*

Et un post de blog, au-dessus d'une photo des illustrés eux-mêmes.

*Intégrale des « Enquêtes de Cynthia Silverton ». Du moins je crois. Peu d'informations sont disponibles sur ces obscurs polars illustrés des années 70-80. Aucune référence chez Grafton ni chez Heinz. La détective en herbe Cynthia Silverton, de Rapid Falls, résout des mystères, combat son ennemi juré Hal Overton et va à la fac, où elle est inscrite en première année de criminologie. Étrange et merveilleux.*

En quelques minutes sur le web, j'avais toutes les coordonnées du bloggeur et, ces renseignements obtenus, je n'ai pas rappelé Kelly. J'ai pris ma voiture et j'ai filé à Oakland rencontrer Bix Cohen, bloggeur.

Bix Cohen habitait un grand appartement dans le quartier chaud de la ville, où les héroïnomanes rôdaient en liberté et où les fenêtres étaient là pour être cassées. L'endroit était morne et suintant de bruine à mon arrivée. Bix Cohen occupait un vaste immeuble industriel entouré de terrains vagues, vides hormis quelques meubles çà et là, des débris de verre et les autres bizarreries qui s'accumulent dans les angles morts urbains – mauvaises herbes, vêtements sales, capotes usagées, papiers gras, bouts de plastique et de cuir impossibles à identifier.

Trois autres véhicules stationnaient dans sa rue, dont deux aux allures d'ancêtres : une Merco 1985 et une Olds 1991. Le capot de la Merco était grand ouvert. J'ai supposé que le troisième véhicule, une petite Honda 1998, était celui de Bix Cohen. Je me suis arrêtée devant chez lui, j'ai sorti mon téléphone et je l'ai appelé.

– Et donc, vous êtes qui ? a-t-il redemandé au bout de quelques minutes.

– Claire DeWitt, ai-je répété. Je suis détective privée. Et je crois que vous pouvez m'aider dans une enquête très importante.

– Waouh. Vous êtes sûre d'être au bon numéro ? Je suis pas vraiment important.

– Ne vous dévalorisez pas, Bix. Vous pourriez être la clef de toute l'affaire.

– Bon, okay, a-t-il fait d'un ton hésitant.

Il ne marchait pas. La plupart des gens ne reconnaîtraient pas la vérité même si elle leur mordait le cul et les payait pour ça. Difficile de leur en vouloir.

– Et vous voudriez qu'on se voie un de ces jours ?
– Un de ces jours style ce soir. Style tout de suite.

Bix est descendu et ne m'a fait aucune confiance. Fine mouche. Il avait une trentaine d'années environ. Il portait des lunettes, un t-shirt noir et un jean. Je le pressentais libraire et je n'étais pas loin : il revendait des livres d'occasion. Il se tenait sur le seuil sans ouvrir complètement la porte, comme si ça m'empêcherait d'entrer.

– Je ne pige pas, disait-il. Personne d'autre ne les a ?
– Personne.
– Je sais pas. Je préférerais qu'on se voie dans un lieu public.
– Bien sûr. Je comprends tout à fait. Mais je préférerais voir les exemplaires tout de suite.

On s'est regardés. Ce gars me plaisait. Il avait plus de volonté que je ne m'y attendais.

J'ai tiré mon portefeuille et j'ai commencé à sortir lentement des billets de cent dollars.

Au premier, Bix n'a pas bougé d'un cil. À deux, il s'est dandiné un peu, balançant d'un pied sur l'autre. À trois, il a poussé un profond soupir.

– Comment ça va, dans le livre, en ce moment ? ai-je demandé.
– Bien, a-t-il répondu en fixant l'argent.

Je lui en ai tendu deux. Ils étaient tout beaux, tout frais sortis de la banque. Il y a des détails qui changent tout. Personne n'a rien à foutre d'une liasse de billets de dix et de cinq tout fripés.

– Deux pour voir, ai-je dit. Le tout pour acheter.

Il a pris les deux.

– Okay. D'accord. Venez avec moi.

Je l'ai suivi dans l'escalier.

Bix a préparé du thé. Son appart était immense pour la région – plus de cent mètres carrés, probablement plus près de cent cinquante – et bourré de bouquins, magazines et toutes sortes de choses imprimées. Bix collectionnait aussi des objets étranges : une étagère était remplie d'yeux de verre, une autre de vieilles théières en forme de singes, de chats et d'animaux en tous genres. Sur une grande table en bois s'empilaient les volumes de Cynthia Silverton, cent huit numéros. J'y ai jeté un coup d'œil. C'était bien eux, pas de doute. Un seul regard a réveillé des foules de souvenirs. Les échanges sous la table avec Tracy et Kelly pendant les cours. L'exemplaire qu'on nous avait volé sur la ligne G et la bataille avec la détrousseuse. Mes soirées au lit plongée dans les affrontements entre Cynthia et Hal Overton, son ennemi juré.

– Où est-ce que vous les avez trouvés ? ai-je demandé.

Bix était assis dans un vieux canapé en veloutine rouge. Il a croisé les jambes.

– Honnêtement ?
– Ben non. Dites-moi plutôt des conneries.
– Je les ai trouvés dans une poubelle.
– Honnêtement ?
– Je vous jure.
– Combien vous en voulez ?
– Oh, a-t-il fait du tac-au-tac. Ils ne sont pas à vendre.

Ça, ça veut dire un gros paquet.

– Je vous en donne cinq cents. Tout de suite. Pour la collection complète.

Il a fait une tête comme s'il s'apprêtait à me plaquer.

– Je crois pas, non.
– Mille.

Il a fait la même tête.

– Deux mille. Je peux revenir avec dans une heure.

Il a refait la même tête.

– Vous être propriétaire de cet appart, pas vrai ?

Il a souri.

– Oui. Tout le bâtiment est à moi. Je l'ai acheté à la ville grâce à son programme de désenclavement, pour environ cinq dollars.

— Vous savez que je suis détective privée. On pourrait marchander. Je peux dénicher à peu près n'importe quoi. Sur n'importe qui.

Il a haussé les épaules.

— Je sais déjà tout ce que je veux savoir. À moins que vous puissiez découvrir, disons, qui était Kaspar Hauser et qui a tué Kennedy, ce genre de trucs.

— Le prince héritier de Bavière. Et E. Howard Hunt.

— Ouah ! Pas mal. Mais bon, là, y a pas matière à négocier.

— Je pourrais déterrer de vilains secrets sur vous. Le chantage est toujours possible.

— Ouais, eh ben, euh… Bonne chance sur ce coup-là. Je suis pas célèbre ni rien. À mon avis, je baiserais des clebs dans la rue que tout le monde s'en foutrait.

— Sauf les clebs.

— Ah, oui. Évidemment. Vous avez raison. En plus, vous savez, j'irais jamais me taper un chien. Ce serait carrément, euh… J'adore les animaux. Pas dans ce sens-là. Dans le bon sens.

— Je m'en doutais un peu. Très bon, votre thé.

— Merci. Il est récolté par des singes en Thaïlande. Paraît-il.

— Waouh. J'imagine que c'est bien qu'ils aient du boulot.

— Ouais. J'imagine. Quoique, pas avoir de boulot, c'est sympa aussi.

— Sans doute.

On s'est regardés.

— Vous pouvez les lire ici, a-t-il dit.

— Vous êtes sûr ?

— Oui. Mais pas maintenant. J'ai un rancard.

— Je pourrais rester pendant que vous sortez.

– Je crois pas, non. Si vous voulez pas partir, j'appelle les flics. J'ai qu'à appuyer sur ce bouton.

Il tenait son téléphone à la main, le 911 déjà composé. Sacré petit futé, le Bix.

– D'accord, ai-je cédé. Demain ?
– Un autre jour.
– Demain est un autre jour. Meilleur, j'espère.
– Un autre jour. Il vaut mieux en rester là.

Il m'a raccompagnée dans l'escalier pour verrouiller la porte derrière moi.

– Je peux vous poser une question ? m'a-t-il demandé en descendant. L'India Palace, c'est un bon endroit pour un rancard ?

– Vous voulez coucher ou juste bavarder ?
– Les deux, c'est possible ?
– L'India Palace ira très bien. Voyons comment ça se passe ce soir et on parlera de l'étape suivante.
– Cool. Merci.
– Demain ?

Mais Bix n'était pas stupide.

– Un autre jour, a-t-il répondu, et il a refermé la porte.

## 27

Cette nuit-là, j'ai rêvé de Paul. J'ai rêvé de la première nuit qu'on a passée ensemble, sauf que dans mon rêve on était sur un bateau, voguant sur une mer d'encre, seuls tous les deux. Quand je me déshabillais et qu'il découvrait mes tatouages, mes marques et mes coupures, il voulait m'interroger sur chacun d'entre eux. Je n'avais pas envie de raconter comment je m'étais fait canarder, tabasser et taillader. Sa peau était douce, sans trace hormis quelques mauvais tatouages d'adolescence et une belle petite cicatrice à peine visible, comme en ont les riches, à l'endroit où un appendice s'était trouvé. Paul posait une main sur mon pied, sur le trèfle à quatre feuilles que j'y avais tracé moi-même, bien des années plus tard, à Los Angeles. Le dessin s'était estompé mais il était toujours là, à peine visible.

– Je parie que celui-ci a une super histoire, disait-il en souriant.

– Il a une histoire, oui, répondais-je en lui rendant son sourire.

Mais je ne développais pas. Je le laissais penser ce qu'il voulait. Ce n'était pas vraiment le genre d'histoire qu'on relate à quelqu'un qu'on aime bien.

Dans la vraie vie, quand Paul m'avait interrogée sur le trèfle, j'étais sortie du plume pour m'allumer un joint, puis mon portable avait sonné et j'avais répondu, enchantée de cette diversion. C'était une affaire. Toujours une affaire. Quand je l'avais rejoint, la conversation était terminée. Autre chose aussi était terminé, fini, envolé. Quelque chose que j'avais tué.

Dans mon rêve, je restais au lit, sur notre bateau, rien que tous les deux, sa main sur mon pied. Je laissais le téléphone sonner, on regardait le trèfle ensemble et je disais :

– Quand je l'ai mis là j'ai rêvé de toi. De cette nuit. Je l'ai mis là pour toi.

Je lui tendais mon cœur, saignant et meurtri.

– Vas-y, disais-je. Prends-le. Il est à toi.

## 28

On était dimanche et ce soir-là, j'avais mon rendez-vous hebdomadaire avec Claude à dix-neuf heures. Il a sonné à dix-neuf heures quatorze. Comme il n'y a pas d'ouverture automatique dans mon immeuble – sinon je n'aurais pas habité là –, je suis descendue lui ouvrir. Il était en nage et en maillot de foot.

– Désolé, a-t-il dit. Le match a joué les prolongations.

Je l'ai regardé.

– Tu joues au foot ?

Claude m'a gratifiée d'un sourire emprunté.

– Tous les dimanches. Depuis que je suis tout petit.

– C'est vrai ?

– Vrai. Toutes les semaines. Je crois que je vous en ai déjà parlé.

– Je sais pas. T'es sûr ?

Son sourire est devenu plus large, plus emprunté et plus dentu. Il avait de très bonnes dents.

– Bref, a-t-il fait. Excusez-moi. Je n'ai pas eu le temps de manger et j'ai une faim de loup.

– Choisis ton poison. C'est moi qui régale.

Claude a opté pour le resto de la Maîtresse Éclairée. On a parlé de Paul. On avait d'autres affaires en cours mais elles n'étaient pas folichonnes. L'Affaire du Manager incompris : le gus nous avait engagés pour prouver qu'il n'avait pas volé vingt mille dollars, que j'étais à peu près sûre qu'il avait bel et bien barbotés. En même temps, vu qu'il en dépensait un max à nous payer pour démontrer le contraire, ça ne me dérangeait pas trop ; apparemment, l'univers avait décidé de l'utiliser comme intermédiaire pour me financer. L'Affaire de l'Universitaire obnubilé : un prof de fac m'avait embauchée pour savoir si sa femme le trompait, pas mon rayon en général, mais il m'avait proposé une somme extravagante alors j'avais accepté. Erreur. J'avais eu beau lui répéter des dizaines de fois que non, il n'était pas cocu, il s'obstinait à m'arroser pour que je continue à creuser. Il possédait du patrimoine, mais pas assez pour une manie pareille. Bientôt, je couperais court. Ce genre de situations peut vite virer au malsain. Peut-être que j'organiserais une petite conversation avec sa femme et lui, histoire d'aplanir tout ça. Peut-être pas. Et puis l'affaire des chevaux miniatures.

Ce qui ne nous laissait donc que Paul.

— Je veux qu'on s'y consacre tous les deux à plein temps, ai-je dit à Claude. Oublie tout le reste. Notre affaire, c'est celle-là.

— Okay. Qu'est-ce que vous voulez que je fasse ?

— Bonne question.

J'ai commandé le poulet au citron. Claude a pris le potage au bœuf, brocolis et raviolis. Il portait toujours sa petite tenue de footballeur.

— Alors, tu joues avec qui ? ai-je demandé.

Il s'est figé, un ravioli suspendu en l'air.

— Pardon ?

— Au foot. Tu joues avec qui ?

— Des gars de Berkeley. Principalement des étudiants étrangers. Les Américains ne sont pas très fans de foot.

— Et toi, comment tu y es venu ?

– Mes parents viennent d'Europe. Mon père est français d'origine nigériane ; ma mère, française d'origine vietnamienne en passant par Oslo. Ils se sont installés à Berkeley quand j'étais gosse.

– La vache. Ils devraient ouvrir un resto. J'irais direct.

– En fait, ils sont tous les deux universitaires. Ma mère en philosophie et littérature, mon père en physique théorique et philosophie. La fac l'a quasiment laissé rédiger sa description de poste.

– J'irais quand même dans leur resto.

Claude a hoché la tête.

– Moi aussi, sûrement. Pourvu que ce soit quelqu'un d'autre qui cuisine. Mes parents n'ont jamais fait les trucs de parents.

– Les miens non plus. Et donc, toi, t'es américain ou quoi ? Je me plante sur tes fiches de paie depuis le début ?

– Vous me « payez » sous le manteau, a-t-il rétorqué en dessinant des guillemets dans l'air. Pour ainsi dire. Et oui, je suis citoyen américain depuis l'âge de cinq ans.

On a mangé en silence pendant quelques minutes.

– Tu as des frères et sœurs ? ai-je lancé.

J'espérais encore contre tout espoir qu'un resto nigéro-vietnamo-franco-norvégien naisse de cette famille.

Claude a soupiré.

– Non. Fils unique. Vous vous sentez bien ?

– Moi ? Mais oui. Bien sûr.

On a fini notre repas et j'ai dit à Claude de continuer à creuser sur le jeton de poker. Ce n'était pas grand-chose, mais c'était mieux que rien.

Comme Silette l'a écrit : « L'information, c'est ce qu'échangent les pauvres quand ils n'ont plus rien à vendre. »

## 29

Le lendemain, j'ai traversé le quartier chinois à pied jusqu'à la librairie City Lights Books, sur Colombus. Mike tenait la caisse. Il avait dans les quarante-cinq ans, de longs cheveux gris et les bras couverts de tatouages, principalement des noms et logos de groupes : The Misfits, The Cramps, The Clash. Je l'avais connu environ cinq ans plus tôt sur l'Affaire de l'Occultiste kleptomane, et même si on n'avait pas prévu de se revoir, il bossait à la librairie la plus proche de chez moi, alors on était restés en contact. Mike affichait une posture sarcastique qu'il croyait dissimuler son cœur cabossé mais qui en réalité le mettait à nu.

– Claire, a-t-il lancé.

Il paraissait à demi amusé chaque fois qu'il me voyait, comme si mon existence était une blague à deux balles. Ce qui était peut-être le cas.

– Salut, Mike. Comment te traite la vie ?
– Pas aussi bien que certains. Mieux que d'autres.
– Excellente attitude. Tu as *Moisson d'indices dans l'outback* ? Il vient de paraître. Le sous-titre, c'est *Histoire de l'investigation en Australie*.

Il a cherché l'ouvrage sur son ordinateur.

– C'est triste, pour Paul Casablancas, a-t-il dit. Vous étiez pas sortis ensemble, tous les deux ?

– Brièvement.

Mike a froncé les sourcils.

– Je croyais que lui et toi, c'était… du sérieux, quoi.

– On était amis.

– J'ai entendu dire que tu étais chargée de l'enquête. On n'a pas le bouquin. Je vais voir si je peux te le commander.

– En fait, je suis chargée de mon enquête perso. Pour mon propre compte. Oui, voyons si tu peux le commander.

– C'est pas contraire à l'éthique, ça ? Comme un chirurgien qui s'opérerait lui-même ? Il ne sera distribué que dans quelques jours.

– Peut-être, ai-je admis, en pensant aux mauvais jours où je m'étais moi-même suturée à la va-vite. N'empêche que c'est comme ça. Et je croyais qu'il était sorti la semaine dernière.

– Tu connaissais Lydia, aussi, non ? C'est vraiment triste. Moi aussi, je les connaissais. Tous les deux.

Il a tapé quelques mots supplémentaires.

– Publication retardée. On le recevra en même temps que tout le monde. Je peux t'en réserver un exemplaire.

– Je savais pas que tu les connaissais.

– Elle, je l'ai pas vue depuis des années. Elle est pas trop bouquins. Mais à l'époque, on se produisait tous les deux dans des groupes. T'as dû entendre parler de nous. The Percolators.

– Ah, ouais. La vache, t'en faisais partie ?

Je n'en avais jamais entendu parler.

– Et ça, c'était quand Lydia jouait dans…

– The Tearjerkers. Sa première formation. Ou la deuxième. En tout cas, c'est celle-là qui a réussi à percer. Plus ou moins. On a fait plusieurs premières parties pour eux au Ritz. Dans ce temps-là, Lydia s'intéressait pas aux mecs comme moi. Je parie qu'elle s'y intéresse toujours pas.

— À quel genre de mecs elle s'intéressait ?

— Eh ben, quand je l'ai connue, dans les années 1980-1990, elle se tapait des rock stars. Et des types pleins aux as.

Les hommes tiennent toujours ce genre de propos sur les filles comme Lydia, comme si c'était à eux que revenait le droit de les sauter mais qu'elles aient injustement cédé leur place à un autre.

— Ah bon ? Qui ça ?

Mike a haussé les épaules.

— Je les connaissais pas. Y en a une qui était proche d'elle et qui est toujours là : Delia Shute. Celle qui fait des photos avec des Barbie. Elle a eu une grande expo au MOMA l'an dernier.

J'ai hoché la tête. Je voyais de qui il s'agissait.

— Elle, elle pourra t'en dire plus. Lydia ne t'a pas donné son nom ?

— Si, si, je l'avais. Bien sûr.

En rentrant, j'ai pris ma voiture et j'ai roulé jusqu'à San Rafael, dans le comté de Marin. Je me suis garée sur un parking de la 4ᵉ Rue et je me suis baladée un peu en ville. Dans une librairie, une femme tirait les cartes. Devant un resto indien, un serveur enguirlandait son correspondant à l'autre bout du téléphone.

Dans le magasin de guitares, Jon, le propriétaire, changeait les cordes d'une Favilla en acajou derrière le comptoir.

— Salut, a-t-il lancé. Claire. Désolé de pas t'avoir rappelée. J'allais justement le faire. C'était pas la peine de venir jusqu'ici.

— C'est pas grave.

J'ai regardé la gratte.

— Tu sais qu'une des guitares volées chez Paul était une Favilla, pas vrai ?

— Attends, je pensais que c'était pour ça que tu m'avais laissé un message.

— Non. Je t'ai laissé un message parce que je t'ai laissé un message. Tu croyais que c'était pour quoi ?

— J'aurais pu t'expliquer par téléphone. C'est trois fois rien. T'avais pas besoin de te déplacer.

— C'est mon côté vieux jeu. T'inquiète.

— Ça valait vraiment pas le coup de faire tout ce trajet. T'as eu mon mail ?

— Je préfère discuter face à face. Laisser la synchronicité s'en mêler. Voir ce que le destin a à dire. C'est plus vivant.

— C'est ça, a-t-il fait, sourcils levés comme un signe de sténo signifiant *espèce d'abrutie*. Bon, eh ben c'est bien la guitare de Paul. Sauf qu'il me l'a vendue il doit y avoir un an. Je m'en étais pas rendu compte parce que je l'avais complètement oubliée. Elle était un peu pourrie et nécessitait un gros boulot de remise en état, alors je l'ai collée dans l'arrière-boutique et ça m'est sorti de l'esprit. Il m'a troqué celle-là plus la copie de Telecaster contre une Mayqueen. Je l'aurais jamais achetée, mais en échange, bon… Et puis c'était Paul, quoi. Je savais qu'il y avait un truc qui clochait dans ta liste, alors j'ai fouillé dans mes archives. J'avais totalement zappé. Désolé que ça m'ait pris aussi longtemps.

Je lui avais transmis le détail des guitares volées dès que je l'avais eu. Jon et Paul, comme la plupart de leurs amis, n'arrêtaient pas de s'acheter, de se revendre et de s'échanger des instruments. C'était presque un équipement collectif, un ensemble de guitares, d'effets et d'amplis qui circulaient de l'un à l'autre, partaient sur eBay avec la marée et revenaient le soir, quelquefois des années plus tard. On pouvait tout à fait comprendre que Lydia se soit trompée dans la liste – après tout, elle aussi faisait partie de ce cercle de propriété en rotation permanente. Ou en avait fait partie.

Pourtant, pour une raison ou une autre, j'ai senti un frémissement lugubre au fond de ma poitrine et une horrible bouffée de déjà-vu m'a donné envie de pleurer sur une chose oubliée, une chose que je n'arrivais pas à me rappeler mais dont je savais qu'elle nous avait brisé le cœur à tous…

C'était un indice. L'Indice de la Guitare disparue.

Soudain, je me suis vue prête à fondre en larmes et Paul me manquait à la folie.

– Tu as des toilettes ? ai-je demandé à Jon.

Il m'a orientée vers l'arrière-boutique. Aux toilettes, j'ai tiré un paquet de cocaïne presque neuf de ma poche. Je l'avais acheté à Tabitha la veille au soir. Je me suis enfilé une petite pointe dans chaque narine et je suis allée retrouver Jon.

– Donc, cinq guitares ont été volées, ai-je récapitulé. Il y avait cinq pieds vides. Et l'une d'elles n'était *pas* la Favilla.

– C'est ça.

– Tu as une idée de ce que ça pouvait être ?

Il a haussé les épaules.

– Ça pouvait être n'importe quoi. J'ai consulté mes vieux registres et rien ne m'a sauté aux yeux. Je sais pas ce que c'était, mais je pense pas qu'il l'ait achetée ici.

– Une guitare manquante. On a une guitare manquante.

– Ouais, c'est à peu près ça. Désolé que tu sois venue jusqu'ici. Je veux dire… Bref.

– Oui ?

– Rien. Je suis juste désolé que tu aies fait tout ce trajet.
– Tu allais ajouter quelque chose.
– Non, non.
– Bon. En fait, je suis pas sûre que tu le savais toi-même. Je pense que ça allait sortir tout seul, après « Je veux dire... ».
– Je capte que dalle. Tu comprends ce que tu racontes ?
– Il y a un truc que tu ne me dis pas.
– Il y a plein de trucs que je te dis pas, a-t-il riposté, un tantinet railleur. Par exemple, tu veux savoir ce que j'ai mangé au déjeuner ?
– À fond.
– Je crois pas, non.
Et il est retourné à sa guitare. La guitare de Paul.
– Quand tu voudras me le dire, ai-je lancé, appelle-moi. D'accord ?
Jon a levé les yeux.
– Ce que j'ai mangé ?
– Non. Ce que tu voulais me dire sur Paul.
– Ah, okay, a-t-il répondu en regardant ailleurs, comme quand on discute avec les fous.
– Promets-le-moi. Promets-moi que tu m'appelleras quand tu auras quelque chose à dire.
– C'est ça. Absolument. Promis. Faut que je, euh... Tu vois.

J'étais quasi sûre qu'il voulait dire qu'il fallait qu'il aille discuter avec des gens moins fous, alors je suis partie. J'ai marché jusqu'au coin de la rue. Puis je me suis arrêtée, j'ai fait demi-tour et je suis revenue sur mes pas. Jon a fait mine de sourire quand je suis entrée.
– T'es sûr que t'as pas quelque chose à me dire ?
– Non. Rien du tout. Je t'assure.

– T'as mon numéro. Tu sais que tu peux m'appeler. N'importe quand. T'as mon adresse mail ?

Il m'a juré qu'il avait tout et il est retourné à sa Favilla. Il a fait comme si je n'étais pas là. Il a fait comme si je n'étais pas là jusqu'à ce que je m'en aille.

## 30

Je suis rentrée à San Francisco. À la maison, j'ai repris un peu de coco et j'ai appelé Bix Cohen pour voir quand je pourrais retourner jeter un œil aux *Cynthia Silverton*. Il n'était pas là. Je n'étais pas fatiguée. J'ai survolé des bouquins que Claude m'avait apportés sur les chevaux miniatures. Rien sur le taux de suicide. Ça ne voulait pas dire que ça n'existait pas.

Je me suis repenchée sur la liste des guitares de Paul. Cinq supports vides. Cinq guitares disparues.

L'une d'elles n'était pas la Favilla.

Alors qu'est-ce que c'était ?

J'ai appelé Claude et je lui ai expliqué ce que je voulais. Il allait éplucher la collection de Paul, ses reçus, ses photos, tout ce qui serait nécessaire pour identifier la guitare manquante. Il a ajouté cette tâche à sa liste.

Après minuit, mon téléphone a sonné. J'étais en train de mater des vidéos d'Iggy Pop sur YouTube tout en essayant de faire des recherches sur le suicide chez les chevaux miniatures. J'ai su qui c'était même sans reconnaître le numéro.

– Bon, a dit Jon. Okay. La dernière fois que j'ai croisé Paul, c'était un peu spé, en fait. Je crois que j'ai vu un truc que j'aurais pas dû voir.

J'ai ressenti un picotement dans ma nuque et j'ai eu limite envie de ne pas poser la question. Je l'ai posée quand même.

– Qu'est-ce que tu as vu ?

– C'était à San Mateo. Au resto coréen, tu sais, la Tofu House. Le nom fait végétarien, mais ça ne l'est pas, c'est simplement qu'ils ont plein de plats au tofu. Enfin bref, je m'y suis arrêté sur le chemin de l'aéroport et j'ai aperçu Paul, il était avec une fille. Une femme.

– Laquelle ? ai-je demandé.

Le picotement s'est répandu dans mon dos, entre mes omoplates.

– Quelle Tofu House ? Il me semble qu'il n'y en a qu'une à San Mateo.

– Laisse tomber. Il était *avec elle* ou juste avec elle ?

– Avec, *avec*. Je crois.

Et quelque part, j'ai su qu'il croyait juste.

Peut-être que deux personnes amoureuses étaient comme deux trains qui se fonçaient dessus à tombeau ouvert. Avec une ville entière de pauvres andouilles au milieu qui n'entendaient pas le sifflet.

## 31

Le lendemain, j'ai poussé jusqu'au quartier de Haight et je suis entrée chez Amoeba Music. Dans la section des vinyles à petit prix, j'ai trouvé un 45 tours des Percolators. Rien des Tearjerkers, en revanche.

– Ouais, ils sont assez collector, m'a dit le gamin au comptoir. Oh, mince, attendez. On en a un.

Il s'est retourné pour regarder derrière lui, où les disques rares et chers étaient exposés au mur, à l'abri des sales pattes chapardeuses.

Au bout d'une minute, il a décroché un autre 45 tours. J'ai tendu la main.

– Euh, il est à cent cinquante, m'a-t-il précisé, hésitant.

– Je ferai attention.

Il m'a passé le disque. La pochette était un collage façon lettre anonyme, sauf qu'en plus des lettres découpées il y avait des bouts de corps de femme. *Cut to the Bone*, s'intitulait le morceau. Et *Never Going Home* pour la face B. On aurait dit qu'il avait été bricolé dans un coin de cave.

– C'était avant qu'ils deviennent célèbres, m'a expliqué le vendeur, ce que j'avais deviné.

J'ai acheté les deux disques.

À la maison, j'ai commencé par mettre les Percolators. Je n'en suis pas revenue qu'ils soient bons. Après, j'ai passé les Tearjerkers. Ils étaient encore meilleurs.

Je me suis efforcée d'isoler la guitare de Lydia pour n'écouter qu'elle, mais je n'ai pas réussi. J'ai examiné la pochette pendant que je réécoutais le morceau. *Cut to the Bone.*

Enregistré aux studios Skylight, Oakland. Mixé et produit par Kristie Sparkle. Lydia Nunez : guitare ; Nancy Garcia : basse ; Elia Grande : batterie. Remerciements particuliers à Delia Shute.

J'ai cherché Nancy Garcia sur le net. Elle était morte. Cancer, famille, trop jeune, etc. Elia Grande vivait en communauté dans le Minnesota. Elle, elle aurait peut-être droit à un mail. Kristie Sparkle était herboriste dans le comté de Marin.

Delia Shute m'a donné du fil à retordre. Son travail était on ne peut plus facile à trouver. Elle photographiait des poupées style Barbie dans des reconstitutions de grandes scènes historiques. Elle ne figurait pas dans l'annuaire. Sa galerie refusait de lui transmettre un message et n'est pas tombée dans le panneau de mon génial stratagème consistant à appeler pour une urgence médicale concernant son cousin Nevil qui...

– Nous n'avons aucun moyen de la contacter, m'a coupé le patron, ferme et limite poli. Nous sommes dans l'incapacité de lui communiquer le moindre message, en aucune circonstance. Je suis navré, mais nous ne pouvons rien faire pour vous. Absolument rien.

Ce n'est pas bien difficile de dénicher des entreprises qui n'ont guère de scrupules envers leurs clients. La banque de Delia Shute était très bien, son assureur, d'une rare discrétion, en revanche son opérateur de téléphonie mobile n'en avait rien à foutre. Il existe un certain ton qui passe pour « officiel » auprès des jeunes à force de l'entendre dans les films. Ils s'y laissent prendre comme Sinatra par Ava Gardner. *J'ai un mandat. Sûreté nationale. Numéro de référence [à renseigner].* Après avoir aboyé deux, trois ordres et quelques clichés, j'ai obtenu son adresse et son numéro.

Par un après-midi brumeux, j'ai sonné chez Delia Shute. Sa rue du quartier de SoMa était paisible en journée. Il y avait un bar au coin, le Manhole, qui devait être bruyant le week-end.

Delia a ouvert la porte et m'a regardée. Elle avait la quarantaine, mince et tatouée de partout, sur plusieurs couches – un bras entier semblait n'être qu'un recouvrement, même si je ne pouvais pas distinguer ce qu'il cachait sans paraître trop curieuse. Il faisait froid et elle portait un pantalon de yoga noir sous une robe d'intérieur rétro, rouge imprimée d'un motif de cordages et d'ancres marines.

– Je croyais que vous étiez le livreur d'UPS, a-t-elle dit.

Elle avait l'air un peu perplexe, comme si elle avait du mal à se faire à l'idée que je n'étais pas lui.

– Eh bien non. Je m'appelle Claire DeWitt. Je suis détective privée.

Tout le monde aime le mystère. Elle a haussé un sourcil.

– J'enquête sur la mort de Paul Casablancas.

Quel que soit le nombre de fois où je prononçais ces mots, ça ne me paraissait jamais totalement réel. Je ne voulais pas que ça le soit.

– J'ai appris que vous aviez connu Lydia Nunez.

Elle a hoché la tête.

– En effet.

On a monté trois étages de larges marches de pierre et elle m'a introduite dans son loft. Elle occupait presque tout un niveau de cet immense et ancien immeuble industriel. J'ai supposé qu'elle avait dû l'acheter dans sa jeunesse pour une bouchée de pain, et c'était le cas. Elle travaillait à ses poupées quand je suis arrivée, cette fois sur une scène de la révolution russe. Il m'a bien fallu le reconnaître, les poupées étaient splendides.

Elle m'a montré celles-là et puis une scène du Luna Park de Brooklyn qu'elle commençait tout juste. On a bavardé un moment de l'histoire de Coney Island – Hottentots, logements sociaux, éléphants, tatouages.

– Alors comme ça, vous êtes une amie de Lydia, a-t-elle fini par lancer.

– Oui. Et de Paul. C'est par moi qu'ils se sont connus, en fait.

– Quelle merde, a-t-elle dit en secouant la tête. Paul était un mec d'enfer. C'était le meilleur. Une fois, je suis tombée en panne à El Cerrito et il est venu me chercher là-bas. Je le connaissais à peine. Je sortais pas mal avec une nana, Beth, qui était une de ses copines. Et puis après, des années plus tard, on a travaillé ensemble sur un projet pour le Musée d'art moderne de San Francisco. Il a composé la musique et j'ai fait une performance. Mon truc à moi était horrible mais sa partie était magnifique. Du feu de Dieu. J'ai encore l'enregistrement quelque part.

– C'était un mec génial, ai-je acquiescé.

– Alors, qu'est-ce que vous en pensez ? Vous avez des suspects ou quoi ?

– Non. À peu près aucun. C'est pour ça que je suis venue vous voir. J'essaie de fouiller un peu le passé parce que, ben... j'ai rien du tout.

— Je croyais que c'était un cambriolage. Vous pensez que ça aurait pu être une affaire personnelle ? Qu'on aurait *voulu* le tuer ?

— Peut-être. C'est sûr que ça avait toutes les apparences d'un cambriolage, mais je préfère explorer toutes les possibilités.

— Bon Dieu. C'est clair. Quelle merde, a-t-elle répété.

— Alors dites-moi, comment vous avez connu Lydia ?

— On était gamines. Ados. Vous voyez. On faisait la fête. On couchait pas mal.

— Comment elle était, à l'époque ?

— Canon. Super sexy. Vous voulez un thé ?

— Volontiers. Thé vert, si vous avez.

Elle s'est levée pour gagner le mur opposé, qui était une cuisine sans séparation.

— J'ai, a-t-elle répondu. On m'a prescrit une cure d'herbes chinoises. Pas de thé noir ni de café.

— Foie surchauffé ? ai-je hasardé.

Elle a acquiescé.

— Vous aussi ?

— Eh oui.

— Putain de foie. C'est la version chinoise de : *Prenez deux aspirines et rappelez-moi demain matin*. À part que plus personne ne dit ça.

— Oui. Sauf que c'est du style : *Éviter de manger tout ce qui est bon, tapez-vous six semaines d'herbes dégueulasses et après seulement, rappelez-moi un matin.*

Elle a éclaté de rire.

— Genre : *Laissez tomber tout ce que vous aimez, arrêtez de vous foutre en rogne et là, rappelez-moi le mois suivant.*

L'eau est arrivée à ébullition et elle nous a servi à chacune un thé vert à l'orge grillé. Détoxifiant organique.

On a emporté nos tasses jusqu'à une table près de la fenêtre et on s'est assises.

– Donc, ai-je dit.

– Oui. Donc. Eh ben, on était gosses. On n'avait pas vraiment de famille. J'ai grandi à Emeryville, qui est un peu un trou perdu. Je suppose que maintenant, c'est un trou perdu avec une grande zone commerciale et Pixar. Mes parents faisaient partie d'une espèce de secte. Un nouveau mouvement religieux. Disons-le comme ça : dans le langage courant, c'était une secte.

– De quel type ? Quelles étaient leurs croyances ?

– Rien de trop horrible. C'était un truc pseudo-bouddhiste. Ils méditaient beaucoup, ils planaient à cent mille. Les mômes étaient lâchés dans la nature. Ils ne nous frappaient pas ni rien. Simplement, ils méditaient tout le temps. Leur gourou était un certain Carl. Il venait du New Jersey.

J'ai fait la grimace.

– Ouais, hein ? Franchement, qui est-ce qui suit un mec du New Jersey ? Il était même pas de la CIA. Pas très charismatique non plus. C'était pas comme si on ne pouvait pas échapper à sa volonté de fer et tout ça. Il mangeait de la limande au dîner. C'était le seul moment où il s'énervait : quand il n'avait pas son poisson le soir. Avec des amandes, vous voyez, cuisinée au beurre, comme ça ? Ah, et sinon, tout le monde devait changer de nom, pour une histoire de numérologie. Et aussi, ils avaient tout un truc sur le fait de consommer des graines. Ça, je le fais toujours, d'ailleurs, je pense qu'ils n'avaient pas tort sur ce coup-là. Tout ce qu'il y a dans la plante est déjà dans la graine, non ? Enfin bref. C'était la secte la plus chiante du monde, quoi. Et donc, oui, Lydia. On avait quinze ou seize ans quand on a commencé à se fréquenter. Vous êtes d'ici ?

– De Brooklyn.
– Alors vous savez. Vous étiez une enfant terrible. Pas besoin d'être détective pour deviner ça.
– Fausses cartes d'identité. Resquillage dans les concerts. Vol à l'étalage. Mecs. Les classiques. Vous voyez le topo. On était pauvres. Enfin, pas pauvres. Fauchées.
– Comment vous vous êtes rencontrées ?
– À force de se croiser. Dans les bars, les concerts, tout ça. Elle venait de Hayward, mais ses parents l'avaient foutue à la porte alors elle passait ses journées à errer à droite à gauche… Ah, si, ça y est, je me souviens, il y a bien eu une rencontre plus spécifique. Elle squattait chez mon amie Deena dans le Castro. Elle a logé chez elle et sa mère pendant quelques mois. Du coup, on s'est mises à traîner ensemble et après, elle s'est installée chez moi un moment. À l'époque, ça paraissait pas si terrible que ça – honnêtement, ça avait même un petit côté glamour, d'être si jeune et livrée à soi-même. Avec le recul, c'est carrément terrifiant. On se dit que ses parents devaient avoir une sacrée case en moins. Ce qui était le cas.
– Ils étaient comment ?
– Oh là là… Eh ben, son père avait une deuxième famille, et il ne se gênait pas pour bien montrer que c'était sa préférée. Quant à sa mère, c'était une espèce de folle de Dieu. Tout le temps fourrée à l'église. Elle voyait Lydia comme… comme une putain de pécheresse. Ce que, croyez-moi, elle n'a pas tardé à devenir.
– Alors vous avez fait les quatre cents coups ?
– Oh que oui ! Écoutez, si j'avais un gosse…
Delia a marqué une pause pour boire une gorgée de thé.

– Bon, je recommanderais pas ce qu'on a fait, la vie qu'on a menée. Je conseillerais ça à personne. Mais honnêtement, c'était le pied intégral. Je n'en regrette pas une miette.

– Comment vous viviez ?

Elle m'a regardée comme si je faisais un peu l'idiote, ce qui était vrai.

– Vous voyez bien, a-t-elle répondu et évidemment, je voyais. La drogue. Les mecs. La musique. Lydia était sublime, intelligente, drôle. Les types la suivaient littéralement partout. C'est un autre point positif de la secte, ça. Ils étaient possédés par l'idée que tout change toujours et qu'il ne faut surtout pas se retrouver coincé ou attaché. Alors je savais que ça ne durerait pas, et ça n'a pas duré. Le corps finit par... On ne peut pas tenir indéfiniment, quoi. On n'a plus l'énergie et on n'intéresse plus les gens. Avec Lydia, on a commencé jeunes. Arrivées à vingt-quatre, vingt-cinq ans, on le sentait. On était à bout. Je me suis investie davantage dans mon art, elle dans sa musique. On a eu du bol. Plein de filles n'avaient rien d'autre. Elles n'ont pas si bien vieilli.

– Donc, Lydia était branchée musique ?

Je savais pertinemment que Lydia était branchée musique. Je voulais simplement que Delia continue à parler.

– C'était son idée fixe. La plupart des nanas qu'on côtoyait se contentaient de coucher avec des musiciens, mais elle, elle rigolait pas. Elle connaissait tout, elle avait une collection de disques incroyable, elle se déplaçait n'importe où pour voir quelqu'un qu'elle aimait en concert. Et elle était douée. Vraiment douée. Je pense qu'elle est tellement belle que les gens ont tendance à oublier que c'est une guitariste de première.

– Mais ?

Il y a toujours un *mais*. S'il n'y en avait pas, on serait tous parfaits, personne ne tuerait jamais personne et on n'aurait pas besoin de détectives.

– Mais quoi ? a fait Delia.

– Eh ben, on dirait que vous vous en êtes plutôt bien sorties, toutes les deux.

– Oui. Je crois…

Pourtant il y avait une hésitation dans sa voix.

– Et vous vous voyez toujours ?

– Non. Pas depuis longtemps.

– Comment ça se fait ?

– Elle a couché avec mon mari. C'était il y a une dizaine d'années. Ce n'est plus mon mari.

– Et Lydia n'est plus votre amie.

– Euh, non. Je ne la déteste pas ni rien. Mais on n'est plus amies, non.

– Vous ne me paraissez pas très en colère. Vu les circonstances.

Elle a haussé les épaules.

– C'était compliqué. J'imagine que… Eh ben, que je devais m'y attendre un peu.

Je n'ai rien dit.

– Lydia aimait les hommes, a-t-elle repris. Enfin, je sais pas. Elle aimait être aimée par les hommes. Disons-le comme ça. C'est vrai, avec cette enfance pourrie. Ça finit par vous rattraper. C'est un peu comme… je prends une image : mettons que le corps ait des sortes de récepteurs pour l'amour, vous voyez ? Pour l'amour, l'affection, toutes ces bonnes choses. Et Lydia, avec le merdier de ses parents… c'est comme si ces récepteurs n'avaient jamais été activés. Qu'elle ne puisse jamais, jamais recevoir… J'ai l'impression que je raconte n'importe quoi.

Delia s'est levée pour aller nous resservir du thé.

– Je sais pas ce que je veux dire, a-t-elle continué en remplissant nos tasses. J'imagine que j'ai simplement envie de lui garder une certaine affection. On était tellement proches ! Comme les filles le sont à l'adolescence. Et vous savez, je suis quelqu'un d'assez en colère, mais ce n'est pas vraiment mon truc de détester les gens. Alors je sais pas… J'imagine que je me suis construit toute cette histoire comme quoi ce n'était pas entièrement sa faute. Parce que ce qui se passe, avec Lydia, c'est qu'elle n'a jamais réellement cru que qui que ce soit l'aimait. Même pas d'amitié, en fait. Pour elle, c'était tout simplement inconcevable. Ni moi, ni aucun garçon, ni personne. C'est fou, cette nana qui était – qui est toujours – si belle, si intelligente, si talentueuse, avec tellement de monde à ses pieds. Et pourtant, c'était comme… vous savez, quand on a laissé une plante trop longtemps sans l'arroser et que le jour où on veut le faire, l'eau ne peut plus pénétrer ?

Je savais : j'avais tué un paquet de plantes.

– Ben voilà, c'était comme ça. La métaphore me semble plus parlante que celle des récepteurs. Elle ne marchait pas très bien, celle-là. Comme une plante tellement desséchée qu'elle ne peut plus absorber une seule goutte d'eau. Même si on la noyait. Enfin bref. Elle tournait la tête des mecs. Les filles voulaient être son amie. Encore maintenant, je parie. Et vous savez, elle pouvait y croire un moment. Elle ne doutait pas qu'on puisse rechercher sa compagnie, avoir envie de coucher avec elle ou je ne sais quoi. Mais tout au fond, elle était cent pour cent persuadée que personne ne pouvait l'aimer, pas vraiment.

– Vous croyez que Lydia trompait Paul ?

Delia a haussé les épaules.

– Je ne pourrais pas dire. On ne s'est pas parlé depuis des lustres. Après, est-ce qu'elle était du genre à tromper ? En tout cas, elle le faisait systématiquement, avant.

Delia a allumé une cigarette et s'est tournée vers la fenêtre. J'ai suivi son regard. Dehors, une nana tapinait peut-être, ou peut-être remontait simplement la rue. Elle s'est arrêtée et a hélé une voiture qui passait par là. Le conducteur et elle se sont mis d'accord et elle est montée. Si ça se trouve, c'était juste une ménagère qui a croisé un copain par hasard en allant faire ses courses.

Les mystères sont partout.

– Paul était un chic type, a repris Delia. Il ne méritait pas ça. Vous pensez que c'est vrai, que l'âme d'un mort ne peut pas trouver le repos tant qu'on n'a pas découvert son meurtrier ? Tant qu'une forme de justice n'a pas été rétablie ? J'ai lu ça dans un livre, un jour. Je sais pas si j'y crois.

– J'en sais rien.

Je savais que quelque chose se désaxait quand une personne était assassinée. J'ignorais si c'était une âme ou juste un repli de l'univers qui avait besoin d'être remis d'aplomb. J'ai essayé d'imaginer l'âme de Paul. Tout ce qui m'est venu, c'est un fantôme façon déguisement pour enfant, une créature solitaire sous un drap blanc avec des trous pour les yeux.

*Bouh*, a dit le fantôme. *Je t'ai fait peur.*

## 32

*Brooklyn*

La Cherry Tavern ne se trouvait qu'à quelques rues du Horseshoe, où travaillait Ben. C'était un bar hétéroclite sur la 6ᵉ Rue. Les lumières étaient trop fortes, ça manquait de tables et la salle avait une forme bizarre. Une douzaine de skinheads nous ont reluquées quand on est entrées et qu'on a commandé des bières en bouteille. Nos boissons sont arrivées et bientôt un copain est venu nous rejoindre, un grand lascar de Queens qui s'appelait Al, avait l'air effrayant mais dont tout le monde savait que c'était une crème. Sauf quand il avait un verre dans le nez. Auquel cas il devenait réellement effrayant et plus si crème que ça. Heureusement, ce soir-là, il s'en tenait à la bière. Je suis allée aux toilettes et à mon retour, Tracy avait déjà commencé à l'interroger.

– Ouais, je connais Cathy. Je crois même qu'elle est ici.

– Ici ? ai-je dit en me rasseyant. Mais c'est nous qui sommes ici.

L'espace d'une seconde, il m'a traversé l'esprit que je n'étais pas, en fait, ici. Ou alors si, mais quelque part c'était un autre ici – un autre fragment d'ici, ou le même ici à un autre moment.

J'ai fermé les yeux et dans un éclair j'ai vu une femme en train de se noyer dans l'eau noire, comme l'Anima Sola brûlant dans les flammes du purgatoire. Au lieu de la secourir, je chaussais d'épaisses lunettes et je la regardais se noyer.

J'ai rouvert les yeux. Al me dévisageait comme si j'étais débile.

– Dans les *chiottes* des *mecs*, a-t-il lâché.

– Si tu me parles encore sur ce ton, je te pète ma bouteille sur la tronche.

Tracy a éclaté de rire.

– Ça va, a dit Al. Calmos. Je te paie une bière.

– Y a pas de lézard. Mais que ça ne se reproduise pas.

Tracy et moi, on a fini nos verres et on est allées aux toilettes des hommes. Tracy a commencé par frapper. Une voix de fille a crié *Foutez le camp !* On a ouvert la porte et on est entrées.

Les toilettes des hommes se composaient de deux pièces. La première était une espèce d'antichambre avec un lavabo et quelques chaises. Une autre porte donnait sur les toilettes proprement dites, dont ces messieurs faisaient l'usage prévu. Dans l'antichambre, deux filles se passaient un petit paquet de cocaïne et une clef pour l'inhaler. L'une des deux était Cathy. L'autre, Georgia.

– Tracy ! s'est écrié Cathy. Ça alors ! Je pensais justement à toi !

Cathy a continué à parler pendant que Georgia plongeait et replongeait la clef dans le sachet. Cathy était une grande gaillarde mignonne et enjouée. Je savais qu'elle habitait dans les logements sociaux de Chelsea avec une vraie smala, sept ou huit frères et sœurs. Elle avait les cheveux coupés au bol.

Georgia était maigre et toute petite. Elle avait de jolis traits mais l'air mauvais. Elle portait un grand manteau vintage en astrakan, ses cheveux bruns relevés en chignon et beaucoup trop de maquillage. Elle était effectivement sans-abri. Elle aurait dû vivre en famille d'accueil mais elle n'arrêtait pas de jouer les filles de l'air.

– Salut, Claire, a-t-elle lancé d'une voix pâteuse et railleuse.

Je l'ai toisée sans rien dire.

Ce qui s'était passé entre Georgia et moi ne datait pas d'hier, pourtant ce n'était pas réglé. Il y avait un garçon, certes, mais les amitiés ne se brisent jamais à cause des garçons. On n'attendait rien d'eux. Les garçons n'étaient que d'innocents spectateurs dans les guerres des filles.

Je détestais Georgia. Sa seule vue faisait bouillir quelque chose en moi.

J'ai pensé à Chloe, comme elle semblait aspirer à être détestée, justement.

Pendant ce temps, Tracy essayait de canaliser l'attention de Cathy.

– J'ai pas vu Chloe depuis une éternité, disait cette dernière, le ton fébrile et haletant. Pendant un moment, on était tout le temps ensemble. Georgia, tu te souviens de Chloe, hein ?

Non sans effort, Georgia a arraché son regard au mien pour le tourner vers Cathy. Elle était plus alcoolisée que sa copine ; elle avait l'œil vague, injecté de sang, et elle était nettement moins survoltée. Elle avait plutôt l'air de tomber de sommeil.

– Ouais, a-t-elle répondu d'une voix légèrement traînante. Je la connais. C'te salope.

– Pourquoi, salope ? a demandé Tracy.

– À cause de ce qu'elle a fait à Cathy. Comment elle l'a traitée. Sale pute.
– Qu'est-ce qui s'est passé ? a continué Tracy.
Je sentais qu'elle commençait à perdre patience.
– Oh là là, a fait Cathy. Je peux même pas... J'arrive à peine à en parler. Toujours pas. C'est comme si elle m'avait écorchée, tu vois. Comme si elle m'avait écorchée pile à l'endroit où elle savait que ça faisait mal.
– Attends, elle t'a écorchée en vrai ou... ?
– Non, pas physiquement. Ce qu'elle a fait, c'est qu'elle s'est tapé le mec qui me branche. Enfin, je sais pas s'ils ont vraiment... tout ça. Pis c'était pas simplement qu'il me branchait. C'était le seul. Le bon. Okay, okay : Hank Nielson. Vous voyez qui c'est, non ?
On a hoché la tête. On voyait.
– Voilà. Je le connais depuis qu'on a, style, douze ans. On a fait une colo ensemble, un truc pour les gosses difficiles, et j'ai complètement craqué sur lui. On était copains, mais je crois pas qu'il savait. Peut-être que si. Je pense pas.
– Et Chloe, elle savait ?
– Alors ça ! Un peu, qu'elle savait. Putain. J'arrêtais pas de parler de lui. Elle était plus qu'au courant. Et donc ce soir-là, on traînait Chez Blanche, Hank était là aussi. Il s'assoit avec nous et tout va bien, on picole, on picole. Et tout d'un coup, je vois Chloe qui commence à l'allumer. Au début, j'ai cru que je m'imaginais des trucs...
– Tu t'imaginais rien du tout, l'a coupée Georgia. J'étais là. J'ai tout vu. Chloe s'est carrément jetée sur lui. C'était dégueulasse.
– Dégueulasse, a répété Cathy. On est allées aux toilettes toutes les deux et je lui ai dit : *Non mais, qu'est-ce tu fous ?* Elle a commencé par me la jouer : *De*

*quoi tu parles ? Je fais rien du tout.* Sauf qu'après, ça a été de pire en pire. Elle était là à lui roucouler qu'elle adorait son groupe alors qu'elle l'avait jamais vu. Et que je t'effleure et que je te tripote. Tout le temps à lui mettre la main sur l'épaule. Au bout d'un moment, on est retournées aux chiottes, je lui ai redemandé à quoi elle jouait et elle : *Ben quoi, tu fais rien avec lui, de toute façon.* Tu vois, comme s'il était bon à prendre, maintenant. Merde, c'est un copain, un super copain, alors j'ai toujours, euh… j'ai toujours essayé de pas gâcher ça, mais ça veut pas dire que…

Elle nous a regardées pour confirmation. Tracy et moi avons hoché la tête en chœur. Chloe avait clairement enfreint les règles.

– Alors qu'est-ce que tu as fait ? a demandé Tracy.
– Je suis rentrée chez moi.

Elle avait l'air triste, comme si elle revivait la soirée encore une fois.

– Le lendemain, j'avais au moins cinq longs messages de Chloe sur mon répondeur en rentrant du bahut. *Je suis désolée, je t'en supplie, pardonne-moi*, toutes ces conneries. Après ça, le monde entier me raconte qu'ils sont repartis du bar ensemble. Et quelques jours plus tard, je l'apprends de la bouche de Hank lui-même. Ils se sont pelotés. Un max. Ils se sont méchamment pelotés et ils ont peut-être même baisé, cette nuit-là.

– La vache, a fait Tracy.

– Et donc, Chloe, suis-je intervenue. Chloe t'a dit qu'il était bon à prendre ?

– Oui, oui, oui. Elle m'a sorti des tas de conneries, que c'était qu'un mec, pourquoi je me mettais dans cet état, j'étais débile de réagir comme ça. Je la regardais et on aurait dit… on aurait dit que sa voix avait complètement changé, mais sa tête aussi. Comme si sa figure... était en train de s'effacer. Comme si ce n'était pas du tout Chloe. Ou comme si l'autre, la Chloe que je connaissais, en fait ça n'avait jamais été Chloe. Vous y pigez quelque chose ?

Tracy m'a jeté un coup d'œil et on a acquiescé. On pigeait.

Cathy n'avait rien d'autre d'utile à nous apprendre, ce qui ne l'a pas empêchée de continuer à babiller. Enfin, on a été prêtes à partir.

– Va chier, connasse, a marmonné Georgia, complètement fracass, alors qu'on passait la porte. Va te faire foutre.

Je me suis approchée d'elle et je me suis penchée devant sa chaise pour me mettre à son niveau. Elle a tressailli.

Je lui ai empoigné une touffe de cheveux. Le silence s'était fait autour de nous, les réactions émoussées, intoxiquées.

– Toi, me touche pas, a ânonné Georgia en se crispant. Je t'interdis de me...

J'ai tiré violemment sur sa tignasse. Elle a titubé vers moi en tendant une main grande ouverte, mais elle était facile à esquiver et en une fraction de seconde, on roulait sur le sol crasseux, les mains de l'une dans les cheveux de l'autre et mes ongles dans la peau de son visage, jusqu'à ce que Tracy et Cathy interviennent pour nous séparer.

# 33

*San Francisco*

Le lendemain, j'ai appelé Josh, l'ami de Paul avec qui j'avais passé la nuit juste après ses obsèques.
– Claire. Ça fait un moment que je veux t'appeler.
– Pourquoi ?
– Je sais pas. Je pensais qu'on aurait pu aller boire un verre ou faire un truc.

J'ai eu envie de redemander pourquoi, mais je me suis retenue.

– Avec plaisir, ai-je dit. Je peux te poser une question ? À propos de Paul ?
– Bien sûr, a-t-il fait, mais le ton était réticent.
– Je ne porte aucun jugement. J'ai simplement besoin de savoir. Comme un médecin. Secret absolu. Il faut juste que tu me dises la vérité, d'accord ?
– T'es vraiment comme un médecin ?
– Mais oui. C'est pratiquement la même chose.

Je n'avais absolument rien à voir avec un médecin.

– Bon, a-t-il cédé. D'accord. Enfin, ça dépend de ta question, hein.
– Je crois que tu viens juste d'y répondre.
– Merde.

– C'était qui, cette nana ?
– Oh, Claire. Arrête. C'était rien. C'était tellement rien. Ça a dû arriver une ou deux fois. Paul aimait Lydia. Tu le sais.

Je me suis assise sur le comptoir de ma cuisine, j'ai vidé la fin de mon paquet de coke et je l'ai travaillée avec la carte de visite du magasin de Jon. J'ai commencé à rouler un billet de cinq en paille et puis je me suis sentie mesquine, alors j'ai pris un des beaux billets de cent tout neufs avec lesquels j'avais tenté de soudoyer Bix.

– Claire ? T'es là ?

J'ai sniffé une ligne dans une paille à cent dollars.

– Une ou deux fois avec la même ? ai-je demandé. Ou avec une ou deux nanas différentes ?

Il n'a pas répondu. Ça voulait dire les deux.

– Depuis le début ? ai-je continué.

– Oh là là, non ! Non, pas avant la dernière année, quelque chose comme ça. Et je crois pas que c'était sérieux, pas du tout. Simplement, bon…

– Simplement, quoi ?

Il a soupiré.

– Ben tu sais bien. Avec Lydia, ils s'engueulaient tout le temps.

Je l'ignorais.

– À cause d'un truc en particulier ? Ou comme ça, sans raison ?

– Je sais pas. Je crois qu'au départ c'était sur des choses concrètes, et petit à petit, c'est parti sur tout et n'importe quoi.

– Ces aventures, tu sais qui c'était ?

– Ah non, tu peux pas la soumettre à l'interrogatoire. Je la connais depuis toujours. C'est une très, très vieille amie.

— Promis. Pas d'interrogatoire. On se boit un café tous les trois. Elle a même pas besoin de me donner son nom.
— Tu le dirais à Lydia ?
— Bien sûr que non.
À mon idée, elle devait déjà être au courant.

Le soir venu, j'avais les nerfs en pelote. J'ai roulé jusqu'au quartier de Tenderloin et j'ai racheté un paquet de blanche à une certaine Rhonda de ma connaissance. Elle était en plein trip et dans un sale état quand je l'ai trouvée, flageolant sur ses talons aiguille sous la pluie.
— Ça devient duraille pour les filles comme nous, m'a-t-elle dit.
On se tenait debout sous la flotte. Notre transaction était terminée mais dans ces cas-là on ne peut pas s'en aller avant d'avoir été congédié. La vente de came ne marche pas comme ça, un point c'est tout.
— Personne sait plus comment éprouver quoi que ce soit. Personne sait plus. Tout le monde s'en fout. Les gens ont des *expériences*. Tout n'est qu'une expérience de plus. Ils font des trucs, mais ils les ressentent pas. Ça leur passe au travers. Comme s'ils étaient un fantôme. Comme si on était tous des fantômes.
— Mais *c'est* des fantômes. *On* est des fantômes.
— T'es pas de ceux-là, toi. Les ressent-rien. Toi, tu ressens tout jusqu'à la moelle. Tu ressens tout, exactement comme moi.
— J'essaie d'y remédier, ai-je dit, la pluie froide sur mon visage. Je veux pas...
— Tut-tut. Tu changeras pas. Les filles comme nous, ça change pas. On continue jusqu'à ce qu'ils nous aient vidées jusqu'à la dernière goutte. Et après, ils font mine de nous regretter quand on est plus là.

## 34

Soixante-deux jours après la mort de Paul, j'ai mis cap au nord pour faire un point sur les chevaux miniatures et rendre visite à Lydia dans la maison de Paul, désormais la sienne, sur la Bohemian Highway.

L'est du comté de Sonoma est célèbre pour son vin. L'ouest du comté de Sonoma n'est pas célèbre du tout. Il est relativement réputé, malgré tout, pour son brouillard, ses séquoias, sa large Russian River aux crues incessantes, et le Bohemian Grove, ce vaste domaine appartenant au Bohemian Club. Le Bohemian Club est un club réservé aux hommes fondé à San Francisco, à l'origine comme un cercle fermé pour artistes et écrivains du grand monde ou du demi-monde. Aujourd'hui, il compte parmi ses adhérents des présidents, des ex-présidents et une litanie de personnages obscurs tels Henry Kissinger et Alan Greenspan, des hommes dont je savais bien que j'aurais dû les considérer comme importants sauf que je n'y arrivais pas. Ils se réunissent deux semaines chaque année au Bohemian Grove et nul ne sait exactement ce qu'ils y fabriquent. Les théoriciens du complot soutiennent qu'ils boivent du sang et vénèrent Satan, ou du moins qu'ils ont des discussions officieuses sur la Réserve fédérale et l'agenda fiscal. Leurs défenseurs affirment que ce n'est que la quinzaine annuelle de détente d'un cénacle des plus fermés. Les membres eux-mêmes ne parlent pas.

La maison de Paul jouxtait le domaine du Bohemian Grove, tout au bout d'une longue route privée dans la commune d'Occidental. Si les terres qui l'entouraient appartenaient au club, le camp de base des Bohémiens se trouvait à une bonne quinzaine de kilomètres de là, et il n'existait ni chemin ni route entre les deux, rien qu'une épaisse forêt de séquoias.

Le temps que j'arrive jusque-là, la nuit était tombée. J'avais passé l'après-midi au Point mystère. Rien de neuf du côté des canassons miniatures. Jake avait mis ses meilleurs gars sur le coup, ce qui n'était peut-être pas la même chose que les meilleurs gars de quelqu'un d'autre, mais on fait ce qu'on peut avec ce qu'on a. Lydia est sortie m'accueillir sur la galerie. Elle portait une jolie petite robe blanche et les cheveux fraîchement teints de noir. Elle avait les yeux cernés et les mains qui tremblaient affreusement, mais sa mine aurait pu être pire.

La vie continue. Rien n'est permanent.

L'air sentait le séquoia, un parfum boisé, épineux, fumé.

– Entre, m'a-t-elle dit. Je suis contente que tu sois là.

Je ne savais pas si elle était contente ou pas. Sa bouche formait un truc à mi-chemin entre le rictus sardonique et le demi-sourire.

– Paul disait, m'a-t-elle raconté en me faisant visiter, que parfois le soir, en été, si le vent soufflait dans la bonne direction, ils entendaient la musique du Bohemian Grove. Tu serais surprise d'apprendre qui en fait partie – plein de vieux hippies comme Steve Miller et Jimmy Buffett.

La maison se dressait dans une clairière privée d'un ou deux hectares au milieu des bois. C'était un « cottage » de style rustique des années 1930, avec une base de pierre, des parties supérieures en bois et plâtre, des toits en pente et une grande galerie couverte. Une cheminée en moellons lui donnait un air de maison de sorcière.

– Paul disait qu'avec Emily, ils avaient essayé de se faufiler à travers la forêt une fois ou l'autre, mais à tous les coups, les vigiles leur tombaient dessus et les ramenaient à la limite du domaine du club.

Lydia a froncé les sourcils. Elle était au courant pour Emily.

– Bref, a-t-elle repris. Merci d'être venue.

– Oui. Ça va être chouette.

Mais quelque chose en moi a tourné, j'ai senti un goût aigre sur ma langue et brusquement, je n'en étais plus si sûre.

Il était tard, on a décidé d'aller dîner. On s'est rendues dans un resto un peu chic de Guerneville, où Lydia était connue. Elle m'a expliqué qu'elle essayait de transférer les factures et les prélèvements à son nom. Elle paraissait absente et comme déphasée – je ne savais pas trop si elle s'adressait à moi ou simplement au quidam qui se trouvait être assis en face d'elle.

– C'est à croire que personne n'est jamais mort avant, disait-elle. Tu contactes la compagnie du téléphone ou du gaz et ils sont totalement incapables de gérer le décès d'un client. Comme si ça n'arrivait pas à tout le monde.

J'avais moins bu que Lydia, alors c'est moi qui ai conduit au retour, pour redescendre la Bohemian Highway.

– Tu voudras entrer un moment ? m'a-t-elle demandé en chemin. Peut-être regarder un film ? Rester dormir ?

Je lui ai jeté un coup d'œil dans le noir bleuté de la nuit. Elle avait l'air esseulée, la voix un peu désespérée. Ça doit être dur de se retrouver toute seule quand on n'y est pas habitué.

– Okay. Ça me tente bien.

On avait presque atteint la longue allée menant à la maison quand tout à coup, quelque chose a surgi devant la voiture et j'ai écrasé le frein.

Un gigantesque vautour noir se dressait au milieu de la route, éclairé sur le fond de macadam par mes phares blancs. J'ai regardé alentour. À gauche, une bande de cinq autres vautours, probablement sa famille, becquetaient un cerf. Une biche. La biche avait dû être tuée par un véhicule. Elle gisait sur le flanc, ses yeux vitreux braqués sur la route, la gueule ouverte. Les volatiles grignotaient son ventre tendre et charnu, laissant les parties osseuses, tête et pattes, pour la fin.

Lydia fixait la scène comme si elle avait vu un fantôme. Elle avait blêmi et sa bouche formait un *O* parfait.

– Oh, a-t-elle dit. Oh, je…

Je l'observais en coin. Son visage était tourné vers moi mais ses yeux regardaient au loin, par la fenêtre. Ses sourcils se touchaient.

Soudain, le vautour a sauté sur le capot, crissement de serres sur le métal, tête rouge et ridée, hideuse et hargneuse. Il est resté une seconde sans bouger, puis il a étendu ses ailes autant qu'il le pouvait.

Il s'est élancé comme pour s'envoler et s'est écrasé sur le pare-brise, faisant trembler la vitre dans ses joints.

Lydia a hurlé.

L'oiseau chancelant a replié ses immenses ailes, sonné. Il a titubé un peu puis les a redéployées. Une aile noire a percuté le pare-brise. Une tache de sang a barbouillé le verre. L'animal a émis un genre de sifflement ou de grondement, un son aigu mais venu du fond de la gorge.

Lydia le contemplait, pétrifiée.

– Oh mon Dieu ! a-t-elle dit.

Elle paraissait au bord des larmes.

Le vautour a ouvert et refermé ses ailes plusieurs fois. Il ne partait pas.

– Je t'en prie, a-t-elle murmuré d'une voix tremblante. Je t'en prie.

Je l'ai regardée. Elle semblait terrifiée, brisée.

Le volatile restait sur le capot, s'occupant de sa blessure, hébété et effrayé. J'ai donné un tout petit coup de klaxon.

Après un regard mauvais, il a sauté pour atterrir sur l'asphalte, déséquilibré, illuminé par le blanc de mes phares. Il a poussé un nouveau grondement sifflant puis s'est éloigné, mi-marchant, mi-voletant, en direction des bois. Une fois sorti de la lumière, je l'ai perdu de vue. Ses petits camarades continuaient à déchiqueter la biche, imperturbables.

Je nous ai ramenées jusqu'à la maison.

Lydia a regardé droit devant elle pendant le reste du trajet. Quand j'ai coupé le moteur, elle est descendue et a regagné la maison sans un mot. Elle a filé dans sa chambre et a fermé la porte. Quelques minutes plus tard, j'ai entendu l'eau couler dans la salle de bains attenante.

Au bout d'un moment, Lydia est ressortie, cheveux mouillés, corps enveloppé dans un gros peignoir blanc. Elle m'a souri d'un pauvre petit sourire de veuve.

– Désolée, s'est-elle excusée. Ce truc m'a complètement flippée.

– Oh, hé, t'en fais pas. Tu m'étonnes. C'était spé.

– C'est clair. Ça veut pas dire quelque chose ? Y a pas une histoire comme quoi quand tu vois un certain oiseau, ça a un sens particulier ? Genre, chez les Indiens ?

– Je sais pas. Peut-être.

Je savais très bien : il y a plein de trucs comme ça, dans la culture indienne et ailleurs.

Lydia s'est rembrunie, mais en secouant la tête pour essayer d'évacuer. Il y avait un placard rempli de DVD, elle a ouvert une bouteille de vin et mis *Né pour tuer*. J'ai compris que c'était ce qu'elle faisait chaque soir, seule ou accompagnée : un bon vieux classique et une bouteille de vin. Elle s'est lovée sur le grand canapé à côté de moi. Vers la moitié du film, elle s'est assoupie. Dans son sommeil, elle agrippait des choses, tâtonnait et se tortillait, comme la nuit où Paul était mort. Elle a commencé à marmonner et à émettre des petits bruits – des grognements, des couinements.

Après minuit, *Né pour tuer* terminé, je l'ai réveillée d'un léger coup de coude. Dans un état de somnolence qui m'a laissé supposer qu'elle avait avalé un cachet ou deux, elle m'a montré une chambre d'amis et est allée se coucher. Je n'aurais jamais su, si elle ne me l'avait dit plus tôt, que c'était la chambre d'enfant de Paul. Sa famille venait souvent ici, au moins quatre fois par an, quand Emily et lui étaient petits. Dans les années 1980, alors qu'ils étaient ados, leur père était mort. Suite à ça, leur mère les avait ramenés dans l'Est afin de se rapprocher de sa famille à elle. Paul était revenu en Californie pour la fac quelques années plus tard et n'en était plus reparti. Adulte, il avait fait rafraîchir le cottage, évacué les meubles d'enfants et transformé sa chambre et celle d'Emily en chambres d'amis. Quand il y séjournait, avec Lydia ou n'importe qui d'autre, il logeait dans la chambre principale. Après tout, c'était lui, le maître de maison, maintenant.

La veille, Josh m'avait appelée pour me proposer de rencontrer son amie qui était sortie avec Paul. Je voulais la voir, mais pas juste avant de rendre visite à Lydia. Savoir que Paul la trompait ne me tourmentait pas plus que ça ; comme je l'ai déjà dit, je pensais qu'elle était au courant. Si elle me posait la question, je lui dirais la vérité, toutefois ce n'est pas moi qui aborderais le sujet.

Rencontrer la fille, en revanche, c'était autre chose. J'avais demandé à Josh si on pouvait remettre ça à dans une semaine suivante et il avait dit oui. Mercredi, à 16 h, on se retrouverait dans un café de Berkeley.

Allongée dans mon lit, je songeais à cette femme. Celle avec qui Paul avait couché. Ou eu une liaison, ou passé trop de temps, ou que sais-je encore. Il y a autant de manières de tromper que de couples mariés.

Je n'arrivais pas à dormir. Je croyais savoir qui ça pouvait être – la femme avec qui Paul avait « fauté ». Je l'avais vu en train de discuter avec elle un soir à un concert. Ça transparaît, ces choses-là. Je n'arrêtais pas de penser à lui et à cette fille au concert. Ce n'était pas le groupe de Paul qui se produisait – celui de Lydia ? Non, d'un copain de Paul. Josh ? Pas Josh. Impossible de me souvenir. Le Swiss Music Hall. La fille portait une robe blanche années 1960 à col bateau, taille cintrée et jupe parapluie. Qui est-ce qui jouait ? Il y avait une contrebasse et une caisse claire. La fille en blanc dansait toute seule, faisait tourner sa jupe tel un derviche. Un arbre tatoué sur le mollet. Des oiseaux sur les bras. Les cheveux courts et blancs, presque comme les miens. J'étais venue avec quelqu'un. En allant aux toilettes, je les avais aperçus dans un coin, en train de chuchoter. Paul était appuyé au mur à côté d'elle, beaucoup trop près. Rien d'illicite, mais on sentait le truc. Je m'étais dit qu'il résisterait. Apparemment pas.

Dans ma chambre du comté de Sonoma, je me suis relevée et j'ai rallumé la lumière, j'ai retourné mon sac jusqu'à dénicher un demi-pétard rassis glissé dans une pochette d'allumettes du Shanghai Low. Je l'ai allumé et j'ai regardé par la fenêtre le rien noir et velouté du dehors. Avec le brouillard, la maison aurait pu être un navire, une île.

Le joint terminé, je me suis recouchée et j'ai fermé les yeux. La fille en blanc tournoyait sur la piste, devant le groupe. Elle affichait un sourire qui ressemblait à de la béatitude. Je l'observais du balcon. Andray était à mes côtés et on la suivait des yeux, accoudés à la balustrade.

– Cette meuf, c'est pas vot' problème, disait Andray. Vot' problème, c'est de bien mener votre enquête.

– Tu te la joues toujours comme si tu me connaissais par cœur.

– Parce que c'est le cas. Vous êtes comme un livre ouvert, Claire DeWitt.

Je regardais mon bras, maculé d'une grosse tache de sang.

– Vous croyez que vot' problème, c'est elle, reprenait-il. Vot' problème, c'est *elle*.

Il montrait le parquet et je voyais la fille en blanc qui virevoltait toujours, dansant en solitaire. Sauf que ce n'était plus elle. C'était Lydia. Elle pleurait et vociférait, furieuse. Elle s'étranglait dans ses larmes et hurlait à la mort.

– Puisque tu me connais si bien, disais-je à Andray, pourquoi tu veux pas me parler ?

– Justement à cause de ça, Claire DeWitt.

Le lendemain, le temps était froid et brumeux. Un faucon tournoyait dans le ciel. Quelque pauvre petit mulot ou serpent n'allait pas tarder à y passer. On ne risquait pas d'oublier que la nature était un jeu perdu d'avance, par ici.

– Ça s'éclaircit vers midi, m'a dit Lydia.

On sirotait du café sur la galerie. Une famille de daims a débouché de la forêt pour brouter dans la clairière. Une mère et deux petits. On les a contemplés un moment, ils apparaissaient et disparaissaient dans le brouillard comme des créatures féeriques.

– Dis, ai-je lancé. Tu te rappelles ce groupe ? Je crois qu'on les a vus plusieurs fois au Swiss Music Hall. Avec une contrebasse. Et une caisse claire, peut-être.

– Ah, ça doit être les Salingers. Au chant, c'était une fille ?

– Il me semble, oui.

– Oui, je pense que c'est pas une caisse claire, plutôt une petite *cocktail drum*. Enfin, c'est kif-kif. Quand est-ce qu'on les a vus ensemble ?

– Ben tu sais, là… Ah, attends. C'était peut-être pas toi. C'était peut-être Tabitha.

– Sûrement. Je crois pas que c'était moi. Ils sont excellents. Paul était très pote avec la guitariste, Nita. Allez, viens. On va prendre le petit-déj' avant que tu repartes.

Elle paraissait un peu plus gaie aujourd'hui, un peu moins chagrine. J'imaginais la longue journée de solitude qui l'attendait.

– Okay. Bonne idée.

Le brouillard s'est dissipé exactement comme Lydia l'avait annoncé et on a mis cap au sud. Les routes étaient encombrées de touristes qui n'avançaient pas et Lydia avait le klaxon facile. Entre chaque ville s'étendaient des bois touffus et des pâturages à perte de vue.

À Petaluma, un bourg presque aussi gros qu'une ville, au centre victorien très dense, on s'est garées et on s'est baladées un peu avant de nous payer un énorme petit-déjeuner mexicain à base d'œufs, haricots rouges et tortillas de maïs. Lydia a fait quelques achats chez un antiquaire, une lampe en forme de geisha, un casse-noix métallique en forme d'écureuil. Je me suis offert un kit de dactyloscopie ancien – pourvu d'une bonne couche de poussière et d'une loupe parfaite.

En rentrant, juste avant d'arriver à la maison, j'ai dit :

— Je sais que tu n'aimes pas parler de ça, mais la liste que tu m'as donnée, les guitares volées... Il y avait une erreur dedans. La Favilla. En fait, Paul l'avait revendue à Jon, de San Rafael, avant le... Enfin, avant.

Lydia a plissé le front.

— Ah. Eh ben, ça explique où elle est.

— C'est sûr. N'empêche qu'il y avait cinq supports vides au sous-sol quand la police a débarqué. Et qu'on n'a plus que quatre guitares disparues. Alors je m'interroge. Est-ce qu'il y avait un pied vide ? Ou est-ce qu'il manque une autre guitare ?

Lydia semblait déconcertée.

— Alors là, j'en sais rien du tout.

Je n'ai pas insisté. Elle n'avait jamais eu une bonne mémoire des détails et à mesure qu'elle avançait, qu'elle laissait la mort de Paul derrière elle – ou du moins qu'elle s'y efforçait – tout devenait plus flou encore.

Quand on est arrivées, elle m'a de nouveau invitée à entrer.

— Tu veux un thé ? Un dernier pour la route ?

Je voyais bien qu'elle n'avait pas envie de se retrouver seule, mais j'avais des choses à faire. Des choses comme rentrer chez moi et me laver de la mort qui me poissait de partout. Peut-être que je n'étais pas si différente des autres, finalement.

En quittant Lydia, je n'ai pas repris tout de suite la 101 pour San Francisco. J'ai bifurqué à l'embranchement de la 580 en direction d'Oakland. Ensuite, je suis sortie de l'autoroute, j'ai roulé vers la forêt et je me suis garée à la première entrée.

Le sol était ramolli par les aiguilles de séquoia, qui embaumaient quand je les écrasais. J'ai grimpé jusqu'au sommet de la colline et je suis redescendue de l'autre côté. Là, j'ai pris une sorte de piste de lièvres qui s'éloignait du sentier principal pour s'enfoncer dans les bois. Épicéas, chênes, puis de nouveau des séquoias dans la descente, ce qui facilitait la marche, un tapis de coquettes oxalides, fougères, champignons et quelques orchidées sous mes pieds.

J'ai sillonné les lieux un moment mais sans parvenir à trouver le Détective rouge. Peut-être qu'il avait déménagé, peut-être que je m'étais égarée. Je n'avais pas envie de rentrer. Je suis allée dans un bar que je connaissais à Oakland. Quand un type m'a demandé s'il pouvait m'offrir un verre, j'ai accepté, et quand il m'a ramenée chez lui, il sentait la lavande et le savon. À mon réveil le lendemain matin, il était parti. Je me suis fait une tasse de thé, j'ai inspecté son armoire à pharmacie, j'ai pris ce qui m'intéressait et je me suis tirée.

## 35

Soixante-sept jours après la mort de Paul, j'ai tout recommencé. J'ai appelé Claude et je lui ai demandé de passer. On s'est assis dans le coin salon. J'avais deux canapés rouges bien rembourrés trouvés dans la rue à Pacific Heights, Claude s'est installé dans l'un et moi dans l'autre. Je lui ai donné de nouvelles instructions. On avait trois pistes potentiellement fructueuses à explorer : le jeton de poker, la guitare manquante, les clefs. Il continuerait à creuser du côté du jeton de poker et éplucherait les relevés de compte de Paul, ses ventes sur eBay, ses photos, tout ce qui lui viendrait à l'esprit pour retrouver la guitare manquante. Il n'y avait rien à faire pour les clefs.

Quand je suis partie, j'ai appelé Carolyn, l'amie de Lydia que j'avais contactée du commissariat le lendemain de la mort de Paul. Elle est venue me retrouver dans un café à Albany, sur Solano Avenue. Elle habitait à côté, à El Cerrito. Je lui ai posé des questions comme à la télé : est-ce que Paul avait des ennemis ? Non. Est-ce qu'il avait un problème de drogue ? Non. Est-ce que quelqu'un aurait pu vouloir sa mort ? Pas à sa connaissance. Quelle horreur.

Après quelques minutes d'échauffement supplémentaires, je suis passée à l'offensive.

– Entre Lydia et Paul, tout allait bien ? Je sais que c'était un couple génial, je me demande juste… est-ce qu'ils avaient des problèmes ? N'importe quoi, tu vois, des trucs normaux.

Carolyn a fait la moue.

– Pour être franche, ils étaient, euh… Tout n'était pas… au beau fixe. Ils traversaient une mauvaise passe, c'est clair.

– Ah bon ? Comment ça ?

– Pour être franche, a-t-elle répété, ça durait depuis un moment. Ça a été super la, ou les deux premières années. Au début, quoi. Et puis après… Des disputes à n'en plus finir. Pour des conneries. Des jalousies.

– Pourquoi ils ne se sont pas séparés ? ai-je demandé, l'intérêt me plissant le front.

– Ah, mais parce qu'ils s'aimaient toujours. Ils essayaient de surmonter ça.

– De quelle manière ?

Une expression a flotté sur son visage pendant qu'elle débattait quelques secondes avec elle-même.

– Eh ben, a-t-elle déclaré une fois sa décision prise. Si je te le dis… c'est comme si je parlais à un médecin, non ?

– Absolument.

– Bon, alors voilà.

Carolyn croyait qu'elle s'en voulait de me raconter ça, alors qu'en fait, elle se délectait. Se délectait de s'en libérer et de refiler le bébé à une autre. Je ne pouvais pas le lui reprocher.

– Paul avait quelqu'un. Je ne sais pas qui. Je dirais pas que c'était du sérieux, mais je dirais pas non plus que ça ne l'était pas. Et cette nana, il l'a laissée tomber pour essayer d'arranger les choses avec Lydia.

J'ai hoché la tête d'un air neutre, feinte compassion sur les lèvres, inquiétude dans les yeux. C'était un moment fragile, je ne tenais pas à le gâcher. En plus, je me la jouais médecin.

— Quand est-ce que ça a commencé ?
— Ouh là, euh...

Elle a fait la moue.

— Ça a commencé avec Lydia. Elle l'a trompé. Avec l'autre, là. Quand Paul l'a découvert... c'est là que c'est parti en vrille. Qu'ils sont devenus moins sympas. Après, il a eu une aventure, qui ne comptait pas vraiment je crois, et puis après, la fille en question.

— Donc, deux ?
— À ma connaissance.
— Et Lydia ?

Elle a haussé les épaules.

— Je n'ai pas franchement applaudi pour le premier, alors je ne crois pas qu'elle ait remis ça, mais de toute façon, elle m'en aurait pas parlé. J'aime pas trop ce genre de choses. Tu veux vivre une relation ouverte, très bien, mais le mensonge et la dissimulation... J'ai du mal. Je trouve pas ça bien. Paul n'était pas parfait, mais c'était un chic type. Donc bon, elle en a peut-être eu d'autres, j'en sais rien. Elle ne m'a parlé que du premier.

— Et c'était qui ?
— Il s'appelle Éric. Il projette des films d'horreur au Castro, tu vois ?

J'ai acquiescé. Je savais qui c'était.

Elle a secoué la tête, va-et-vient de boucles blondes et de lèvres rouges.

— C'est franchement triste, cette histoire... Ils avaient tout pour se rendre heureux l'un et l'autre. Pour avoir une vie de rêve. C'est vrai, ce genre de grand amour, c'est ce que tout le monde recherche, non ? Et pourtant... Je sais pas. C'était comme s'ils avaient pris un mauvais virage et... J'en sais rien. Je sais pas ce que je raconte. Je suis sûre que ça n'allait pas aussi mal que je le laisse entendre.

– Et pourtant, quoi ?

Elle a froncé les sourcils.

– Le truc avec Lydia, c'est que... attention, c'est ma meilleure amie et je l'adore, mais c'est comme si...

Elle a fait la moue.

– Comme si quoi ?

– Eh ben, elle a... avait un mari génial, une carrière d'enfer, la maison, tout. Et pourtant, quelque part, ça ne lui suffisait jamais. Il y a quelque chose en elle... Ce qui est censé nous combler, elle, ça ne la contente pas. Pas totalement. Au bout d'un moment, on finit par se demander si elle est capable de se satisfaire de quoi que ce soit, en fait.

## 36

En début d'après-midi, je suis rentrée à la maison et j'y ai trouvé Claude. Ce qui n'a rien d'étrange. C'est là qu'il bosse. Il était assis à ma grande table en bois et fronçait les sourcils sur un gros bouquin bien épais. *Corpus du jetonophile moderne.*

Il avait l'air triste.

— Le jeton de poker, ai-je dit.

Il a eu l'air encore plus triste. J'avais voulu lui laisser un peu de temps pour l'identifier tout seul, mais ça n'avait pas l'air de marcher.

— Je n'y arrive pas, a-t-il commencé. C'est-à-dire, je…

— D'accord. Tu as cherché un poinçon ?

— Je l'ai trouvé. Et j'ai épluché les ouvrages spécialisés. Le fabricant est Ace Novelty, dans le Tennessee.

— Excellent. Tu te débrouilles comme un chef.

Il s'est assombri.

— Non. Pas du tout. Parce que j'ai pas réussi à aller plus loin.

— Ace est un des poids lourds du secteur. Où est-ce qu'ils distribuent ?

— Partout ! En plus, ils font aussi de la vente directe sur internet. N'importe qui dans le monde pourrait avoir acheté ces jetons.

— Je vois.

– Alors qu'est-ce qu'on fait ?
J'ai soupiré.
– On va consulter le maître ès jetons. Et toi, mon pote, tu viens avec moi.
Claude a eu un rire nerveux.
– Vous dites ça comme une menace.
– C'en est une.
Il n'a pas paru très rassuré.
– Lydia et Paul se trompaient mutuellement.
Il a plissé le front. Même s'il restait discret sur sa vie privée, je supposais qu'il n'avait pas une bien grande expérience en matière de sexe/amour/émotions.
– Qu'est-ce que ça implique, pour nous ? a-t-il demandé.
– Ça implique...
J'ai réfléchi à sa question.
– Ça implique que beaucoup de gens ont été blessés. Et qu'on a peut-être plus de suspects qu'on ne pensait.

Le maître ès jetons habitait sur les hauteurs de Russian Hill, dans un grand appartement que son grand-père aurait paraît-il acquis pendant la grande dépression. Si le maître ès jetons avait le moindre sou, il le cachait rudement bien.

Ce n'était pas la peine de prendre rendez-vous parce qu'il nous poserait un lapin. On a donc sonné chez lui, comme ça, un vendredi à 14 h. J'avais quelques centaines de dollars en liquide dans mon portefeuille et une boîte dans ma main droite. Dans la boîte, il y avait une tarte.

On ne savait jamais ce que le maître ès jetons voudrait. On pouvait subodorer, mais on ne savait jamais.

– Qu'est-ce qu'on fait s'il n'est pas là ? a demandé Claude.

– On repasse. Jusqu'à ce qu'il soit là.

Ça ne répondait pas. J'ai sonné une nouvelle fois. Puis une autre. Et une autre. À la cinquième, une voix d'homme a coassé dans l'interphone :

– Quoi ?

– J'ai une tarte. À la crème de coco.

Claude m'a regardée. J'ai haussé les épaules. Ça pouvait fonctionner ou pas.

L'interphone a produit un long grésillement. On est entrés.

– C'est vous ! a lancé le maître ès jetons en ouvrant la porte.

Il s'est rembruni.

– Je croyais que...

– J'ai une tarte, l'ai-je rassuré derechef.

Il a arqué un sourcil. On était parvenus à un accord.

Le maître ès jetons avait entre cinquante et soixante-dix ans, blanc, un mètre quatre-vingt-cinq ou plus. Il portait une veste en tweed élimée, un pantalon, des chaussures en cuir retourné, et il avait un faux air de Vincent Price. Il affichait volontiers des expressions théâtrales dans le style de Price, ce qui soulignait encore la ressemblance. En le voyant marcher dans la rue, on pouvait le prendre pour un professeur de lettres de Berkeley ou pour un ancien professeur devenu alcoolique. Il n'était ni l'un ni l'autre. Une loupe accrochée à une ficelle pendait à son cou.

Son appartement était immense : trois chambres, salon, salle à manger, pièce supplémentaire totalement superfétatoire d'un luxe inouï, deux vastes salles de bains et une cuisine séparée. La majeure partie était remplie de bouquins. Ils s'entassaient du sol au plafond et sur toutes les surfaces disponibles. Je venais consulter le maître ès jetons depuis dix ans et chaque année, la distance entre les piles s'amenuisait. L'an prochain, il n'y aurait plus que de minces passages entre les colonnes de livres. On se demande toujours comment les gens et leur appart en arrivent à ce genre de situations. C'était intéressant de voir le processus en action.

L'autre occupant des lieux était le jeton de casino. La plupart résidaient dans des bocaux de toutes les tailles et de toutes les provenances imaginables – pots de cornichons format industriel, de beurre de cacahuète, de nettoyant pour cuivre, que sais-je. Certains logeaient dans des boîtes à café métalliques, d'autres dans des sacs en plastique ou en papier, d'autres encore s'amoncelaient en vrac. Il y en avait des milliers.

D'abord, le maître s'est attaqué à la tarte. Il s'est assis à la table de sa cuisine, il a écarté divers récipients de jetons de casino et a pêché une fourchette dans l'évier. Ensuite, il a ouvert ma boîte et s'est tourné vers moi, comme s'il attendait une réponse.

– Elle vient de la House of Pies, ai-je dit. À Albany.

Il a baissé les yeux sur la tarte. Il en a pris une bouchée, l'a mâchée lentement, et l'a apparemment jugée satisfaisante.

Il a entrepris de la manger. En entier. Claude le regardait se repaître, fasciné et horrifié. Ça n'avait pas l'air de déranger le bonhomme. Cette opération a duré à peu près une demi-heure, peut-être moins. J'ai vérifié mes mails sur mon téléphone puis je me suis assise par terre entre deux piles de bouquins et j'ai feuilleté d'anciens numéros de *L'Amateur de jetons de casino*. J'étais plongée dans la nécro d'un type qui avait dessiné des jetons pour le Sahara et le Caesars Palace (Geoffrey Van Der Crook, né à Indianapolis, laissant derrière lui une fille qui ne poursuivrait pas son œuvre car elle était bêtement devenue chirurgienne orthopédique) quand j'ai entendu la voix de Claude.

– Euh, Claire… Claire, je crois qu'il…

J'ai levé la tête. Le maître ès jetons avait fini sa tarte et tendait la main. Je me suis approchée. Claude et moi, on s'est assis et on l'a regardé.

– Donne-le-lui, ai-je dit à Claude.

Il a tiré le jeton de sa poche pour le poser dans la paume du maître. Celui-ci l'a étudié un instant ou deux, puis il l'a enveloppé de ses doigts et a fermé les yeux. Il les a rouverts et a examiné l'objet à l'aide de sa loupe. Ensuite, il l'a reniflé. Il l'a reniflé une seconde fois, puis il l'a humé encore un peu.

– Menthol, a-t-il déclaré, une pointe de condescendance dans la voix. Aucune décoloration. Ce jeton n'a jamais vu la lueur du jour. Regardez, là.

Il me montrait quelque chose que je ne voyais pas.

– Une encoche faite par un ongle. Ça se produit quand les gens sont angoissés. Mais celle-là est profonde.

– Donc, soit quelqu'un de très fort, soit…

Il m'a coupée. Peut-être qu'on cabotinait un peu pour Claude.

– Un faux ongle. Ce qui est mille fois plus probable.

– Je sais, ai-je jappé.

Soudain, le maître a léché le jeton. Il a fait une tête : *Pas mal du tout*. J'ai tendu la main, il me l'a donné et je l'ai léché à mon tour.

– Sympa. Cocaïne, ai-je expliqué à Claude, et beurre de cacao.

– Plus, a ajouté le maître, une pointe d'eau de cologne.

Si les cigarettes à 70 % mentholées étaient plus répandues dans la communauté noire américaine que dans n'importe quelle autre, le beurre de cacao et l'eau de cologne étaient l'apanage presque exclusif des Noirs et des Latinos. Or, Oakland avait la plus forte population afro-américaine de toute la région, plus de deux fois celle de San Francisco.

– Oakland, alors ? ai-je tenté.

L'expert a haussé un sourcil : *Peut-être*. Il a inspecté le jeton de plus près.

– Vous êtes sûre qu'il vient de par ici ?

– Je ne suis sûre de rien. C'est ce que j'espère.

Il a acquiescé et refermé les yeux. Ses lèvres se sont mises à remuer, sans bruit, tandis que ses globes oculaires roulaient sous ses paupières. Il chuchotait tout bas, des sons syllabiques qui ressemblaient à un langage mais n'en étaient pas : *gore, gore, ouille, pista, pista*. Ses borborygmes se sont amplifiés et précisés. *Non, non, non. Oui, oui, oui.* Enfin, au bout de cinq ou six minutes, il a annoncé :

– Le Fan Club.

Il avait toujours les yeux fermés, le visage pénétré de sa transe visionnaire. Pendant une fraction de seconde, il était beau.

– Oakland centre. 5 mars 2010. Blackjack.

Il a rouvert les yeux et a fixé le plafond, toute beauté envolée.

– Le joueur a perdu, a-t-il ajouté.

Ses yeux sont redescendus et il les a plantés dans ceux de Claude.

– Ne mise jamais sur le dix-sept.

– Non, a lâché Claude, effrayé. C'est noté.

Je me suis levée. Claude s'est tourné vers moi puis de nouveau vers le maître, désorienté. J'ai repris le jeton et l'ai remplacé par un billet de cent dollars.

– C'est toujours un plaisir, ai-je dit.

Le maître n'a pas répondu. Il a repris sa mine renfrognée habituelle et j'ai su qu'il regrettait de ne pas s'être gardé un peu de tarte pour plus tard.

– La prochaine fois, j'en apporterai deux.

Il m'a regardée et a hoché la tête. Marché conclu.

# 37

*Brooklyn*

Si on avait eu une voiture, on aurait mis sept ou huit minutes pour aller de notre quartier au croisement de Kent et Broadway. À pied, il en fallait trente à quarante. En métro, ça en prenait quarante-cinq. On s'est levées et on s'est postées devant les portes du wagon en regardant le train entrer mollement dans la station.

– On dirait qu'ils le poussent, a dit Tracy. Comme s'il y avait un mec derrière qui le poussait tout seul.

– Sauf qu'il s'est endormi, ai-je renchéri. Alors c'est sa fille en bas âge qui le remplace.

– Mais elle est morte, et c'est son fantôme qui a pris le relais.

– Et lui, il pousse pas. Il souffle. Il souffle une délicieuse petite brise à l'arrière du train.

Enfin, le métro s'est arrêté dans un gros *pof* métallique.

On avait encore un quart d'heure de marche. Le temps de trouver l'endroit qu'on cherchait, on était frigorifiées et déprimées.

– Putain, je déteste l'hiver, a dit Tracy.

– Moi aussi. Et je déteste cette ville.

– Moi aussi. Je veux aller vivre en Californie.
– Je veux aller vivre en Floride.
– À Las Vegas.
– En Arizona. Il fait chaud, là-bas ?
– Je crois que oui. Je crois que c'est un genre de désert.

Enfin, on est arrivées : un grand bâtiment industriel qui occupait tout un pâté de maisons. La porte n'était pas fermée et on a pénétré dans un hall désert et sombre. À travers une autre porte, on a entendu des bruits : des guitares ou assimilé. La porte était un énorme volet coulissant, pour le manœuvrer il fallait tirer sur un contrepoids au bout d'une chaîne. On s'y est mises toutes les deux et lentement, il s'est ouvert en grinçant.

De l'autre côté s'étendait un immense espace dépouillé. Il n'y avait presque pas de lumière et on ne voyait pas où il s'arrêtait, ni même très bien où se trouvait le plafond. La seule zone qu'on distinguait clairement, c'était un cercle vers le milieu, où une scène de fortune avait été dressée. Une demi-douzaine de personnes s'y activaient, éclairées par une lampe industrielle suspendue au plafond.

– Je viens de me rendre compte que je suis déjà venue, a dit Tracy. L'ambiance était différente. C'était un jeudi soir. Le hangar était transformé en club. C'est Chloe qui m'avait emmenée. Il y avait un groupe qui jouait. Un bar là-bas, tout au fond... et des espèces de gogo danseuses par-là.

Elle montrait le côté gauche. Je visualisais quasiment la soirée qu'elle décrivait. J'en avais fait des dizaines comme ça.

– C'était qui, le groupe ?
– CC et sa bande. Vanishing Center.

— Chloe avait envie de les voir alors qu'elle ne bossait pas ?

Tracy a penché la tête.

— Sur le moment, ça avait l'air d'être une pure coïncidence.

On s'est dirigées vers la scène.

— C'est eux, a soufflé Tracy.

En nous avançant, j'ai vu qu'elle avait raison. C'était Vanishing Center. Derrière eux s'étalait un drapeau de toile au logo du groupe : un cercueil marqué des mots GAME OVER.

Personne ne nous a remarquées pendant qu'on s'approchait. Vanishing Center était en train de s'installer, sans CC.

Il semblait y avoir de l'orage dans l'air. Stiv Black, le bassiste, s'engueulait avec Johnny Needle, le guitariste, pour la mise en place du matériel.

— Écoute, tête de nœud, je te l'ai dit cinquante mille fois, je veux pas voir de câbles sur le devant de la scène.

— Eh ben t'as qu'à les virer.

— C'est toi qui les as mis, c'est toi qui les dégages, connard.

D'abord on est allées trouver Ace Apocalypse.

— Bonjour, ai-je commencé. On est...

— Hé, pas de gonzesses ! a-t-il crié en direction du groupe. Je vous l'avais dit, putain. En plus, elles ont genre douze ans.

— On n'est pas avec eux, a précisé Tracy. On cherche Chloe. Elle travaille avec vous. Vous l'avez vue ?

— Oh merde.

Il nous a regardées pour la première fois.

— Chloe ?

— Chloe. La dernière fois que vous l'avez vue, c'était quand ?

– Jeudi.

Il a froncé les sourcils.

– Jeudi dernier. Vous êtes qui ?

– Des copines à elle, ai-je répondu. On est à sa recherche. Personne ne l'a aperçue depuis jeudi soir.

– Moi non plus. Merde. J'espère qu'elle va bien. Elle déconnait un peu ces derniers temps, mais elle était géniale. La meilleure assistante que j'ai jamais eue.

– Elle déconnait comment ? ai-je demandé.

– Depuis combien de temps ? a ajouté Tracy.

– Quelques semaines.

Les deux autres continuaient à s'empoigner sur la scène derrière lui.

– Peut-être quelques mois. Les conneries habituelles. À croire que tous les assistants reçoivent le même mode d'emploi. Se pointer en retard. Se pointer trop cuitée pour faire quoi que ce soit. Une fois, elle s'est endormie sur le plateau. Ou elle est tombée dans les vapes, je sais pas à quoi elle roule.

Ace ne savait rien de plus. On s'est éloignées pour aller parler au bassiste et au guitariste, qui se disputaient toujours.

– Bonjour, a dit Tracy à Stiv Black. J'ai des questions à vous poser.

Il l'a ignorée et a continué de râler à propos des câbles.

– Je te l'ai dit mille fois, j'ai pas envie de me péter la gueule en plein concert.

– J'ai des questions à vous poser, a retenté Tracy. Euh, s'il vous plaît…

– Sans dec ? a fait Johnny.

Ils se sont bidonnés. Il était de notoriété publique qu'ils tombaient tous de scène au moins une fois par concert.

– Ohé ! a lancé Tracy. J'ai une question !

Ils se sont tus et ont baissé les yeux sur la toute petite nénette au pied de l'estrade. Avant de perdre leur attention, elle a sorti la photo de Chloe et la leur a montrée.

– Je cherche cette fille. J'ai besoin de savoir si vous l'avez vue.

– T'es quoi ? a dit Stiv. Un genre de putain de détective ?

Nouvel éclat de rire. Là-bas derrière, j'ai entendu Ace rigoler avec eux.

– Exactement, ai-je répliqué. On est un genre de putains de détectives.

– Oh, des *détectives* ! a raillé une voix dans mon dos.

Tracy et moi, on a tourné la tête.

CC était arrivé pendant qu'on discutaillait. Il se tenait derrière nous. Il portait un costard en velours vert pouilleux, sans chemise, sur des rangeos fermées par des rubans adhésifs noir et argent.

Tracy lui a tendu sa photo de Chloe.

– On a besoin de savoir quand vous l'avez vue pour la dernière fois, a-t-elle expliqué. Vous la connaissez. Elle bosse régulièrement avec Ace. Elle s'appelle Chloe.

CC ne nous a accordé aucun intérêt. Il nous a contournées et s'est hissé sur la scène.

Tracy a levé la photo vers Stiv et Johnny. Ils se sont accroupis pour l'étudier. Ils sentaient le sale, comme un bar le matin.

– Ouais, a convenu Stiv. Je l'ai vue. Mais pas aujourd'hui.

– Quand ? ai-je demandé. La dernière fois ?

– J'en sais rien. C'est qu'une gonzesse. Je prends pas de notes. Tu l'as vue, Johnny ?

Johnny a haussé les épaules. Puis il a cligné des yeux et s'est détourné.

– Je sais que je l'ai déjà croisée, mais c'est tout.

– Ça fait une semaine que personne l'a vue, ai-je dit. Elle a peut-être été enlevée.

CC a ôté sa veste verte et l'a jetée par terre. Une odeur musquée s'est échappée de lui en même temps. J'ai pris la photo à Tracy.

– Hé, ai-je lancé à CC. Tout ce que je te demande, c'est de regarder une photo.

– Je veux pas regarder ta putain de photo à la con, fillette, a-t-il rétorqué.

Ailleurs dans le bâtiment, un autre groupe a commencé à jouer, batteries déchaînées et guitare saturée.

– Tirez-vous. Vous faites chier.

Stiv a branché sa basse et commencé à s'accorder. Le guitariste a suivi le mouvement.

– Tout ce que je te demande… ai-je répété.

Mais CC m'a coupée dans mon élan. Il a plongé la main dans sa poche revolver et j'ai entrevu un éclair argenté. Comme par un tour de passe-passe, il avait soudain une lame de rasoir entre les doigts.

– Je m'en fous, a-t-il dit. Tu peux insister, insister, insister, je te répondrai jamais.

Un retournement s'est produit dans mon ventre et tout à coup, j'ai ressenti une sorte de manque affolé, désespéré, comme si quelque chose avait été perdu à jamais, comme si j'avais oublié une chose vivante qui avait besoin de moi et j'ai été submergée de honte, de regret et de dégoût et j'ai su.

J'ai su.

La sensation est toujours différente mais toujours identifiable, tantôt merveilleuse, tantôt douloureuse, et pourtant reconnaissable entre mille, comme une vieille amie, comme votre ombre ou votre pire souvenir.

CC connaissait Chloe. CC était un indice. CC était *l'*indice.

J'ai regardé Tracy, nos yeux se sont croisés et j'ai vu qu'elle l'avait ressenti aussi. Un frisson m'a grimpé le long de l'échine. J'ai eu un flash de mon rêve de l'autre nuit, Chloe le visage oblitéré, en train de s'effondrer...

– Tu la connaissais, ai-je dit à CC. Tu la *connais*.

– Ptêt' ben qu'oui, ptêt' ben qu'non.

Il a pris sa lame de rasoir et s'est fait une petite incision partant du poignet pour remonter vers l'épaule, aussi fine qu'un cheveu. Un filet cramoisi suivait la lame.

– Merde, a lancé Ace. Je rate un truc, là.

Il a attrapé sa caméra, une Minolta super-8, et a filmé la scène. CC s'est passé la lame sur le torse avant de redescendre le long de l'autre bras, lentement.

– Peut-être qu'elle vous aime pas, a-t-il dit. Vous y avez pensé, à ça ?

Je me suis détournée. Brusquement, le hangar me semblait d'une chaleur étouffante.

– Bien sûr, a répondu Tracy. Mais il y a des gens qu'elle aime beaucoup qui ne l'ont pas vue non plus.

CC a pressé sur son entaille pour faire sortir davantage de sang. Il l'a étalé afin d'en couvrir un maximum de peau.

– Foutez le camp, fillettes, a-t-il dit. Moi, je vous aime pas.

Il a donné des pichenettes, projetant du sang vers nous. J'ai reculé d'un bond.

– Tirez-vous. À moins que vous vouliez attraper tout ce que j'ai. Je suis contagieux.

Les autres ont rigolé. Je me suis avancée.

– Tu sais où elle est.

– Dégage. T'es chiante. T'intéresses personne.

– Ça, je sais, ai-je répondu avant de pouvoir me retenir. N'empêche que je retrouverai Chloe.

– Ace ! a crié CC. Tu veux foutre ces petites pétasses dehors ou j'ai le droit de m'en charger ?

– Essaie un peu, sale... a commencé Tracy, mais Ace approchait déjà.

Avec fermeté, sans violence inutile, il a mis une main sur chacune de nous et nous a entraînées vers la sortie.

– Croyez-moi, a-t-il murmuré. Il vaut mieux partir. J'appelle sa coloc si je vois Chloe, okay ?

Il avait une barbe de trois jours et une odeur d'homme.

– Et si je vous attrappe en train d'attendre CC dehors, a-t-il chuchoté en nous poussant par la porte, je vous botte vos petits culs moi-même.

# 38

On s'est avouées vaincues et on a pris la ligne M pour rejoindre le Lower East Side. On a commencé par un bar au coin de la Première et de la 1re. Tracy avait un plan, et un bon. On connaissait un peu le barman, un dénommé Greg, qui buvait et jouait dans des groupes de punk à un moment, et se contentait de boire désormais. Il était jeune, pas encore vingt-cinq ans, pourtant sa vie semblait déjà toute tracée, une autoroute à grande vitesse qui le conduirait à de mauvaises fréquentations, au vagabondage et à une mort prématurée.

On lui a commandé deux shots de tequila pour nous et un pour lui.

– Au fait ! a dit Tracy, comme prévu. J'ai vu Vanishing Center à l'International hier soir. Ils étaient là, tranquilles, à boire des coups. J'ai tout fait pour attirer l'attention de CC, mais il m'a à peine remarquée.

– Beurk, ai-je fait, comme convenu. Il est immonde. Tu l'aimes bien ?

– Je le trouve craquant ! a protesté Tracy. Greg, tu le connais, non ?

– Ouais, a répondu Greg, assez fier de cette relation.

– Je peux avoir une autre tequila ? a enchaîné Tracy. Il habite où ?

Une heure plus tard, on était un peu paf et beaucoup mieux renseignées sur CC. Il s'était fait jeter de son appart deux semaines plus tôt. Lequel était un squat. Je ne savais pas qu'on pouvait se faire jeter d'un squat. Bientôt, on était sur place, à bavarder avec un mec coiffé d'une grande crête iroquoise, vêtu d'un pantalon écossais rouge, d'une veste en cuir et pas de chemise. C'était sur la 7$^e$ Rue, entre les avenues C et D. Le gars à la crête sentait comme s'il n'avait jamais pris de bain et était plutôt mignon quand même. Ou justement à cause de ça. Le bâtiment était un vieil immeuble locatif, pas spécialement en moins bon état que certains autres du quartier, si ce n'est qu'il ne semblait pas y avoir de porte, nulle part, et que les murs étaient couverts de graffitis.

– Non mais, franchement, disait le crêteux.

Son torse sous sa veste était blanc et lisse.

– Il faut quand même y aller fort pour se faire virer d'ici.

– Ouais, a acquiescé Tracy. Qu'est-ce qu'il a fait ?

On était assis dans des fauteuils sales dans une espèce de salon dans une espèce d'appartement. Quand on avait frappé, une belle fille crasseuse d'un an ou deux de plus que nous était arrivée. Lorsqu'on avait expliqué qu'on cherchait CC, elle avait levé les yeux au ciel et appelé le gars à la crête. Elle l'appelait Boss.

– Le premier incident, c'est qu'il a chié par terre, a dit le crêteux. On a pas beaucoup de règles ici, mais celle-là, je suis pour. Okay, les toilettes sont souvent bouchées, mais bon, fais ça dans une poubelle ou je sais pas quoi, merde.

– Tu m'étonnes, a opiné Tracy. C'est dingue.

Tracy avait le don exceptionnel d'inciter n'importe qui à la conversation, de donner à son interlocuteur le sentiment qu'elle était de son côté, en totale empathie avec son histoire. Comme si elle aussi avait connu le dilemme entre déféquer par terre et dans une poubelle.

– Après ça, a continué le crêteux, il y a eu ces conneries avec la lame de rasoir.

Il avait des mains énormes avec le bout des doigts carré. Elles paraissaient plus vieilles que son torse.

– Ah oui, a répondu Tracy. Et c'était quoi, en fait ?

– Tout ce que je dis, c'est que le sang, c'est *pas* cool. C'est vrai, quoi, on sait pas qui se trimballe quelle maladie, par ici. Tu veux faire mumuse avec des couteaux, très bien. Mais pas sur le lit des autres, merde.

– La vache, a lancé Tracy.

– La vache, ai-je confirmé.

– Ouais, hein ? a dit le crêteux.

– Alors tu sais pas du tout où il crèche maintenant ? ai-je demandé.

– Désolé. Je l'ai recroisé ici ou là, mais je préfère l'éviter. Il apporte que des emmerdes. Dites, mon groupe joue au Diable dimanche. Si vous avez rien de prévu.

On connaissait le Diable. C'était une boîte sado-maso des quartiers ouest qui présentait des concerts punk les jours de relâche.

– Génial ! s'est écriée Tracy, et je ne savais pas si elle jouait toujours son rôle ou si elle trouvait vraiment ça génial.

On a pris un tract du concert, on l'a remercié et on est parties. On a poussé jusque Chez Sophie et on a bu une bière.

– Bon, a dit Tracy. On est de retour à la case départ.

– Quasiment.

– Fondamentalement. Essentiellement.

– On n'a rien.

– Moins que rien.

– Rien plus rien de moins.
– Faut que j'aille faire pipi.

J'ai bu ma bière pendant qu'elle filait aux toilettes. En revenant, elle tenait un papier et souriait.

– Quoi ? ai-je demandé.
– Regarde ce qui traînait par terre.

Elle m'a montré le papier. C'était un tract.

THE DELINQUENTS * THE MURDER VICTIMS
JUNKIE WHORE * VANISHING CENTER
TOMPKINS SQUARE PARK, VENDREDI...

On était vendredi. Le concert était pour ce soir.
– T'as vu ? a-t-elle dit. On a trouvé CC.

J'ai souri.

– Waouh. On est vraiment les meilleures détectives du monde, pas vrai ?

# 39

*San Francisco*

Dans la soirée, je suis allée au Fan Club avec Tabitha. Elle est venue me rejoindre chez moi et on a pris ma voiture pour aller à Oakland. Tabitha portait une longue robe seventies à l'ourlet sali par les trottoirs de la ville. Elle était soi-disant écrivain, mais en fait elle passait ses journées à mater des films et à se défoncer. Elle avait pondu quelques ouvrages qui figuraient au programme des lectures obligatoires de fac – un sur le film noir, un autre sur le roman policier – et ses royalties la maintenaient à flot. Elle semblait tout le temps toucher des avances pour de nouveaux bouquins sans en écrire un seul. Peut-être que c'était juste la même avance pour le même bouquin qu'elle faisait durer depuis des années.

Le Fan Club se trouvait en bordure du centre-ville d'Oakland, dans un quartier où un club de nuit ne devait pas trop déranger la police. C'était le tripot type : sombre, musique pourrie (en l'occurrence, mauvais hip-hop et R&B), rempli de travailleurs nocturnes : prostituées, serveurs et serveuses, barmen, strip-teaseuses, ouvriers aux trois-huit, cinéastes. Il y avait un bar, des tables de jeu – poker, craps, blackjack –, et c'était à peu près tout.

Les toilettes des femmes étaient comme un rêve de junkie : des cabines aux cuvettes pourvues de réservoirs à bons gros couvercles blancs, sur lesquels on devait pouvoir sniffer sans en laisser une miette. Les lavabos étaient indépendants, mais une espèce d'étagère à hauteur d'épaule le long du mur fournissait l'endroit idéal pour taper encore plus de coke, ce que deux dames mettaient à profit lorsqu'on est entrées.

Toutes les deux, une Blanche et une Noire, avaient passé la trentaine et à vue de nez, c'étaient des call-girls en rendez-vous, leur client ou clients occupé(s) dans la salle principale. Ou plutôt dans les toilettes des hommes, en fait. Quoi qu'il en soit, elles portaient de hauts talons, trois tonnes de maquillage, des vestes en cuir et des coiffures exigeant des heures de préparation et un paquet de fric. La Noire avait une couronne en or sur une incisive, sculptée d'une étoile à cinq branches.

Tabitha n'avait peur de rien.

– Où est-ce que vous avez eu ça ? a-t-elle attaqué aussitôt – elle parlait de la coco, pas de la couronne. Vous pourriez nous présenter ? C'est la came d'Albert ? Il est là ?

Ce n'était pas pour rien que je l'avais invitée. La Blanche lui a tendu un billet de vingt roulé.

– Allez-y. Vous paierez la prochaine.

Tabitha a souri et s'est envoyé un long sniff profond. Elle a passé la paille à la Noire, qui me l'a proposée. J'ai tracé une assez bonne dose.

– Oh putain, a lâché Tabitha. C'est de la bombe.

– Tu connais Albert ? a demandé l'une des femmes.

Tabitha a hoché la tête.

– Mais c'est pas la sienne, ça. Elle est mille fois meilleure.

– Je te présenterai, a dit l'autre.

Sœurs sous la peau.
– Tu connais Julio ?
– À San Mateo ? Il est toujours là ?

Elles ont parlé came un moment – connaissances communes, bars de nuit, qualité de poudre et produits de coupe. Puis Tabitha a orienté la conversation sur l'objet de notre mission.

– En fait, on est là parce qu'on est détectives, a-t-elle dit.

J'ai un peu tiqué à ce « on ».

– Pas flics, hein. Détectives privées. Ma copine, là, elle enquête sur un meurtre.

Les frangines ont écarquillé les yeux.

– Comme dans *Crime 360* ? a lancé la Blanche.

– Exactement, ai-je confirmé, en m'efforçant de paraître aussi sérieuse et saine d'esprit qu'un intervenant de *Crime 360*.

– Ou l'autre émission, là, a ajouté la Noire. *48 heures pour un crime*.

J'ai hoché la tête en tâchant derechef de ressembler à un participant de l'émission qui ne soit pas le méchant. Ni la victime. Ni la témoin perturbée qu'on ne croyait que parce qu'elle n'avait pas l'air assez maligne pour inventer des salades.

– T'es vraiment détective ? a repris la Noire.
– Vraiment. C'est mon métier.
– Consommer des psychotropes en cours d'enquête, c'est pas un peu, euh… invalidant ? est intervenue la Blanche. C'est pas, genre, irrecevable et compagnie ?

– Eh bien, psychologiquement, peut-être. Ça peut compliquer les choses. Mais légalement, je fais ce que je veux. Je ne travaille pas pour les tribunaux ni rien.

– Eh ben ! Et donc, t'enquêtes sur un meurtre ?

– Absolument. D'ailleurs, on a des raisons de penser que la victime est venue ici...

*La victime, la victime*, me suis-je répété. *Pas quelqu'un que je connaissais, rien qu'une victime.*

J'ai marqué une pause pour ménager mon effet.

– ... avec son assassin.

Les filles se sont un peu agitées et ont presque sursauté. Puis elles se sont mises à glousser.

– Tenez, ai-je dit en cherchant mon portable dans mon sac. J'ai une photo...

Je leur ai montré une photo que j'avais récupérée sur le net. Paul et Lydia se tenant par la main dans la rue à Los Angeles, circonstances inconnues. Ils avaient l'air heureux. Ils avaient l'air de deux amoureux qui pouvaient le rester à jamais. Je l'avais choisie parce qu'il souriait et qu'on voyait très bien son visage. Il avait la tête du Paul que je connaissais. Que j'avais connu.

– Oh, a fait la Noire. Oh, mais je la connais. Enfin, je l'ai déjà vue. La pauvre, on l'a tuée ?

J'ai senti quelque chose tourner en moi, quelque chose changer de braquet. Tabitha s'en est aperçue et m'a jeté un regard en coin.

– Non, ai-je répondu. Pas elle. Lui.

– Eh ben moi, c'est elle que j'ai vue. Elle m'a acheté de la coke, avec son petit copain maigrichon. Mignon, mais rien à voir avec lui.

Elle indiquait l'écran de mon téléphone.

– Pas un homme comme celui-là. Un petit jeune.

J'ai senti un frisson le long de ma colonne. Je ne savais pas ce qu'il signifiait, mais je savais qu'il ne présageait rien de bon.

La Blanche a haussé les épaules avant de retourner à sa cocaïne, Tabitha avec elle. La Noire m'a longuement

étudiée et je me suis rendu compte que c'était la personne la plus intelligente que j'aie rencontré ce jour-là.
— T'es vraiment détective ? a-t-elle demandé.
— Oui. Vraiment.
Elle m'a de nouveau étudiée.
— Mon frère est en taule à San Quentin. Pour meurtre. Ils ont trouvé personne d'autre alors ils lui ont collé ça sur le dos.
— Et ce n'est pas lui ?
Elle m'a adressé un long regard sévère.
— Mon frangin est une petite racaille. Il a fait des tas de conneries. Mais pas ça. Je le sais. Je sais où il était, ce qu'il faisait, tout.
J'ai tiré un stylo, j'ai noté mon numéro sur une serviette et je le lui ai tendu.
— Appelle-moi. Je peux peut-être t'aider.
Elle m'a regardée.
— Okay, d'accord, a-t-elle fait, méfiante mais désireuse d'espérer. Possible que je te prenne au mot.
La conversation a dévié. Tabitha s'éclatait avec les filles. Je suis sortie et je suis repassée quelques fois. J'ai bavardé avec d'autres clients : personne ne connaissait Lydia ni Paul. La fin de la soirée a pointé le bout de son nez, notre dernière chance de rentrer avant le regard implacable du jour.
J'ai dit au revoir aux filles. La Blanche m'a fait la bise. La Noire, non.
On s'est observées.
— Tu mens pas, pour mon frère, hein ? Tu vas nous aider ?
De mon sac, j'ai tiré une petite loupe. J'ai pris sa main et je l'ai examinée avec. Sa peau était un peu rêche, chaude et moite.

Je me suis servie de ma loupe pour lire ses empreintes. Sa boucle du péché était forte et prononcée. Sa lune de fierté, profondément marquée. Elle était née sous une mauvaise étoile, je m'en suis aperçue tout de suite. Guigne à tous les étages. En même temps, sa ligne de perspicacité était aussi très accentuée et sa spirale du gitan, exceptionnellement placée.

Si elle disait que son frère était innocent, je la croyais.

– Non, ai-je répondu. Je ne mens pas. Appelle-moi d'ici quelques semaines, rassemble tout ce que tu as, et on en reparlera. Si je ne peux pas t'aider moi-même, je te trouverai quelqu'un. Je connais des avocats.

Elle a retenu un sourire trop beau pour être vrai. J'avais cinq cents dollars dans mon sac, je lui en ai passé deux cents contre trois grammes de coke.

– File-moi trois cents et je te donne six grammes, a-t-elle dit.

J'ai tiré un autre billet et le lui ai donné. Elle a souri en me tendant le pochon.

– Tu verras, c'est de la bonne.

Au sortir du club, je nous ai ramenées en ville, j'ai déposé Tabitha chez elle et je suis rentrée à la maison. Je me suis encore enfilé quelques somnifs volés et je suis restée allongée sur mon lit jusqu'à m'endormir, l'esprit toujours à vif et rempli de bavardages incessants.

Quand je me suis réveillée le lendemain, j'avais la mâchoire comme si je m'étais acharnée à grignoter un lampadaire toute la nuit. J'ai passé la journée à mater des rediffusions de *Monk*, en pétard contre mon mal aux cheveux, en pétard contre moi-même, en pétard contre la terre entière. Mes pensées avaient un goût amer et un son de mauvaise boîte à rythmes.

Le soir, j'ai appelé Claude pour lui raconter ce que j'avais découvert. Le jeton de poker nous avait conduits à un club qui nous avait conduits à un petit ami. Lydia avait un chéri.

Je ne lui reprochais pas de ne pas m'en avoir parlé. Ça devait lui paraître secondaire, maintenant.

– Okay, a dit Claude. Alors, comment je le trouve ?

– Tu le trouves, point. En premier lieu, il a bien fallu qu'ils fassent connaissance. Alors cherche les endroits où Lydia était susceptible de rencontrer des hommes. Commence par là.

Claude a réfléchi.

– Où est-ce que les femmes rencontrent des hommes ? a-t-il demandé comme si c'était une question mystérieuse.

– Partout où ils se croisent, ai-je répondu.

# 40

*Brooklyn*

Dès vingt et une heures à Tompkins Square Park, il était évident que la soirée allait mal se terminer. Pour commencer, le concert était illégal ; ils n'avaient reçu aucun permis ou autorisation de la mairie d'utiliser le petit kiosque public du parc. Les flics sont montés sur scène sous les huées, les sifflets et les cris. Au bout de quelques minutes de discussion avec les musiciens, ils ont accepté de les laisser jouer à condition qu'ils aient plié bagage à minuit. Le public a applaudi des deux mains.

– Je sens qu'on va s'éclater, a ironisé Tracy.

– Comme jamais, ai-je renchéri.

– Rends-toi compte, a-t-elle ajouté en allumant une clope. On pourrait être au bahut.

– Vu comme ça, ça paraît génial. N'empêche, je préférerais pas être si près des chiens.

On se trouvait à côté de la brigade canine. Une douzaine d'agents tenaient des bergers allemands en laisse. Les agents avaient l'air en rogne.

On s'est éloignées en longeant l'extérieur de la foule. L'air sentait le tabac, la ganja et le clochard. Comme si tout le Lower East Side était concentré là en une énorme efflorescence. L'assistance se composait de squatteurs, de sans-abri du coin, de jeunes comme nous et de flicaille. Que des gens avec un trop-plein d'énergie et rien d'utile à en faire.

Junkie Whore, ou « Pute camée », s'est mis en place. Ils n'avaient pas vraiment l'air de putes – c'étaient tous des mecs d'une vingtaine d'années, tatouages craignos et fringues sales –, en revanche, ils avaient bien l'air de camés.

– Il faut qu'on s'approche de la scène, a dit Tracy.

J'étais d'accord. Si CC était là, il avait des chances de traîner là-bas avec les autres musiciens. On était à la lisière du public mais dès que le groupe a attaqué, ça s'est mis à slammer et ça remontait déjà jusqu'à nous. Un garçon plus petit que moi nous a tamponnées. Je l'ai renvoyé dans le tas.

– Vaut mieux faire le tour, ai-je suggéré. On y arrivera plus facilement en passant par derrière.

Tracy a hoché la tête et on a contourné le périmètre. D'autres gens nous sont rentrés dedans. On les a repoussés dans le magma. Quand on a réussi à rejoindre l'arrière de la scène, il n'y avait personne.

– Claire.

C'était Fabian, un copain à moi qui était élève au Bronx Science. Il était à moitié SDF – il avait un domicile, mais ne s'y plaisait pas trop, alors il passait le plus clair de son temps à traîner ici dans le parc.

– Fabian, a dit Tracy après les salutations. Tu connais Vanishing Center ?

– Plus ou moins.

– Ils sont déjà là ?

– Ouais. Dans leur camionnette sur l'Avenue B.

Tracy et moi, on s'est regardées et on a souri. Tracy a regardé Fabian et tout à coup, elle était toute mignonne.

– Fabian, a-t-elle fait de sa voix toute mignonne, je les adore, tu peux pas imaginer. Je suis limite obsédée. Tu veux bien nous la montrer, leur camionnette, hein, dis ?

La camionnette, une banale Dodge blanche, stationnait juste en face du parc. Fabian nous l'a indiquée depuis la 7$^e$ Rue.

– Je pense qu'ils sont dedans, là, a-t-il précisé.

Tracy s'est élancée la première et moi, juste après. Je ne sais pas comment on savait, mais on savait.

Chloe se trouvait dans cette camionnette. On ne pouvait ni la voir, ni la flairer, ni la toucher. Ces sens sont grandement surfaits.

Je le savais parce que je la sentais dans ma chair. Parce que c'était ma victime et que j'étais sa détective. Et que quand le destin lie deux personnes, ce lien ne se dénoue pas à la légère – s'il se dénoue jamais.

On a entendu le moteur démarrer dès qu'on a tourné au coin de l'Avenue B. Le temps de traverser la rue, la camionnette s'en allait. Aucune chance de la rattraper, mais j'ai quand même continué à courir. Je voulais voir.

CC conduisait. Sur le siège passager : Chloe.

Ça a duré moins d'une seconde. Nos regards se sont croisés et une expression est passée sur son visage – peur, égarement, désarroi.

CC a tendu la main pour l'éloigner de la fenêtre.

La camionnette a bifurqué et disparu. Fini.

Tracy se tenait sur le trottoir d'en face. Je l'ai rejointe au petit trot.

– Je l'ai vue.

– Je sais. Moi aussi.

Fabian est venu nous rejoindre.
- C'était quoi, ce sketch ? a-t-il demandé, perplexe.
Tracy m'a coulé un regard agacé. Puis elle a souri et est redevenue toute mignonne.
- Et merde ! s'est-elle écriée. CC ! J'arrive pas à croire que je l'ai raté ! Où il va, d'habitude, après les concerts ? Il reste par là ou...
- Je sais pas, a dit Fabian. Des fois, il aime bien aller au Diable.

## 41

*San Francisco*

Mercredi à 16 h, j'ai retrouvé Josh et sa copine, l'aventure de Paul, dans un café d'Oakland. Ils étaient déjà là quand je suis arrivée. Ce n'était pas la fille du Swiss Music Hall, la fille à la robe blanche. C'était une nana que je connaissais. Elle s'appelait Sheila et vivait à Berkeley. Elle possédait un bar sur San Pablo Avenue qui accueillait des groupes pour des concerts – dont le groupe de Paul, à tous les coups. J'avais l'esprit clair et le regard vif après trois tasses de thé et un vrai petit-déj'. J'ouvrais une nouvelle page, je volais droit et j'élucidais l'affaire. À partir de tout de suite maintenant.

Sheila s'est tournée vers Josh en levant les yeux au ciel :

– Tu m'avais pas dit que c'était Claire !
– Je savais pas que tu la connaissais !
– Comme si j'avais rencontré des tas de détectives. Tu pouvais pas le préciser ?
– Si tu connaissais une détective, tu aurais peut-être pu le préciser aussi !

Je me suis assise.

— Ça aurait pu être pire, ai-je dit. Croyez-le ou non, il y a des gens pires que moi.

— C'est pas ça, a fait Sheila. Simplement, c'est hyper gênant. Je pensais que ce serait anonyme.

— Je ne dirai rien à personne. Sauf si ça me permet de résoudre l'affaire. Dans ce cas, si. D'accord ?

— Tu n'en parleras pas à sa femme ?

Sheila semblait pétrie de remords. Comme si elle savait qu'elle avait fait quelque chose de mal.

— Non. Pas à moins d'y être absolument obligée, et je suis sûre qu'on est tous d'accord qu'élucider le meurtre de Paul compte plus que de t'épargner un moment désagréable. Alors vas-y. Crache.

Sheila a arrêté sa comédie et s'est mise à table.

— Oh là là, c'est hyper gênant, a-t-elle répété. J'ai connu Paul un soir au bar. Je savais qu'il était marié. Je ne connaissais pas Lydia, enfin, seulement de nom. On a flirté, mais c'était totalement innocent. Du moins, au départ. Il est parti et ça s'est arrêté là. Et puis quelques jours plus tard, complètement par hasard, je suis retombée sur lui. Chez Moe. La librairie.

— Qu'est-ce qu'il cherchait ?

Elle a froncé les sourcils, fouillant sa mémoire.

— Je sais plus. C'est important ?

— Oui. Tout est important. C'est pas une question si difficile.

Elle a acquiescé : pas une question si difficile.

— Et toi, qu'est-ce que tu étais venue acheter ? ai-je demandé.

— Un bouquin de cuisine et un bouquin de photos. *Chez Panisse* et Man Ray.

— Vous avez couché ensemble ?

— Oh, non ! s'est-elle récrié. Pas avant un moment. Après la librairie, on s'est retrouvés à se balader un peu dans Berkeley. Il était absolument charmant. Super intéressant, et il avait l'air de s'intéresser à moi, à ce que je faisais, à ce que je pensais. Je sais pas. Ensuite, on s'est recroisés, mais cette fois ce n'était pas par hasard : il est venu au bar. C'était peu de temps après, sa femme était en tournée. À ce qu'il racontait, la situation était vraiment merdique entre eux. Et on s'entendait tellement bien ! Ce qui n'excuse rien, a-t-elle ajouté avec précipitation, sur la défensive.

Je l'ai regardée.

— Tu sais, c'est pas la fin des haricots non plus, hein. Ça arrive à tout le monde.

— Peut-être. Mais pas à moi. Et puis… sa femme et lui, ils n'ont pas eu tant de temps que ça ensemble, finalement. Si j'avais su…

Elle s'est tue et a froncé les sourcils.

— J'ai du mal à en parler. Tu comprends, je l'aimais beaucoup. Énormément. Et il a été… Je pense pas qu'il ait voulu me faire du mal. N'empêche qu'il m'en a fait.

Je me suis demandé ce que Paul lui avait trouvé. Elle était mignonne, mais elle ne me paraissait pas si intéressante que ça. Elle n'arrivait pas à la cheville de Lydia, en tout cas. J'étais sûre à 99,9 % qu'elle n'avait jamais tué une souris, sans parler d'un être humain. Elle n'entrait pas dans ma liste de suspects.

— Il avait des sentiments pour toi ? ai-je demandé.

Josh s'est tendu un peu mais Sheila a répondu franchement.

— Non, pas vraiment. Au début, il semblait en avoir, mais au bout de quelques rencontres, je ne l'intéressais plus.

Sheila avait l'air sympa. Facile à vivre. Pas compliquée. Ça pouvait être attirant. Et Paul avait dû s'en lasser à vitesse grand V.

– Parle-moi de Paul, ai-je dit.
– Il y avait quelque chose de noir en lui. Je pense qu'aucune fille n'aurait pu changer ça. J'imagine que je croyais pouvoir le rendre heureux. Je n'ai pas mis bien longtemps à comprendre que je me mettais le doigt dans l'œil. À mon avis, personne ne le pouvait. Il y avait quelque chose en lui qu'aucune femme ne toucherait jamais, ni moi, ni Lydia, ni qui que ce soit.

Elle a penché la tête, réfléchi un instant, puis s'est ravisée.

– Peut-être que s'il avait rencontré une nana comme lui… Une fille aussi sombre et fêlée que lui… Peut-être que là, ça aurait pu marcher.

# 42

Ce soir-là, les Salingers jouaient à la Hemlock Tavern. J'y suis allée toute seule pour les voir. On était moins d'une douzaine dans le public. Ils ont repris de vieux morceaux de country, Hank Williams, The Carter Family. Quand la chanteuse chantait, c'était comme si quelque chose en elle avait été mis à nu. Comme si sa voix sortait d'une partie de son être dont la plupart des gens ne savaient même pas qu'elle existait. Comme si elle avait trouvé une liaison directe avec son âme. Quatre personnes se tenaient juste devant et regardaient le groupe. Un couple a tenté de danser le swing mais la musique ne s'y prêtait pas et ils n'ont pas réussi à trouver un rythme. Au fond de la salle, des étudiants gueulaient et rigolaient. Ils n'écoutaient pas. La chanteuse chantait quand même.

À la fin de leur set, je me suis approchée de la scène, où ils étaient en train de démonter et de remballer leur matériel. *Fille, garçon, fille, garçon*... J'ai opté pour *fille* et je suis allée trouver Nita, la guitariste.

– Bonsoir, ai-je dit.

Puis je me suis aperçue d'un truc et j'ai ajouté :

– Je crois qu'on s'est déjà vues.

– Ça alors ! a-t-elle lancé, me remettant à son tour. C'est toi ?

– Qui ça, moi ?
– Toi. La nana dont Paul était amoureux.

Je me suis excusée et j'ai filé aux toilettes, où j'ai tapé deux poutres de coke sur la cuvette. J'ai fouillé mon sac à la recherche d'un complément, j'ai trouvé le Tylenol 3 piqué au mec avec qui j'avais couché à Oakland et j'en ai pris deux.

J'ai attendu Nita au comptoir pendant qu'elle finissait de charger son matériel dans une camionnette. Elle avait à peu près mon âge mais paraissait endurcie, tannée. Quand elle est venue me rejoindre, elle a commandé une bière blonde et je l'ai suivie.

– C'était à Chinatown, a-t-elle déclaré.

Je me rappelais. Je n'avais pas vu Paul depuis un moment. On ne s'était pas parlé depuis mon départ pour le Pérou. Un soir, je passais devant ce resto végétarien quand j'ai entendu quelqu'un m'appeler. C'était Paul, qui buvait un thé avec Nita. Je suis allée m'asseoir à leur table et j'ai pris un thé et une part de *carrot cake* avec eux.

– Quand tu nous as laissés, Paul m'a dit qu'il avait été raide dingue de toi. Que tu étais *la* nana qui lui avait échappé.

J'ai haussé les épaules. Les ex paraissent toujours très attirantes en fin de soirée.

– Ça m'a surprise quand il a épousé Lydia, a-t-elle poursuivi. Beaucoup surprise. J'ai toujours pensé qu'il… Je sais pas. Que lui et toi…

Sa voix a buté quand elle s'est aperçue qu'elle disait n'importe quoi. Je l'ai interrogée sur la blonde à la robe blanche.

– Ah, ça, c'est Lucy. Une amie de la copine de Pete. Je sais qu'elle plaisait bien à Paul. Ça se voyait. Mais de là à tromper Lydia… Tu crois ?

— J'en sais rien, ai-je menti – je ne voyais pas de raison de lui briser ses illusions. C'est surtout qu'elle pourrait savoir quelque chose.

— Je le connaissais bien. Je crois pas qu'il y ait eu quoi que ce soit entre eux.

Elle a pris une grande inspiration et a expiré lentement.

— Je sais pas. Il était différent, depuis un an. Il paraissait déprimé.

Elle a froncé les sourcils.

— Il était bien plus intelligent qu'on ne le croit. Les musiciens, tu sais, on ne les prend jamais pour des lumières. Pourtant, il lisait sans arrêt, il savait des trucs de fou. Seulement il voulait jouer, pas passer sa vie à bouquiner. Et pendant pas mal de temps, c'est ce qu'il a fait. Et puis après...

— Après, quoi ?

Nita a haussé les épaules.

— Je sais pas. La vie l'a rattrapé, j'imagine. Il se disputait continuellement avec Lydia. Je crois qu'il savait que ça se cassait la figure.

— Pourquoi ?

— Je sais pas, a-t-elle répété. C'est facile de rejeter la faute sur elle. Elle lui en demandait toujours plus. C'est ce genre de nana. Le genre qui se vexe pour un oui ou pour un non.

Vu son expression, j'ai supposé que Nita avait eu son lot de nanas de ce type.

— En même temps, Paul n'était pas parfait non plus, a-t-elle poursuivi. Il l'aimait, il avait même énormément d'affection pour elle, en revanche il a jamais été... il a jamais paru raide dingue d'elle, quoi. Je pense qu'il lui était tout dévoué et qu'il voulait vraiment que ça marche entre eux, mais il manquait quelque chose. Ce petit truc en plus. Style, quand il la voyait arriver... ben, il était content, tu vois, mais c'était pas non plus : *waouh !* C'était pas comme quand un mec est encore vraiment mordu de sa femme. Cette étincelle qu'ils ont au fond des yeux.

« Après, sa carrière roulait pas mal, mais bon, le coup classique : il en était au point où il était trop occupé pour faire tout ce qu'il voulait, mais pas assez connu pour avoir un bon manager, un assistant ni rien. Il paraissait... je sais pas. Peut-être qu'il se faisait vieux, tout simplement. Comme nous tous. C'est vrai, c'est ça le problème avec la vie qu'on mène. La musique. On met tous nos œufs dans le même panier, on se consacre à fond à une seule chose et petit à petit, ce panier... t'as même pas besoin de le lâcher. Il vieillit, et voilà. Il s'use. Je commence à me rendre compte que personne ne se retrouve avec beaucoup d'œufs à la fin.

Elle a eu un petit rire désabusé.

– Tu te réveilles la nuit et tu comptes les gens qui te fileraient du boulot si tu avais vraiment besoin de thunes, sauf que ça ne fonctionne plus comme ça. Il n'y a plus que des grosses boîtes et personne ne te paie pour participer à un enregistrement sous prétexte que t'es une vieille copine. Tu en viens à espérer qu'un mec a connu son premier baiser sur une de tes chansons ou a pris son premier acide pendant un de tes concerts et que le jour où il aura réussi, qu'il soit devenu riche à millions ou simplement aisé, il t'invitera à jouer à sa putain de kermesse locale. Ou son séminaire d'entreprise. C'est ce que je fais la semaine prochaine.

Elle a avalé une gorgée de bière et s'est rembrunie.

– Congrès dentaire à Encino. Voilà ton œuf. Voilà ce qu'il reste de ton panier.

Silette, vieux et aigri, a écrit dans une lettre à Jay Gleason : « Le détective ne saura pas de quoi il est capable avant de se heurter à un mystère qui lui transperce le cœur. Toutefois, je te le dis, le jeu n'en vaut pas la chandelle. Je préférerais être le pauvre détective à la noix que j'étais auparavant et qu'on me rende ma fille. »

## 43

Je suis remontée jusqu'à Lucy, la fille à la robe blanche, sur Facebook, en me mettant amie avec Pete des Salingers, puis avec sa copine, Kim, et par son intermédiaire, avec Lucy. J'ai fait tout ça en tant que Wanda DeVille, tatoueuse à Williamsburg, Brooklyn. De menus ajustements ont été apportés au profil de Wanda pour l'occasion. C'était l'un des dix fantoches que j'avais créés et cultivais sur le site. Wanda avait 4 289 amis et était inscrite sur Facebook presque depuis sa création.

Lucy avait trente-deux ans. Elle était bassiste dans un groupe qui marchait pas mal. Ils étaient dans un gros label et leurs albums se vendaient. J'ai trouvé une vidéo sur YouTube.

C'était bien elle. La fille à la robe blanche. Sauf que là, elle portait une robe bleue et jouait de la basse en haut d'une colline. J'ai examiné les tatouages de ses bras. Des merlebleus. Non, des geais bleus. Des oiseaux qui criaillaient et effrayaient leurs congénères. Chaque geai bleu était entouré d'une couronne de roses, avec épines et tout le toutim.

Il y avait un formulaire de contact sur son site Internet. Dans la case *Sujet*, j'ai tapé : *Paul Casablancas*. J'ai expliqué que j'étais détective, que j'enquêtais sur sa mort et que je souhaitais la rencontrer. Quelqu'un qui aimait les geais bleus et les épines ne pouvait pas être complètement mauvais.

Elle m'a répondu dans les sept minutes.

*Bonjour, je serais RAVIE de bavarder avec vous.*

Elle m'indiquait l'adresse d'une friperie sur Hayes Street en précisant qu'elle y travaillerait tous les jours cette semaine, si je voulais passer.

Je voulais.

San Francisco est une ville légèrement narcissique et parfois, son excès d'amour-propre déteint sur ses habitants. Eric Von Springer, né Eric Horowitz, était célèbre, du moins à Frisco, pour être bel homme, porter des costumes rétro et une moustache gominée, fumer des petites bidis indiennes et faire des choses intéressantes. Chaque année, il organisait une rétrospective de vieux films d'horreur dans le Castro. En été, il produisait un festival de musique dans le parc de loisirs de Berkeley. Il possédait une petite société qui publiait des DVD de films muets.

J'ai retrouvé Eric chez lui à Albany, une petite maison art déco remplie de monstres en jouets, de boîtes de films et d'affiches de cinéma. Il tirait sur une bidi et portait un chapeau indéfinissable sur un costard gris impeccable. Je lui avais dit que je travaillais sur le meurtre de Paul. On s'était déjà croisés, mais rapidement : une fois après une projection au Red Vic, une autre dans une soirée à Noe Valley, et puis ailleurs encore, à telle ou telle occasion.

– Alors comme ça, vous étiez amie avec Paul ? m'a-t-il demandé, assis dans son salon. Je suis sorti avec sa copine Lindsey. Vous la connaissez, pas vrai ? Des Trunk Murderesses ?

– Oui. Vous êtes aussi ami avec Ray Broderick, non ?
– Oh, oui. Il est en Suède, là. Et vous connaissez Cooper ?
– Cooper Daily ?
– Cooper Jones. Qui organise la foire du livre.
– Ah, d'accord. Oui. Il a toujours de bonnes choses. Je lui ai acheté de super vieux bouquins de criminologie l'an dernier.

On s'est observés une minute.

– Et vous connaissez Lydia Nunez, ai-je repris.

Il a tenté de prendre l'air innocent. Je lui ai décoché un regard laissez-tomber-vos-simagrées. Il a grommelé et secoué la tête.

– Et merde, a-t-il fait. Tout le monde est au courant ?
– Mais non. Je suis détective. Je sais plein de trucs que les autres ignorent.
– Et merde, a-t-il répété.

Il s'est allumé une nouvelle bidi.

– Enfin, j'imagine que ce n'est plus la peine de mentir. Qu'est-ce que vous voulez savoir ?
– Les fondamentaux. Vous pouvez commencer au début.

Il a poussé un gros soupir pesant.

– Okay. Alors, Lydia et moi, on se connaît depuis… une éternité. Et, bon, j'ai quasiment toujours eu un faible pour elle. Elle a quelque chose… Je vous jure, j'en pince pour elle depuis… les années 1990, facile. C'est vrai, elle est intelligente, elle est belle, elle a tout. Sauf qu'à l'époque, j'avais quelqu'un, après c'est elle qui a eu quelqu'un, et puis de toute façon je n'ai jamais cru que je lui plaisais tant que ça. On a flirté, mais c'était sa manière d'être, je pense que pour elle ça n'allait pas plus loin. Ce qui n'empêche que je l'aimais bien.

*Vraiment* bien. Sincèrement, j'aurais volontiers plaqué pas mal de filles pour être avec elle.

Eric semblait être un homme qui aimait les femmes.

– Bref, a-t-il repris, revenant à la chronologie de son récit. Donc, j'ai tous ces sentiments et voilà que Lydia se marie. Ce qui ne me dérange pas, vu qu'il y avait peu de chances qu'il se passe quelque chose entre nous. Alors je me résigne au fait qu'elle soit mariée et tout va bien. Et puis un soir, on passait *Dellamorte Dellamore* dans un cinéma d'Oakland, et elle se pointe avec sa copine Carolyn. On voit le film, le projecteur n'arrête pas de tomber en panne, peu importe. Après la séance, je vais la trouver et elle est, comment dire... Je sais pas si elle flirtait vraiment, en tout cas il y avait un truc. Là-dessus, on va dans un bar, toujours à Oakland, une gargote que je connais et, merde...

Il a soupiré.

– Je suis vraiment pas du genre à briser les vœux de mariage de mes concitoyens.

Il a soupiré encore une fois.

– D'ailleurs, croyez-moi, j'ai eu ce que je méritais.

Il a allumé une autre bidi et a secoué la tête, le regard plongé dans une chose invisible entre le mur et lui. Il a soufflé sa fumée sur la chose invisible.

– Donc, ça n'a pas duré ? ai-je demandé.

Il a secoué la tête, lentement.

– Ça n'a pas duré, a-t-il répondu au mur. On a passé la nuit ensemble et le lendemain matin...

Il a tordu la bouche en biais et marqué un long silence.

– Quand je me suis réveillé, elle était au téléphone avec Paul. En train de hurler. De s'engueuler. Enfin... Je crois pas qu'elle m'aimait pas *du tout*. Je crois qu'elle... Je sais pas. Fait chier.

Je n'avais pas besoin d'être détective pour piger qu'il y pensait encore. Et souvent.

— Alors à quoi elle jouait ? ai-je insisté. Qu'est-ce qu'elle cherchait ?

Il a haussé les épaules. Il avait un petit pli écœuré sur le front.

— J'en sais rien. Ou peut-être que si. Écoutez, j'ai connu plein de femmes. J'ai l'impression que je les attire.

J'avais aussi l'impression qu'il les attirait.

— Et Lydia, jusqu'à ce qu'on couche ensemble, je n'avais pas capté que... c'est une de ces nanas qui ont besoin qu'on s'intéresse à elles, vous voyez ? Qu'on leur coure après. Je parie qu'elle adore les scénarios où un mec, un mec comme moi, est prêt à aller jusqu'au bout du monde pour l'avoir. Sauf qu'elle se fout de la suite. Le « et ils vécurent heureux jusqu'à la fin des temps ». Pour elle, c'est les *longueurs*\* de l'histoire, ça. Les parties interminables que personne n'a envie de lire.

Il m'a regardée.

— Mais au fait, Paul et vous, vous n'étiez pas... ?

J'ai hoché la tête.

— Si. Il y a longtemps.

— Vous savez, si vous étiez restés ensemble, rien de tout ça...

Il s'est interrompu et a pris un air contrit.

— Oh, pardon, excusez-moi. Ce n'est pas ce que je voulais dire. Désolé.

— Non. Mais non. Ne vous en faites pas. Je peux passer aux toilettes ?

Il m'a indiqué la direction. Dans la salle de bains, il y avait un poster encadré de Bela Lugosi en Dracula. J'ai ouvert le robinet, j'ai tiré un sachet de coke de mon sac et j'ai utilisé la clef de chez moi pour en priser une pointe, puis une autre. J'ai ouvert l'armoire à pharmacie d'Eric et bingo : une boîte de trente Percocet, presque pleine. Eric Von Springer, né Horowitz, le Seigneur soit loué pour ta chirurgie dentaire. Bénis soient les anges pour tes mauvaises dents et ta gingivite. Impossible de me rappeler combien de milligrammes il fallait pour faire effet, alors j'ai commencé par un comprimé et après réflexion, j'en ai pris un autre. J'ai fourré le reste dans mon sac.

J'ai senti ma tête bourdonner et je me suis allongée un moment sur les carreaux blancs et frais. Ça sentait le pin. Comment pouvait-on avoir un sol de salle de bains aussi propre ? Peut-être qu'ils le nettoyaient. Mes idées s'emballaient.

Eric n'irait jamais tuer pour une femme. Il aimait bien Lydia, mais il aimait bien beaucoup d'entre nous. Je ne pouvais pas imaginer qu'une seule soit irremplaçable à ses yeux.

Il a frappé à la porte.

– Claire ? Euh, excusez-moi, tout va bien ?

J'ai réfléchi à la dose de coke qu'il faudrait pour faire une overdose. J'ai réfléchi à la dernière fois que j'avais mangé, ce qui devait être la veille quelque part dans la journée. Le carrelage blanc était froid et sa blancheur me donnait envie de m'en remettre un peu dans le nez. Je me suis demandé si je pouvais sniffer sans avoir à m'asseoir et j'ai conclu que oui, sûrement. J'ai tendu la main pour attraper mon sac et en déplaçant un tout petit peu mes épaules, ça a marché.

– Claire ? Claire, vous êtes là ?

J'ai inhalé une nouvelle pointe et quand elle a fusé dans mes sinus, mon cœur s'est mis à cafouiller dans ma poitrine, ratant un battement ou deux. C'était bon.

C'était excitant. Comme si ça pouvait me changer. M'améliorer.

Si j'étais restée avec Paul, peut-être qu'il serait mort quand même. Peut-être que c'est moi qui l'aurais tué. Mais lentement, à petit feu, et on serait encore là tous les deux pour me regarder faire.

En fin de compte, Eric a enfoncé la porte et m'a fichue dehors. Après ça, j'ai passé le reste de la journée puis la majeure partie de la nuit à rouler à travers la ville. Avec chaque jour qui passait, un truc moche grandissait en moi. Je le regardais croître. Je le nourrissais de cocaïne. Je l'aimais et me raccrochais à lui, le maintenais en vie. Quelque chose s'était éteint, mais ce qui l'avait remplacé serait peut-être mieux. Peut-être était-ce ainsi que les gens vivaient, les gens normaux qui n'étaient pas moi.

Le *samsara* est l'un des noms donnés au cycle de la vie, de la mort et de la renaissance, cette stupidité à travers laquelle nous dérivons, égarés, jusqu'à trouver l'éveil et pouvoir enfin nous joindre au divin. Toutes les merdes qui nous font tellement souffrir. Les grands événements comme la mort, la perte d'un proche, la douleur, mais aussi le simple train-train quotidien consistant à se nourrir, dormir et désirer, désirer, désirer – c'est ça, le *samsara*. On est censés vouloir s'en dégager. On est censés chercher l'issue, le ticket d'or qui ouvre les portes de la chocolaterie. S'évader de New York. Par ici la sortie.

J'ai pris un virage trop serré. Je me suis garée pour faire une pause et m'enfiler une nouvelle pointe. Quand je l'ai sentie s'engouffrer dans mes sinus, glaciale et tremblante, je me suis rappelé que j'en avais déjà trop pris et j'ai décidé d'arrêter. Mes muqueuses me brûlaient et un mince filet de sang s'écoulait de mon nez.

Certaines personnes prononcent le vœu de bodhisattva : le vœu que, même parvenu à l'éveil, ils continueront à s'incarner partout où l'on aurait le plus besoin d'eux – terre, enfer, purgatoire, n'importe où. Constance avait prononcé ce vœu. Les bodhisattvas étaient peut-être tous des putains d'altruistes, mais à mon idée, la moitié d'entre eux se sentait tout simplement mieux ici. Le paradis niveau climat, l'enfer niveau compagnie.

Je me suis souvenue que j'avais encore oublié de manger.

À mon idée, la moitié des bodhisattvas se sentait mieux ici et l'autre moitié avait peur de partir, alors ils faisaient mine de se soucier du reste d'entre nous. Ils n'en avaient rien à battre. Ils flippaient juste de devoir s'en aller. Ils flippaient autant que tout le monde de devoir abandonner leur être le plus mauvais. L'être qu'ils connaissaient le mieux.

Ce devait être à peu près la même chose pour Lydia et Paul.

## 44

La personne que je me représentais comme Lucy
– celle que j'avais vue dans la vidéo – était probablement
très proche de ce que Lucy avait été. J'imaginais une
femme qui souriait souvent. Une femme qui danserait
seule sur un morceau que personne d'autre n'aimait.

Ça, c'était avant la mort de Paul.

Maintenant, même sa manière d'être assise sur un
tabouret haut derrière une caisse enregistreuse était
chargée de colère – une jambe croisée battant sans
repos, les épaules projetées en avant pour envelopper
son cœur. Elle tenait le comptoir de la friperie de sa
copine, entourée de piles de sweats perlés et de sacs à
main pailletés.

Je sirotais un kombucha en espérant qu'il me remettrait l'estomac à l'endroit. Au bout de quelques heures
à me tourner et à me retourner la nuit précédente, je
m'étais levée et je m'étais forcée à avaler des toasts
pour le petit-déjeuner. Après, j'avais repris de la coke
et j'avais vomi.

– Lydia le trompait, mais grave ! disait Lucy, sa
jambe cognant le meuble devant elle. Un mec avec qui
elle partageait le studio de répète. Ou dont le groupe
répétait au même endroit, un truc comme ça.

La boutique s'est mise à tanguer un peu et le temps d'une fraction de seconde, je me suis demandé si on était sur un bateau. Elle s'est stabilisée et c'est passé.
– Alors Paul était au courant ? ai-je enchaîné.
– À fond. Et ce mec-là, c'était pas le premier.
– C'était qui, le premier ?
– Je sais pas. En tout cas, ça durait depuis un moment.
– Comment ça se passait ? Entre eux, je veux dire. Il y avait quelque chose de particulier, un problème précis, ou… ?
– Vous savez ce que c'était, leur problème ? a fait Lucy en s'emportant contre rien. Ils préféraient être malheureux, voilà. Je vous jure. Vous savez, c'était… ça finissait par donner la gerbe, à force. Se quitter, se rabibocher. Se traiter comme ça.
– Comme quoi ?
Elle m'a décoché un regard méfiant et je me suis demandé si elle n'était pas un petit peu folle. Je savais que je n'étais pas entièrement lucide moi-même.
– Vous savez bien, a-t-elle répondu. Les couples qui se tirent vers le bas. Plus bas, encore plus bas, toujours plus bas.
C'était une assez bonne description d'une conversation avec Lucy. Cette fille était un trou noir, qui aspirait tout et tout le monde avec elle dans son effondrement.
– Soi-disant que tous les deux, c'était le grand amour. Le *big, big love*, comme dans la chanson des Pixies. Soi-disant que c'était le putain de couple parfait. Ouais, eh ben rien n'est jamais aussi parfait. Pas comme ça.
– Non. C'est clair. Est-ce que Paul… euh, enfin, à part vous, il… ?
– Est-ce qu'il couchait avec d'autres filles ? a achevé l'amère, la rageuse Lucy. J'en sais rien. Pas pendant qu'on était ensemble. Il m'a plaquée à peine quelques

semaines avant sa mort. Il voulait essayer d'arranger les choses avec l'autre. Ça a vachement marché, tiens.

J'ai jeté un coup d'œil autour de moi. Peut-être que j'ai vu une souris trotter derrière un portant de robes, peut-être pas.

– Je déteste ce boulot, a-t-elle lancé tout à trac. Mon titre cartonne dans les charts et il faut quand même que je me tape un job alimentaire. Mon ancien label a vendu moitié moins de disques et j'ai gagné le double. La pire connerie de toute ma vie.

– Il y a un truc que vous détesteriez moins ?

Elle a secoué la tête.

– Je voudrais juste en finir avec cette vie de merde.

Ses yeux brillaient, un éclat pas très rassurant, et je me suis à nouveau demandé si elle n'était pas un petit peu folle.

– Cette vie de merde de jamais vraiment réussir à s'en sortir. De tourner neuf mois par an pour retrouver cette galère deux mois plus tard. Avant, ça valait le coup. Aujourd'hui, tout le monde nous rabâche de sortir nos morceaux nous-mêmes pour les vendre sur Internet. Je veux pas. Je veux rien de tout ça.

Elle s'est serrée dans ses bras.

– Quand on est jeune, ça paraît super cool. Partir en tournée, se fringuer, se maquiller, coucher avec qui on veut. Sauf que maintenant, j'ai trente-quatre ans, je suis fauchée, un mec auquel je tenais énormément est mort, mon groupe me sort par les trous de nez et quelqu'un que j'aimais, quelqu'un avec qui je croyais avoir un avenir…

Elle s'est interrompue et a cligné des yeux, comme si elle venait juste de s'apercevoir qu'elle avait prononcé ces mots à haute voix. Elle a secoué la tête et haussé les épaules, mettant un terme à une conversation avec elle-même.

Je lui ai proposé d'aller boire un verre. Je ne l'aimais pas mais Paul avait eu de l'affection pour elle.

Elle a refusé.

— Je dois tenir la boutique. En plus, je bois déjà trop. Comme vous ne serez pas surprise de l'apprendre.

Elle a éclaté de rire.

— Pour les amis de Paul, ai-je dit, je suis là. Si vous avez envie de parler ou autre. Ou même simplement de boire un coup.

Elle m'a regardée.

— Vous êtes qui, d'abord ? Une espèce de psy à la con ?

— Non.

La pièce s'est remise à tanguer un peu. Peut-être que j'ai vu un écureuil la traverser au pas de course, peut-être pas.

— Je veux juste…

— J'en ai rien à battre que vous ayez été pote avec Paul, a-t-elle balancé en élevant la voix. D'ailleurs vous étiez pas si pote que ça, hein ! Il m'a jamais parlé de vous. Il m'a jamais dit : *Ma copine Claire ceci* ou : *Ma copine Claire cela*. Je sais même pas pourquoi vous êtes là !

— Parce que je veux savoir qui a tué Paul.

— On s'en tape ! a-t-elle répliqué, presque en criant désormais. Qu'est-ce que ça peut foutre, putain ? C'était un cambriolage. Tout le monde s'en tape.

— Pas moi.

— Qu'est-ce que ça changera, hein ? a hurlé la fille.

Je savais que je connaissais son nom, mais pas moyen de me le rappeler.

— On en a rien à battre !

Je ne me souvenais plus à quel propos elle s'époumonait. Ma vision commençait à virer au rouge, puis au noir sur les bords.

– Il ne reviendra pas. Rien ne le fera revenir. On s'en branle de savoir qui l'a tué. Vous vous prenez pour une espèce de putain de détective ? Genre : la comtesse l'a tué dans le salon avec le tisonnier ? J'ai un scoop pour vous, ma petite dame : on en a rien à carrer, ça changera que dalle, à la fin il sera toujours aussi mort !

Je suis sortie juste avant de tomber dans les pommes. L'air frais et brumeux m'a ranimée. J'ai pris plusieurs grandes inspirations. Ça allait. Je me suis traînée jusqu'à un stand de hamburgers au coin de la rue, j'en ai avalé la moitié d'un et je me suis sentie mieux.

Si la victime avait été Lydia, j'aurais accusé Lucy direct. Mais elle considérait Paul comme son salut. Je ne la voyais vraiment pas le tuer. Et si elle l'avait fait, elle aurait renversé un truc sur les lieux, oublié son portefeuille ou se serait tirée dessus. Elle était du genre bordélique.

J'ai consulté mon téléphone. Il y avait un courriel du lama. *Tu as des nouvelles d'Andray ?* Je n'en avais pas.

Il y avait aussi un courriel de Sheila, l'autre fille avec qui Paul était sorti. *Je me suis souvenue du bouquin : c'était* A Little Book on the Human Shadow *de Robert Bly.*

Silette écrit : « La détective qui prétend ne pas voir la vérité commet un acte bien pire qu'un péché mortel, et qui ne peut que détruire son âme : elle nous condamne tous à des vies et des vies de souffrance. La vérité n'est pas une chose que l'on révèle pour s'amuser ; la vérité est l'*axis mundi*, le centre même de la Terre. Lorsque ce centre est décalé, rien ne va plus ; personne n'est à sa place ; aucune lumière ne peut pénétrer. Le bonheur nous échappe et nous répandons la douleur et le malheur partout où nous passons. La détective, plus que quiconque, a l'obligation de reconnaître la vérité et de s'y tenir ; la détective plus que quiconque, la détective plus que quiconque. »

## 45

*Brooklyn*

Le lendemain, comme ça, sans raison, on a pris le métro jusqu'au terminus de Coney Island. La ligne était aérienne et on pouvait découvrir la péninsule des kilomètres avant d'y arriver, voir le Cyclone, la grande roue, le Parachute Jump depuis longtemps fermé. Sous une couche de neige ils semblaient mystérieux et solitaires, comme les statues de l'île de Pâques ou les pyramides d'Égypte.

À Stilwell Avenue, le train a cahoté, il s'est arrêté d'une secousse et on est descendues. Notre première halte a été pour le rade installé dans la bouche caverneuse de la station. Il était sombre et crasseux. Au comptoir, deux vieux Blancs, les derniers d'une espèce en voie d'extinction, buvaient du whisky et de la bière. Ils ne riaient pas. Ils ne parlaient pas. Avec Tracy, on s'est pris des shots de tequila.

Après la tequila, on a traversé la rue pour aller Chez Nathan. Le bar était désert hormis un groupe de filles des HLM debout à une table en alu et quelques garçons qui leur traînaient autour. Tracy et moi, on est passées la tête droite.

– Sale Blanche.
– Retourne à Manhattan.

On a commandé des hot-dogs frites à emporter et on les a mangés en frissonnant sur la promenade glaciale, les yeux plongés dans l'océan gris sale.

– C'est réel, tout ça ? m'a demandé Tracy en fronçant les sourcils. Tu me le dirais ? Tu me le dirais si c'était pas réel ?

J'ai hoché la tête.

– Je te le dirais. Promis.

Seulement après, on est allées au grand bar de la promenade, on a repris des tequilas et aussi de la bière, j'ai fait un tour aux toilettes et je me suis regardée dans la glace, je me suis regardée et regardée mais je ne reconnaissais absolument rien. Qui était cette fille ? Était-elle réelle ?

Si elle était réelle, pourquoi elle n'avait rien à dire ? Pourquoi elle ne faisait rien ?

Je la détestais. J'ai sorti mon rouge à lèvres et j'ai rayé son visage dans le miroir, je l'ai barbouillé jusqu'à ce qu'il soit couvert de rouge, jusqu'à ce qu'elle n'existe plus. Quelqu'un a tambouriné à la porte.

– Foutez le camp ! ai-je hurlé.

Pendant le retour dans le métro, un mec reluquait Tracy. Les mecs la reluquaient sans arrêt. Ils nous reluquaient toutes sans arrêt. On était en train d'essayer de discuter de l'enquête sauf qu'il la déconcentrait. Il était jeune, la vingtaine, beau gosse, en costard cravate. Dieu seul savait ce qu'il fabriquait à Brooklyn.

– Donc, si Chloe est avec CC... a-t-elle commencé, mais elle s'est interrompue.

Elle pliait et repliait le volume des *Enquêtes de Cynthia Silverton* qu'elle tenait entre ses mains.

– Punaise, a-t-elle soupiré. C'est quoi son problème, à ce gus ?

– Je sais pas. Alors, on sait que CC...

Tracy ne m'écoutait pas. Elle dévisageait le type. Le métro était silencieux, à part les grincements et les grognements des roues métalliques sur les rails. Quelques personnes lisaient. D'autres regardaient dans le vide. Tout au fond, deux garçons graffiaient sur la fenêtre arrière. *BDC* : *Brooklyn Danger Crew*. « Les Terreurs de Brooklyn. » Je ne les reconnaissais pas, mais leurs tags, si.

Tracy fixait le mec. Au début il lui a souri. Pas elle. Ensuite il a braqué les yeux droit devant lui. Tracy a continué à le fixer. Il s'est mis à se tortiller un peu.

Brusquement, Tracy l'a interpellé.

– Tu mates quoi, là ?

Le mec a essayé de l'ignorer.

– Hein, quoi ? Ça ? a-t-elle hurlé en attrapant ses seins.

Le gars a piqué un fard et a regardé par terre, sur le côté, devant lui – partout sauf en direction de Tracy.

– Qu'est-ce que tu cherches ? braillait-elle. C'est ça que tu veux ?

Au moment où on entrait dans la station suivante, elle lui a jeté son illustré à la figure. Il a plongé pour esquiver mais elle l'a touché quand même, juste au-dessus de l'œil. Il a ramassé le bouquin et l'a renvoyé sur elle. Il a atterri sans douleur sur mon crâne. Une petite tache de sang perlait à l'endroit où un coin de l'opuscule avait coupé le jeune homme. Il paraissait blessé et hébété, telle une bête sauvage frappée par un tir d'arme automatique qu'elle ne peut ni voir ni comprendre.

Les portes se sont ouvertes et le mec a bondi hors de la rame.

Tracy était rouge et en nage. Ses poumons se soulevaient furieusement. J'ai cru qu'elle allait fondre en larmes. En fait, elle s'est tournée vers moi et a déclaré :
– J'aurais dû le buter.
– Ouais. Carrément.
– Il devrait être mort.
– À fond. Il devrait être mort, là. Il a du bol que c'était toi et pas une autre.

Elle a acquiescé :
– Il a eu du bol. Parce qu'il aurait dû crever.

Ce soir-là, on a décidé d'aller au Diable. Kelly devait nous rejoindre chez moi à huit heures, sauf qu'elle s'est pointée à neuf heures avec un bleu sur la joue gauche et dans une humeur de chien. Son père s'était tiré quand Lorraine, sa mère, était tombée enceinte, et pour Lorraine c'était la faute de Kelly, ce qu'elle ne manquait jamais de lui rappeler. À présent, elle était convaincue que Kelly allait commettre la même erreur et bousiller sa vie comme elle lui avait bousillé la sienne. Elles s'étaient toujours disputées, mais le fait que Kelly ait un petit ami avait éveillé un truc horrible et profond chez Lorraine. Elle était menue, mais musclée. Elle avait dû acculer Kelly dans un coin de leur petit trois pièces morose au bord de la voie ferrée. Kelly n'était pas de taille à l'emporter contre sa mère, en revanche elle était agile et jeune et pouvait facilement s'échapper. Raison même pour laquelle Lorraine la détestait, sans doute.

Elle resterait chez moi jusqu'à ce que les choses se tassent, ce qui serait le cas d'ici quelques jours. Lenore, qui semblait totalement dépourvue de fibre maternelle à mon endroit, se montrait étrangement bienveillante envers Kelly. Son propre père l'avait battue, et en dépit de tous ses défauts, elle n'avait jamais levé la main sur moi. Au bout du compte, Lorraine finirait par retrouver Kelly et lui présenterait des excuses – avec un revers, comme ses gifles. *Tu sais que je suis désolée, mais... Je n'aurais pas dû te frapper si fort, mais...*

Ma chambre était presque aussi grande que l'appart de Tracy, quoique six degrés plus froide, c'est donc là qu'on s'est préparées à sortir. Tracy a siroté de petites gorgées d'une bouteille de vodka pendant qu'on s'habillait. Je ne savais pas ce qui s'était passé depuis que je l'avais quittée deux heures plus tôt, mais elle était revenue en rogne. Ou peut-être triste : elle n'était pas tant vacharde, comme d'habitude dans ses accès de mauvaise humeur, que renfermée. Je n'arrêtais pas de la surprendre le regard dans le vide, perdue ailleurs. Pendant qu'on se maquillait, Kelly est allée aux toilettes et s'est fait coincer par Lenore. *Ma chérie, c'est ta maman qui t'a fait ça ? Bonté divine, qu'est-ce qui s'est passé ?*

Tracy se contemplait dans la glace. J'étais à peu près sûre qu'elle ne voyait rien du tout.

– Hé ! ai-je lancé.

Elle s'est arrachée à sa rêverie. Une fraction de seconde, on aurait dit qu'elle avait vraiment quitté son corps. Qu'elle était vraiment partie. Ça m'a fait froid dans le dos.

– Ben alors ? ai-je demandé. Ça va ?

– Mais oui, a-t-elle protesté aussi sec. Ça va très bien.

– T'as eu un problème ? Avec ton père ou quelqu'un ?

Elle a pris un tube de rouge et se l'est lentement passé sur les lèvres.

– Ouais. Y en a une qui voulait pas s'occuper de ses fesses, j'ai dû lui donner une leçon.

J'ai senti mon estomac s'affaisser et mes épaules se tendre. Quand Tracy voulait être mauvaise, elle avait du génie. Les disputes avec elle étaient comme de petits bains de sang qui se terminaient vite et laissaient des cicatrices indélébiles.

Nos regards se sont croisés dans le miroir, elle affichait cet air mesquin face auquel on ne savait pas si elle allait être drôle ou cruelle.

Elle a éclaté de rire.

— T'inquiète, tout va bien. Je me disais juste que je rencontrerai jamais un mec avec qui je pourrais ne serait-ce qu'envisager de coucher. C'est pas possible. Je crois pas qu'il y ait un seul garçon dans tout New York qui soit pas répugnant, cinglé, ou encore plus dégueu que ça.

— Oh, mais si ! Y a CC.

— Beurk !

Cette fois, on s'est fendu la pêche en chœur. Et puis nos regards se sont de nouveau croisés et soudain, on ne rigolait plus. On pensait toutes les deux la même chose. *Chloe l'a fait, elle.*

Elle l'avait fait ? Vraiment ?

Encore une fois, j'ai eu l'impression d'être perdue au fond des bois.

Ou plutôt, que Chloe y était — perdue, désemparée, terrifiée. Et que le seul moyen de la retrouver, c'était de l'y suivre.

Kelly n'est pas venue avec nous au club. Juste avant qu'on sorte, elle a appelé Jonah et ils se sont engueulés.

— Faut qu'on y aille ! lui a soufflé Tracy dans son oreille libre. On est sur une affaire !

— Laissez-la tranquille, a fait Lenore sur le pas de la porte.

Je ne savais pas qu'elle écoutait. Elle se tenait sur le seuil, une longue cigarette fine entre les doigts.

– Elle peut rester ici. Allez-y, vous. Faites votre petit truc de détectives.

Kelly a mimé un merci à ma mère, comme si c'était elle sa copine et Tracy et moi, les parents rabat-joie et interrogateurs. Elle nous a tourné le dos et a repris sa conversation.

On est parties sans elle.

# 46

*San Francisco*

Ce soir-là, j'ai tourné en ville dans ma petite Mercedes. Ma voiture me faisait l'effet d'un cocon. Je ne savais pas ce que je cherchais. Quand il a été assez tard, j'ai poussé jusqu'au Fan Club. La Black que j'y avais rencontrée n'était pas là, mais ce n'était pas bien compliqué de se procurer un sachet auprès de quelqu'un d'autre, pour un prix nettement moins intéressant. Je l'ai acheté à un grand maigre à lunettes de soleil.

– Je devrais au moins avoir droit à un baiser, a-t-il dit après avoir prétendu qu'il me faisait un prix.

Je l'ai embrassé mais après coup, je me sentais exactement pareil, même pas honteuse, alors ça n'avait aucun intérêt.

À l'aube, je me suis retrouvée dans les collines d'Oakland. Le Détective rouge m'a regardée et a dit :

– Comment ça avance, ton affaire de fille disparue ?

– Y a pas de fille disparue, ai-je répété pour la centième fois. C'est un meurtre.

– Tiens-moi au courant quand tu l'auras retrouvée. Et amuse-toi bien avec le lama, demain.

– Le lama ?

Il a hoché la tête. J'ai consulté mon téléphone. Il y avait un mail du lama. *Passe me voir demain si tu peux. Ça fait trop longtemps. Les gosses montent une pièce qui va te plaire.*

Quand je suis rentrée chez moi, on était le lendemain matin. J'ai sombré dans un sommeil agité, troublé par la cocaïne, et j'ai encore rêvé de Paul. C'était une histoire tirée d'une aventure de Cynthia Silverton, L'Affaire du Bateleur ombrageux. Dans le bouquin, Cynthia se bagarrait avec Herman, le tatoué ombrageux à la peau basanée, pour récupérer le couteau qui prouverait que c'était bien lui qui avait saboté le filet de sécurité de l'acrobate. Dans mon rêve, c'était moi, et je me bagarrais avec Paul.

Je remportais la bataille, en le feintant d'un coup de pied dans les côtes par la gauche tandis que je plongeais pour attraper le couteau par la droite. Exactement comme Cynthia gagnait toujours, exactement comme je gagnais toujours. Exactement comme tous les détectives gagnent toujours, du moins les petites guerres. On ne serait pas détectives, sinon.

Seulement dans mon rêve, je rendais le couteau à Paul. Je n'en voulais pas. Je ne voulais pas me battre et je ne voulais pas gagner. Il affichait ce sourire qu'il arborait quand je faisais quelque chose qui le rendait heureux, ce sourire qui me donnait le sentiment que tout était possible, comme si des portes restées fermées à double tour jusque-là venaient d'être ouvertes en grand – ce qui arrivait souvent au début, puis moins souvent, puis plus du tout.

Une fois, alors qu'on sortait ensemble depuis peu, je l'avais retrouvé dans un resto mexicain de la 24$^e$ Rue. J'avais trois quarts d'heure de retard. Une affaire.

Toujours une affaire. Quand j'étais entrée, Paul avait eu l'air tellement heureux de me voir, avec un sourire tellement surpris ! J'avais dit :

— Ça va ?

Il m'avait embrassée et avait répondu :

— J'ai cru que tu ne viendrais pas. J'ai cru que je ne te reverrais plus.

Dans mon rêve, il tendait la main vers le couteau, hésitant, heureux, fier, souriant de ce même sourire surpris.

— Prends-le, l'encourageais-je. J'ai confiance en toi.

Ce que je ne lui avais jamais dit, à lui ni à quiconque, de toute ma vie.

## 47

Le lendemain, je suis descendue vers Santa Cruz. L'autoroute 880 se fondait dans les méandres vallonnés de la nationale 17, où le brouillard commençait à rouler de l'océan vers la terre. Je suis sortie à Scotts Valley et j'ai grimpé dans la montagne. Ce matin-là, je m'étais levée tard et je n'avais pas pris de came. Sauf qu'après, je m'étais retrouvée coincée sur l'autoroute et j'avais eu l'impression que j'allais m'endormir ou m'évanouir ou passer l'arme à gauche, alors j'avais tapé une minuscule petite pointe. Puis une ou deux de plus.

Le brouillard était plus dense ici et ça sentait l'averse, mais qui ne venait pas. Le temps que j'arrive tout en haut, le ciel était clair et bleu et lorsqu'on essayait de se rappeler le brouillard, on avait l'impression de l'avoir inventé.

Devant le portail du temple Dorje, je me suis arrêtée et j'ai appuyé sur l'interphone.

Une voix de femme au fort accent bhoutanais a répondu :

– Qui c'est ?

Génial.

– Claire DeWitt. Je viens voir le lama.

– Oh, non ! Vous devriez pas être là.

– Je sais pas si je devrais, mais j'y suis.

– Pourquoi vous repartez pas ? a-t-elle supplié. Laissez-nous tranquilles.

À ce moment-là, j'ai vu le lama descendre le chemin avec deux garçons.

– Hé ! ai-je crié. Hé oh !

Il s'est tourné vers moi et a plissé les yeux.

– Claire DeWitt, a-t-il dit.

Il s'est immobilisé et m'a regardée, souriant. Puis il s'est aperçu que je me trouvais de l'autre côté du portail. Il a renvoyé les garçons au jardin, puis il s'est approché et a parlé dans l'interphone à travers la grille.

– C'est bon, a-t-il annoncé à la cerbère. Elle peut entrer. Je la tiendrai à l'œil.

Silence. L'appareil a bourdonné et les portes se sont ouvertes.

– Va te garer près du verger, m'a indiqué le lama. Je t'attends dans le jardin.

Je me suis garée à côté d'un pommier et j'ai gagné le jardin. Le temple lui-même ne payait pas de mine, mais ses terres s'étendaient sur des kilomètres et les quartiers d'habitation, bâtis à la hâte et à l'économie, ne cessaient de s'agrandir. Aux quelques maisons préfabriquées s'ajoutaient des mobil-homes, des yourtes et des tentes.

Au jardin, le lama regardait une jeune femme d'environ vingt et un ans montrer à une poignée d'ados comment bien préparer des plates-bandes surélevées.

– Les lombrics sont vos amis ! disait-elle. Les champignons sont vos alliés !

Les ados qui s'occupaient du jardin, une dizaine, étaient sales et puants. Certains portaient des vêtements en loques et des tatouages maison sur les mains et les bras, voire sur le visage. Ils faisaient ce que la prof leur demandait, retournaient la terre avec de petites bêches en restant à l'affût des vers et des champignons. Une gamine n'arrêtait pas de parler, mais elle bossait quand même.

Le lama m'a vue arriver et est venu à ma rencontre.

– Claire. Mon plus grand échec.

– Vous ne vous en lassez pas, de cette réplique, hein ?

Il a secoué la tête en souriant.

– Pas vraiment. Je l'adore. Ça me fait vraiment du bien de la prononcer. Je me sens important. Thé ?

– Volontiers.

On s'est dirigés vers la maison de maître. À la porte, on est tombés sur Jenny.

Elle a zieuté le lama d'un air accusateur.

– Jenny, a-t-il dit. Vous avez la mémoire longue. Les gens changent.

– Pas elle, a-t-elle répliqué dans son fort accent. Elle, elle reste exactement pareille.

J'ai haussé les épaules. Elle avait sûrement raison.

– Bon sang, ça commence à bien faire, a lancé le lama. Claire, je ne sais pas ce que tu as fait à Jenny, mais tu veux bien t'excuser une bonne fois pour toutes ?

– Non.

Jenny a ricané.

– Jenny ? a repris le lama.

Elle a grogné.

Jenny était une fervente bouddhiste. Plus jeune, elle avait été avocate des droits de l'homme, spécialisée dans la protection de l'enfance. Il y a quinze ans, elle était venue travailler ici, à l'époque où le lama démarrait tout juste ses activités. Elle avait consacré sa vie à s'occuper des hommes, des femmes et des enfants accueillis ici.

Lors de mon premier séjour au temple Dorje, elle m'avait surprise en pleine séance de jambes en l'air avec un jeune moine novice dans la cabane à outils et elle m'avait traitée de pute.

Ni elle ni moi n'étions près de nous excuser.

Constance m'avait envoyée ici étudier avec le lama voilà pas loin de douze ans. Je m'étais fait virer au bout de deux semaines. Mais les gens que Constance a présentés ne s'abandonnent jamais, pas complètement. On pouvait faire des pauses, mais les ponts n'étaient jamais coupés. Pas même dans le Kali Yuga.

À la cuisine, le lama nous a préparé du thé et on a emporté nos tasses sur un ponton à l'arrière, où on s'est assis sur de mauvaises chaises en plastique autour d'une vieille table en verre. Derrière nous, les montagnes se dressaient, massives et dentelées.

On a bu notre thé en silence pendant quelques minutes.

Ce n'était pas tant l'étiquette arbitraire de « pute » qui me dérangeait, c'était surtout l'intention qui se cachait derrière. Même si j'imagine qu'on n'est pas censé se tracasser avec ça quand on est bouddhiste. On est censé prendre les choses comme elles sont.

— Comment va Terrell ? ai-je demandé.

— Je ne peux pas trop t'en parler. Tu le sais. Je suis son conseiller spirituel. Mais il va bien. Je te préviendrais si je le pensais en danger.

Le lama avait une charge d'aumônier des prisons, pour laquelle il passait du temps à correspondre avec des détenus de tout le pays qui s'intéressaient au bouddhisme ou avaient juste besoin de quelqu'un à qui parler et personne pour les écouter, à part un inconnu de Santa Cruz. Dès que j'avais su que Terrell, le gamin de La Nouvelle-Orléans, allait se retrouver à l'ombre d'une façon ou d'une autre, j'avais contacté le lama. Il lui écrivait, lui parlait au téléphone une ou deux fois par mois, lui adressait des colis de friandises, bref, il faisait globalement son possible pour lui rendre la vie en détention plus agréable. C'était un gosse bien trop gentil pour moisir dans un centre psychiatrique à Baton Rouge – pas techniquement une prison : une institution pour les fous dangereux, quel que soit le nom poli qu'on leur donne aujourd'hui. Certes, des tas de gosses étaient trop gentils pour n'importe quelle taule, mais Terrell était le seul que j'y avais expédié.

Le lama est allé nous resservir une tournée de thé et s'est rassis. Je me suis demandé, si j'allais aux toilettes, s'il pigerait tout de suite ce que j'y fabriquais (re-sniffer un coup) et, si oui, si c'était bien grave.

– Il vous a parlé d'Andray ? ai-je demandé.

– Tu as fait ton travail. Terrell fait le sien. Andray doit aussi faire le sien. Il va bien.

– Vous vous appelez ?

Apparemment, tout le monde parlait à tout le monde, sauf à moi.

– Oui, a répondu le lama. De temps en temps.

– Il est vivant ?

– Il ne fait pas les meilleurs choix, mais il va bien.

Putain de lama à la con. Je me suis rendu compte que j'avais la main pressée sur la tempe, comme le font les gens quand ils n'arrivent pas à faire face à un truc, qu'ils sont sur le point de dire : « Je ne peux pas affronter ça maintenant. »

– Claire. Si tu avais laissé filer Terrell, il ne recevrait pas l'aide dont il a besoin en ce moment. Et il va mieux. Il a des perspectives, aujourd'hui.

On aurait dit qu'il essayait de s'autopersuader.

— Il peut se projeter dans l'avenir. Ce n'était pas le cas, avant. Il ne pensait même pas arriver à vingt et un ans, et il avait peu de chances en effet. Maintenant, il attend la suite avec impatience. Tu lui as sauvé la vie, Claire.

Je n'en étais pas si sûre. J'ai remis ma main sur ma tempe. *Je ne peux pas affronter ça maintenant.*

— Tu crois que tu l'as enlevé à Andray, a poursuivi le lama, et que tu as laissé Andray sans rien.

Je n'ai pas répondu. Ma tête me lançait. Je me suis frotté la tempe.

— C'est peut-être vrai, a-t-il continué. Je n'en sais rien. Ce que je sais, en revanche, c'est qu'Andray va mieux. Je lui ai parlé quelques fois. Il est d'une intelligence remarquable. Tu commences à aborder, disons, les préceptes ou n'importe quoi, et ça tilte, il pige tout de suite. Et puis il s'est enfin décidé à quitter La Nouvelle-Orléans.

— Sérieux ? Quand ? Pour où ?

Ma main écrasait ma tempe.

— Il y a environ deux mois. Merde. Je ne devais le dire à personne. Mais je vois que tu t'inquiètes. Il a pris la route avec son ami Trey. Ils sautent dans des trains et voient du pays.

— Et là, il est où ?

Le lama a haussé les épaules.

— Aux dernières nouvelles, à Kansas City.

J'ai froncé les sourcils. J'imaginais Andray à Kansas City, presque aussi dangereuse, à sa manière, que La Nouvelle-Orléans.

— Tu sais, a repris le lama, quand tu as rencontré Andray, tu as rempli un contrat passé bien des vies plus tôt. Vous ne vous êtes pas croisés par hasard.

– Alors vous croyez que tout est programmé ? Que tout ça, c'était déjà décidé depuis des vies et des vies ?
– Peut-être. Je ne le crois pas tout à fait. « Programmé » n'est pas le bon terme. Le karma ne se négocie pas. En revanche, il prend des détours intéressants. C'est comme si on te donnait une série de mots et c'est à toi de choisir dans quel genre d'histoire tu les intègres.

J'ai gardé le silence. Je pensais à d'autres personnes dont j'avais gâché la vie. Pratiquement toutes celles que j'avais connues, me semblait-il à cet instant.

– Les gens croient que l'amour, c'est… un truc spirituel. Un *sentiment*. Je ne suis pas de cet avis. Pour moi, l'amour est un acte physique. Ça n'a rien d'abstrait. L'amour, c'est tenir la main de quelqu'un quand il est à l'asile. C'est continuer à appeler même si on ne te rappelle pas. L'amour, c'est crade et c'est massif. C'est la terre, la merde, le sang et les poils.

Une cloche a sonné. Le lama a souri.
– Viens voir le spectacle. Ce sont les gosses qui jouent. Ça va être chouette, et ils adorent avoir du public.

La « scène » était un tertre herbu à proximité du bois ; derrière, on avait fixé un fil à linge et tendu des draps où s'étalait la silhouette peinte d'une ville grise. La troupe comptait une dizaine de mouflets ; une vingtaine d'adultes et de gamins plus âgés composaient le public. Les bambins étaient des versions plus petites de ceux que j'avais vus dans le jardin. Ils ne portaient ni haillons ni tatouages, mais ils avaient la même expression au fond des yeux – marquée, abîmée, et pourtant, quelque part, follement ouverte.

L'un d'eux, un garçon d'environ dix ans, est monté sur scène.

– Merci d'être venus, a-t-il lancé d'une voix tonitruante.

Tout le monde a applaudi.

– Aujourd'hui, nous avons le plaisir de vous présenter une production de *42ᵉ Rue*, par la compagnie du temple Dorje.

L'assistance a poussé des cris, tapé des mains et des pieds.

Un groupe de filles est arrivé en robes débraillées et a exécuté une petite danse. Applaudissement général. Un autre garçon a fait son entrée et s'est mis à les enguirlander.

– Vous appelez ça du spectacle ? hurlait-il.

Les petites essayaient de se retenir de glousser.

– Je veux vous voir danser comme vous n'avez jamais dansé !

Elles se sont lancées dans un nouveau numéro. Cette fois, les garçons les ont rejointes. Après la pièce, je suis allée trouver les jeunes comédiens pour les féliciter de leur prestation. Je leur ai dit que c'était la meilleure pièce que j'avais jamais vue, ce qui était vrai, sauf qu'ils étaient déjà blasés et qu'aucun ne m'a crue. Une fillette aux cheveux blancs m'a regardée comme si je disais ça uniquement pour la blesser. Le lama était occupé avec ses ouailles, alors je suis partie. J'avais déjà démarré et enclenché la vitesse quand il a bondi devant le capot pour m'arrêter. Je me suis remise au point mort et j'ai baissé ma fenêtre. Il s'est approché.

– Claire, tu sais que tu es la bienvenue ici. Quand tu veux. Pas seulement pour me rendre visite. Si tu as envie de participer, ou même de venir séjourner un moment... notre porte est toujours ouverte. Pour tous les amis de Constance. Un peu d'aide supplémentaire ne ferait pas de mal aux petits. Et Jenny, ne t'en fais pas, elle n'y verrait pas d'inconvénient.

– Merci, ai-je dit.

Je suis repassée en marche avant, mais le lama avait une drôle d'expression alors j'ai gardé le pied sur le frein.

– Tu sais, a-t-il fait, je n'étais pas bouddhiste avant de connaître Constance.

– Ah bon ?

Il a secoué la tête.

– Je me croyais détective. J'étais déboussolé. Elle m'a mis en relation avec un lama de L.A. et... c'est ce qui a tout déclenché. Donc voilà, comme je disais. Les amis de Constance...

– Moi aussi, ai-je lâché, et j'ai filé avant de nous laisser le temps de voir à quel point on s'était fichu la honte.

Je suis descendue à Santa Cruz histoire de boire un café pour la route. La fille qui le préparait avait dans les vingt-cinq ans et déjà les bras et les jambes entièrement tatoués. Je lui ai dit que je ne comprenais pas les jeunes. Qu'est-ce qui se passerait quand elle aurait trente ans et qu'elle voudrait autre chose ? Elle a examiné les tatouages de mes bras : une empreinte digitale, une loupe. DOUTEZ DE L'AUTORITÉ TOUT. NE CROYEZ RIEN. J'ai baissé le col de ma veste et elle a lu VIVRE LIBRE OU MOURIR dans le haut de mon dos.

– Vous savez ce qu'on dit de la liberté, a-t-elle déclaré, et là j'ai cru qu'elle allait citer la chanson de Janis Joplin, mais elle a dit : c'est la seule chose qui mérite qu'on vive pour elle.

Je voyais bien d'autres choses aussi, toutefois je n'ai pas argumenté. Je n'y aurais pas cru à vingt-cinq ans. Elle a fini son service et on a descendu Pacific

Street ensemble à pied, moi avec mon café, puis on a continué jusqu'au quai. Sur le quai, on a regardé les otaries pendant un moment, ensuite je l'ai invitée au resto chez Stagnaro. Elle n'y était jamais allée et j'ai bien vu qu'elle trouvait l'endroit assez classe. Après manger, on est remontées vers la ville. En haut de la colline, elle m'a embrassée.

Je l'ai embrassée aussi. Elle voulait qu'on aille chez elle, une piaule dans un appart en colocation, mais je nous ai pris une chambre d'hôtel. Je suis trop vieille pour affronter des colocs au réveil. Le lendemain matin, je me suis esquivée vite fait bien fait pendant qu'elle dormait encore, en espérant ne jamais la revoir.

## 48

Claude a trouvé où Lydia répétait. Il a déniché l'info grâce aux messages twitter de son batteur. C'était dans un studio qui se louait à l'heure à Bernal Heights. On aurait pu se contenter de poser la question à Lydia, bien sûr, mais ça ne paraissait pas une très bonne idée de l'associer à cette ligne précise d'investigation. Claude, mettant ses compétences à l'épreuve, avait réduit le champ à trois groupes – trois groupes susceptibles de contenir l'intrigue parallèle de Lydia.

– Alors, il y a une vingtaine de groupes qui répètent là-bas. Et elle ne sort pas avec les filles, hein ? a-t-il fait, hésitant.

On était chez moi, assis dans mes grands canapés, autour d'un thé blanc Bai Mu Dan que je nous avais préparé.

– Je suis à peu près sûre que non, ai-je répondu.
– Et j'imagine qu'elle préfère un certain genre de mec.
– Excellent.
– Bon, donc j'en ai éliminé à peu près la moitié en fonction du sexe, du physique et des goûts musicaux. Elle n'irait pas s'acoquiner avec un type qui donnerait dans la musique tendance hippie, non ?
– Bravo.

J'étais fière de Claude, qui déduisait à fond de train pendant que je passais mes nuits à rouler au hasard sans en fiche une rame.

– J'ai aussi exclu le hip-hop, le jazz fusion, un truc de yoga et un groupe qui ne faisait que brailler. Vous validez ?

– Ça me paraît parfait.

– Ça nous laisse donc trois formations avec des mecs potentiels pour Lydia. D'abord, une espèce de groupe de punk qui s'appelle Scorpio Rising, un peu jeune pour elle mais dans le domaine du possible, je pense. Ensuite...

– Stop. Arrête-toi tout de suite.

Il m'a regardée interrogatif, l'inquiétude au visage.

– Tu n'as commis aucune erreur, l'ai-je tranquillisé. C'est même tout le contraire. Tu as assuré du début à la fin. Mais maintenant, tu me présentes trois groupes alors que dans ton cœur, je pense qu'il n'y en a qu'un.

Il a fait une tête comme s'il ne voyait pas ce que je voulais dire.

– Un seul. Tu en as trois, mais tu sais qu'il n'y en a qu'un. Notre vie en dépend, Claude. Le bateau coule et tu choisis un canot de sauvetage. Tu as un pistolet sur la tempe avec une balle dans la chambre.

Il a froncé les sourcils.

– Dis-moi, ai-je insisté. Je ne t'en voudrai pas si tu te plantes. Mais je t'en voudrai si tu mens.

– J'en sais rien, a-t-il dit. Sincèrement.

Et là, tout à coup, il a eu une expression que je ne lui connaissais pas et il a lâché :

– Scorpio Rising.

– Tu es sûr ? Souviens-toi, le flingue est braqué sur nous. Une balle prête à partir. Tu es sûr de toi ?

Il m'a fixée et j'ai décelé un changement en lui.

– Je suis sûr. C'est les Scorpio Rising.

Je savais qu'il avait raison. Au milieu de la nuit précédente, à l'hôtel de Santa Cruz, je m'étais levée pour aller aux toilettes. En revenant, j'avais remarqué quelque chose que je n'avais pas vu avant : un scorpion tatoué lové dans le bas des reins de la fille avec qui je venais de coucher.

Claude et moi, on a consulté la page Facebook des Scorpio Rising. Ils étaient mignons et sans originalité, belles gueules à la colère vendable. Ils se produisaient à Oakland le lendemain soir. J'y serais.

Quatre-vingt-huit jours après la mort de Paul, j'ai fait ce que je faisais presque tous les soirs dernièrement : rouler en ville au petit bonheur, m'arrêter pour boire un coup ici et là, terminer la coke de la veille et en racheter à un mec que je connaissais à la Mission. Adam. Il empaquetait ses doses dans des pages du *National Geographic*. « Le dernier vol du condor. » « L'homme et la quête de l'or. » « Les boues miraculeuses de l'Ibérie. » Adam avait un million d'années et habitait un petit appartement blême sur Valencia Street, où il vivait depuis que le monde est monde. Il m'a vendu trois grammes pour un bon prix – on s'était rencontrés sur l'Affaire du Propriétaire transitoire, grâce à laquelle il pourrait justement conserver cet appart jusqu'à la fin des temps. Certaines personnes se souviennent ; la plupart, non. La plupart vous répéteront tous les jours que vous faites erreur. La plupart vous regarderont comme si chaque affaire était votre première affaire. La plupart oublieront que vous savez. Que parfois, pas toujours mais parfois, vous savez ce qui est réel.

Même vous, vous-même, il vous arrivera de l'oublier. Jusqu'au moment où la vérité sera si douloureuse à enfouir dans votre poitrine qu'elle finira par s'échapper et se déverser sur le sol, rouge et sanglante, et vous n'aurez plus rien à cacher.

Tracy avait appelé, me suis-je rappelé en remontant l'Embarcadero. Il était dix heures. Non, minuit. Deux heures du matin. Trois. J'ai flotté devant le Ferry Building, aéroglissé sous le pont, fait demi-tour pour regagner Chinatown et je ne savais plus pourquoi.
  Non, pas Tracy. Kelly. J'ai consulté ma boîte vocale.
*Marmonni marmonna rappelle-moi pour cette histoire de Cynthia Silverton marmonni marmonna.*

J'ai roulé jusqu'à Oakland et j'ai sonné à la porte de Bix. Il n'a pas répondu. J'ai recommencé, puis j'ai encore recommencé quelques fois. Il est venu ouvrir armé d'une batte de base-ball, façon père de banlieue dont la fille est rentrée avec un Hell's Angel.
  Il n'a pas lâché sa batte en me voyant. Il a simplement soupiré.
  – Soyez sympa, ai-je dit. Laissez-moi juste y jeter un œil.
  – Il est trois heures du mat.
  – C'est pas comme si vous étiez occupé. Allez. Je vous paierai.
  J'ai ouvert mon portefeuille. Il était vide.
  – La prochaine fois, ai-je rectifié. Je vous paierai la prochaine fois.
  Il s'est mis au repos et a abaissé sa batte.
  – C'est pas le meilleur moment.
  – Si on attend le meilleur moment, les choses se font rarement.

— Je suis pas seul.
— Vous pourriez me vendre la collection. Ou même juste me la prêter. Comme ça, je reviendrais pas.

Il a de nouveau soupiré.

— Je sais, ai-je dit. Je vous manquerais.
— Non. Aucun risque.

Il a soupiré une troisième fois. À trois, le charme opère.

— Entrez, a-t-il concédé. Vous allez devoir bouquiner dans la chambre. J'ai besoin d'intimité.
— Vous ne préférez pas la chambre, justement ? ai-je demandé pendant qu'on gravissait l'escalier.
— On n'en est pas encore là.

Il nous a introduits chez lui. Une jolie fille en robe jaune était assise sur le canapé. Elle portait des lunettes œil de chat noires et des baskets. Elle m'a lorgnée comme si j'étais la mère de Bix.

— Bonsoir, ai-je lancé. Je suis tante Claire.

Elle m'a gratifiée d'un sourire déconcerté et d'un vague demi-coucou de la main.

— Bonsoir.

Bix m'a installée dans sa chambre avec les bouquins. Je me suis allongée sur son lit, qu'il avait soigneusement fait dans l'espoir de concrétiser avec la fille en jaune, et j'ai pioché un des volumes au hasard. Le numéro 13. Je m'en souvenais bien. J'ai zappé la partie bande dessinée pour aller directement à l'enquête de Cynthia Silverton. À côté de l'histoire, il y avait une pub pour une école de détectives privés dans le Nevada. *Alors, les enfants, ça vous plairait de gagner votre vie en tant que VRAI détective privé ?*

Je me suis dit que ça me plairait vachement.

« Comment résout-on les énigmes ? demanda Cynthia au professeur Or. Si la science est pour les ringards... eh bien, comment pousse-t-on les gens à avouer ? Comment peut-on élucider les mystères ? »

J'ai entendu de la musique dans la pièce voisine, un morceau classique. En même temps que je lisais, je voyais quasiment la scène se dérouler dans ma tête : le professeur Or, l'air suffisant avec sa pipe et sa sagesse, Cynthia dans sa robe légère bleu turquoise, tous deux assis dans l'impeccable salon 1950 de Cynthia à Falling Rapids. Un feu dans la cheminée. Une soirée fraîche de début d'été.

« Bonne question ! répondit le professeur avec un fin sourire. C'est là qu'une détective professionnelle peut réellement se distinguer, Cynthia. Vous savez ce que signifie faire une offrande, n'est-ce pas ? Un sacrifice que l'on réalise pour autrui ?

– Comme quand, sur mon autel, j'offre de l'encens et de l'eau aux *tertons* qui nous ont précédés ? » demanda Cynthia en sirotant son martini obtenu illégalement.

Le professeur Or se leva et s'approcha de l'âtre. Il tapota sa pipe à l'intérieur, la vidant de ses cendres.

« Exactement, dit-il. Néanmoins, il existe d'autres sortes d'offrandes. Il n'y a pas que l'encens ou l'eau. Lorsque l'on donne de soi-même, lorsque l'on… Mais non, Cynthia, à vous de raisonner pour trouver la réponse ! »

Cynthia eut un sourire inquiet. Serait-elle à la hauteur ?

« Eh bien, commença-t-elle, hésitante. Je pourrais… C'est-à-dire… » Elle fronça les sourcils. La chose était plus difficile qu'il n'y paraissait ! « Je pourrais leur offrir de l'argent, poursuivit-elle d'un air songeur, seulement ils peuvent en voler quand ils veulent. Je pourrais leur offrir… moi, mais comme vous le savez, je me réserve pour Dick. Fichtre, professeur, j'abandonne ! »

Le professeur Or sourit à Cynthia, son étudiante préférée. Il plongea la main dans la poche de son blazer et en tira un petit canif au manche en bois de cerf. Il le déplia et se tailla le torse. Il commença sous son cou et descendit, non pas au milieu mais sur sa gauche, jusqu'à ce que sa chair soit grande ouverte jusqu'au bas des côtes. Ensuite, il écarta les os et plongea dans sa poitrine pour y prélever son cœur. Tenant son cœur entre ses deux mains, il le tendit à Cynthia. Le sang ruisselait sur le tapis.

Cynthia se mit à rire en poussant de petits cris de joie. « Je comprends maintenant ! Oh, merci, professeur Or, je comprends maintenant. Je comprends tout. »

# 49

*Brooklyn*

Le Diable se trouvait à l'ouest de Manhattan, dans le quartier de Chelsea. Le pâté de maisons pullulait de prostituées. Les tapineuses de Brooklyn portaient de vieux jeans démodés et des parkas et elles avaient des têtes de sans-abri, ce que beaucoup étaient. Les poules de luxe de Manhattan ressemblaient à des putes de cinéma, avec des tignasses comme ça, des tartines de maquillage, des talons aiguilles et des minishorts. Certaines se trimballaient seulement en sous-vêtements – nuisette, guêpière, porte-jarretelles – et tapaient des pieds pour se réchauffer.

Le taxi nous a déposées juste en face du club. Dans la voiture stationnée à côté, j'ai vu un homme et une femme occupés à quelque chose de rythmé et pressant, quelque chose à quoi ni l'un ni l'autre ne semblait prendre plaisir.

Le Diable était sombre. La musique braillait et ça sentait l'alcool frelaté et le hasch. Le long du mur, des clients s'attachaient et se frappaient l'un l'autre. J'ai essayé de ne pas regarder. On a fait un tour. Dans une salle voisine, des gens en chevauchaient d'autres comme des canassons ou des poneys. Une nana montait un mec en combinaison de cuir noir, petit cheval à robe luisante. On s'est attardées à les observer une minute. Si on n'avait pas été sur une affaire, ça aurait pu être marrant.

Ça ne m'a pas dérangée jusqu'à ce qu'on arrive à la salle aux aiguilles. La salle au sang.

La musique vibrait. J'ai senti quelque chose sur moi, sur mon bras, dans mes cheveux. Avant d'avoir pu me retourner, j'ai entendu Tracy :

– Vire tes sales pattes de ma copine, toi. Pas touche.

– Désolé, a répondu une voix d'homme rocailleuse.

Tout a commencé à s'obscurcir sur les bords.

Le type était parti et j'étais assise sur une chaise. Quelqu'un pressait un verre d'eau froide contre mes lèvres.

– Bois, a dit Tracy. Ça te fera du bien.

J'ai bu et ça m'a fait du bien. J'ai vu Tracy devant moi. On était aux toilettes, assises face aux miroirs. Tout est redevenu clair. Sous les pulsations de la musique, j'ai perçu des gémissements. Je me suis retournée. Deux paires de hauts talons s'agitaient dans une des cabines.

– Qu'est-ce qui s'est passé ? ai-je demandé. On l'a trouvée ?

Tracy a secoué la tête.

– Il doit y avoir une autre salle. Une salle VIP, un truc comme ça.

Une bonne femme qui se lavait les mains – à quoi bon ? – au lavabo nous a entendues. Elle a pivoté vers nous. Elle portait un corset en cuir verni qui laissait ses énormes nichons à l'air, un short assorti et de grandes bottes en cuir verni également. Elle avait dans les quarante ans, les cheveux longs et noirs. Il y avait quelque chose d'étrange en elle et il m'a fallu une minute pour piger quoi : elle était parfaitement lucide.

– Je ne sais pas qui vous cherchez, a-t-elle commencé, mais il y a bien un salon particulier. Le bureau de Lenny, le patron. C'est un genre de club privé, il n'y invite que ses amis, ses relations, et ils peuvent y faire des choses interdites ici. Ça vous est utile ?

Elle a eu un sourire solaire. J'avais du mal à affronter sa vue, ses seins atrocement vieux, les anneaux d'or dans ses mamelons, son sourire radieux. Tracy, elle, l'a regardée droit dans les yeux et a déclaré :

– Merci beaucoup. Ça nous est extrêmement utile. On cherche une amie à nous, en fait. Vous la connaissez peut-être ?

Tracy a tiré sa photo de Chloe et la lui a montrée. La dame a secoué la tête.

– Non. Mais c'est tout à fait le type de Lenny. À votre place, je tenterais son bureau.

Elle nous a indiqué comment nous y rendre : derrière le comptoir, monter l'escalier, la porte au fond du couloir. Avant qu'on ressorte des toilettes cependant, elle a marqué une pause, nous a observées et a dit :

– La plupart des gens qui sont ici sont sympas. Sinon, je vous conduirais au videur et je vous ferais jeter dehors illico. En revanche, Lenny… Je vois bien que vous n'êtes pas des gamines ordinaires. Je le vois bien. N'empêche, méfiez-vous de lui, d'accord ? Je ne suis pas du genre petite joueuse, j'aime m'éclater à fond. Mais pas avec lui. Plus maintenant. Vous m'entendez ?

On a échangé un coup d'œil et on a acquiescé. On l'entendait. Ce qu'on avait vu jusque-là ne nous avait pas franchement réjouies.

– Bien, a-t-elle fait en s'éloignant. Soyez prudentes, les filles.

On a trouvé le bureau de Lenny exactement là où elle avait dit, à l'étage au fond d'un couloir mal éclairé. En arrivant devant la porte, un frisson m'a parcourue. J'ai regardé Tracy et j'ai su qu'elle l'avait eu aussi.

Chloe était derrière cette porte. Je le savais. Je sentais la corde qui nous unissait, moi détective et elle disparue, vibrer sous la tension. Il n'y avait pas de retour en arrière, pas de possibilité de rompre la corde ni de dénouer le nœud. Pour des vies entières, Chloe et moi étions liées, peu importe que je la retrouve cette fois-ci, la dernière fois ou la prochaine. Elle serait à jamais la fille disparue et je serais à jamais la détective. Et je disparaîtrais et elle, la détective, me retrouverait. Nous étions enchaînées l'une à l'autre, mais nous avions le choix ; on pouvait vivre au paradis toutes les deux ou bien en enfer. Quoi qu'il en soit, on serait coincées ensemble, et les vaguelettes de nos décisions changeraient jusqu'au dernier mot jamais prononcé.

Raison pour laquelle je redoutais d'ouvrir cette porte.

Tracy a passé le bras devant moi, elle a saisi la poignée et a tiré, comme on arrache un pansement.

Au départ, personne ne nous a repérées. C'était un petit bureau cradingue et sombre comme n'importe quel bureau de n'importe quel bar du monde. À croire qu'il n'en existait qu'un seul et que tous les bars de la planète possédaient une porte donnant mystérieusement dessus. Derrière une table délabrée, un homme était assis qui devait être Lenny, le proprio, en lunettes noires. Au milieu de la pièce, deux femmes faisaient... en fait, je ne savais pas très bien ce qu'elles faisaient. Mais l'une, maigre et pâle, se tenait à quatre pattes sur le sol poisseux. Au-dessus d'elle, l'autre, à genoux par terre, se servait d'une sorte de... Mais qu'est-ce qu'elle fabriquait ?

J'ai étudié le reste des lieux. Quelques chaises éparpillées. Un bureau et un canapé défoncé. Peut-être huit personnes en tout, la plupart en train de bavarder avec ce timbre rauque caractéristique de la cocaïne. Sur une table basse près du canapé, quelques rails étaient déjà préparés pour qui voulait.

Quand mes yeux se sont adaptés à l'obscurité, j'ai constaté que l'un des occupants du canapé était CC. Il portait toujours son costard en velours vert sans chemise. Il a sniffé une ligne, s'est frotté le nez et a maté les deux nanas du milieu.

Je me suis retournée vers elles et j'ai fini par piger ce que la fille à genoux tenait à la main. Un couteau. Elle scarifiait sa copine à quatre pattes. Dans le noir, je n'avais pas remarqué le sang tout de suite. Elle lui gravait un mot dans le dos, juste au-dessus de son cul, de la pointe de sa lame. Pour le moment, elle en était arrivée à SALOP.

Et puis j'ai tilté. La nana en train de se faire marquer, c'était Chloe.

Chloe nous a vues et s'est figée comme une bête sauvage. Au bout d'une minute, elle s'est redressée et nous a dévisagées. Tout le monde a suivi son regard. La fille au couteau s'est arrêtée. Elle était brune, mince mais plus pulpeuse que Chloe, et elle avait l'air d'adorer ce qu'elle faisait. Chloe s'est remise debout, en vacillant plusieurs fois avant d'y parvenir.

Elle était maigre comme un clou, ses côtes saillaient sous son t-shirt, ses hanches jaillissaient en pointes entre son porte-jarretelles et son string minuscules, tous deux bon marché et déjà un peu décatis.

– Vous ! a-t-elle lancé d'un ton accusateur, comme si elle s'attendait à moitié à nous voir ; comme si on s'était déjà fritées à ce sujet et qu'elle ait gagné. Qu'est-ce que vous foutez là ?

Elle a éclaté de rire. Il est devenu évident qu'elle était défoncée, peut-être bourrée, sûrement plutôt shootée à l'héro.

– Vous voulez jouer avec nous ?

Chloe a fait signe à Tracy de venir occuper la place qu'elle venait d'abandonner au milieu de la pièce.

– Tu veux prendre le tour suivant ?

Je restais là, pétrifiée. Un million de pensées défilaient dans ma tête. Mais aucune n'était vraie. Chacune n'était qu'une échappatoire, une diversion, ma propre réaction à ce que je voyais.

– On… a commencé Tracy, mais sa voix s'est éteinte.

– On est venues… ai-je enchaîné.

– Pour te retrouver, a achevé Tracy, d'un ton faible et ténu. On te cherchait.

– Me retrouver ? a rétorqué Chloe.

Elle a ri sans sourire. Elle et CC se sont regardés et ils se sont esclaffés en chœur. Chloe tanguait un peu sur ses jambes, oscillant sur ses talons. Elle a mi-marché, mi-trébuché jusqu'au canapé. CC l'a rattrapée et ils se sont marrés.

– Me retrouver ? a-t-elle répété. C'est vrai. J'oubliais. Votre petit truc d'apprenties détectives, là. Ce bouquin ou je sais pas quoi.

Elle s'est tournée vers CC.

– Elles sont fana d'un bouquin. Ça parle de résoudre des mystères. Elles se prennent pour des détectives ou une connerie comme ça.

– J'ai quelque chose à retrouver, si vous voulez, a persiflé Lenny. C'est dans ma poche.

Tout le monde a rigolé.

Chloe nous a jeté un regard qui aurait intimidé n'importe qui.

N'importe qui, sauf Tracy.

– C'est Reena, a-t-elle dit. Reena nous a demandé de te retrouver.

Chloe a fait une grimace comme si elle venait d'avaler un truc dégoûtant.

– Cette salope, a-t-elle lâché. Je fais juste...

Une fraction de seconde, elle a eu l'air sur le point de fondre en larmes, mais c'est passé aussi vite que c'était venu.

– Je l'emmerde. C'te connasse. Tout le temps à bosser. Putain d'abrutie. Putain de Miss Parfaite.

– Elle se faisait du souci, a tenté Tracy, retrouvant sa voix. Elle s'inquiète pour toi.

– Ouais, eh ben, vous voyez, a répliqué Chloe d'un ton vindicatif, j'ai pas besoin qu'on vienne me sauver. Alors bon, à moins que vous vouliez boire un coup et rester avec nous...

Nouvelle rigolade générale.

– Vous êtes vraiment détectives ? a demandé un des types présents. Vous élucidez vraiment des mystères ?

J'ai voulu répondre : *Oui, oui, absolument*, sauf que quand j'ai ouvert la bouche, rien n'est sorti.

– C'était sympa de vous voir, a lancé Chloe, soudain sérieuse, d'une voix froide comme un glaçon.

Elle nous a fait un petit signe de la main.

– Allez, bye.

Un filet de sang d'une précédente incision lui coulait sur le bras. Elle en avait une tache sur la hanche.

– Tu peux venir avec nous, ai-je déclaré de toute la force que j'ai réussi à rassembler. Si tu veux. On peut te ramener à la maison. Tout de suite.

Ma voix était faible et grêle, même à mes oreilles. Tout le monde s'est marré de nouveau.

— Va te faire foutre, a répondu Chloe.

Elle a détourné la tête vers le mur.

— Allez vous faire foutre toutes les deux.

Tracy a ouvert la bouche et l'a refermée.

Personne ne nous regardait, et ils sont tous revenus à leurs conversations intimes, leurs drogues, leurs aventures personnelles. Chloe a fermé les yeux et les a cachés dans sa main, comme si elle craignait de nous voir encore là quand elle les rouvrirait.

Tracy et moi, on s'est regardées. On n'avait rien à dire.

— Allez au diable, a murmuré Chloe.

— Elles y sont déjà, a dit CC.

## 50

*San Francisco*

Bix m'a réveillée à quatorze heures le lendemain. J'ai regardé le Cynthia Silverton. L'histoire qu'il présentait n'avait rien à voir – c'était celle où la tante foldingue de Cynthia, Eleanor, venait lui rendre visite et où sa jeune bonne se faisait assassiner. Bix portait une théière de thé vert sur un petit plateau. C'était une manière élégante pour un homme de vous foutre dehors. On s'est assis dans son salon pour boire le thé. La fille était partie.
– J'ai des trucs à faire, a-t-il dit. Désolé.
– Merci pour le thé.
– De rien. Vous avez des projets pour la journée ?
– Pas vraiment. Je dois revenir à Oakland ce soir pour un concert.
– Vous allez voir qui ?
– Un type que je soupçonne d'avoir peut-être tué quelqu'un. Un mec que je connaissais. On est sortis ensemble. C'est lui la victime.
– Oh, a fait Bix en plissant le front. Désolé.
– Ouais… Merci.
J'ai siroté mon thé et attendu que l'apitoiement fasse son effet. Ça a marché.

– Si vous voulez, a proposé Bix, vous pouvez bouquiner encore un peu. Peut-être pas tout l'après-midi, mais quelques heures.

– C'est vrai ? Vous êtes sûr ?

– Oui, a-t-il répondu, se laissant fléchir. Pourquoi pas ?

Quand tout serait terminé, j'enseignerais à Bix le b.a.-ba de la résistance à la manipulation. En attendant, je suis restée là et j'ai lu les illustrés.

J'ai bouquiné quelques heures. Se plonger dans les aventures de Cynthia Silverton revenait à tomber dans un trou noir de souvenirs.

À dix-huit heures, j'ai embarqué Bix pour un dîner avancé dans son resto préféré, un resto végétalien afro-américain du centre-ville d'Oakland. On a discuté de la fille qu'il fréquentait.

– Si elle vous plaît tant que ça, ai-je dit, faites ce qu'il faut pour la garder, d'accord ?

– C'est pas si simple.

– Mais si. Je vous assure.

Bix a froncé les sourcils. Je me suis excusée, j'ai filé aux toilettes et j'ai tapé un long rail de coke sur l'abattant de la cuvette.

Est-ce que vraiment, ça aurait été si simple ? Est-ce que quoi que ce soit était jamais si simple ? Il me semblait que oui, à présent. Maintenant que tous ceux que j'aimais étaient partis, j'avais l'impression qu'il aurait été si simple de les garder...

On a tambouriné à la porte. Je n'ai pas réagi.

– Claire ? Hé, Claire ? Tout va bien ?

Parce qu'il n'était pas prêt. Parce que de meilleures choses l'attendaient. Parce que je pensais que si je le libérais, il s'envolerait vers un meilleur nid, où quelqu'un de meilleur que moi l'aimerait, où quelqu'un de meilleur que moi resterait avec lui.

On a de nouveau cogné à la porte et je n'ai pas répondu, et après ça, c'était les flics et ils la défonçaient. J'ai réglé ma note et on m'a escortée dehors avec un sévère avertissement et un court sermon. Bix était parti.

Parce qu'on nous avait tous offert le paradis sur un plateau d'argent et qu'au lieu de le prendre, on l'avait envoyé valser pour demander l'enfer.

Je me suis garée devant un petit club crapoteux à la bordure du centre-ville et du quartier chinois d'Oakland. J'ai tiré le petit sachet de mon sac et j'ai pris une carte de crédit (Réseau Discover ; au nom de Juanita Velasquez ; inscrite aux programmes de fidélité Delta Miles et Bonus Bien-être ; casier judiciaire vierge) pour y prélever une nouvelle pointe de coke. Elle avait une odeur infecte, une odeur de dissolvant pour vernis à ongles. Je me suis demandé comment quoi que ce soit pouvait avoir un goût aussi dégueulasse. Sédatif bovin. Antibiotiques canins. Antitussif pour bébés singes.

Les Scorpio Rising n'étaient pas très bons. Comme leur première partie était atroce, ça les rendait nettement meilleurs qu'ils ne l'auraient été autrement. Ce qui n'allait toujours pas bien loin. Un genre de resucée de punk. Peut-être que leur truc comportait une intention ironique qui m'échappait. Il était probable que beaucoup de choses m'échappaient, tant en général que ce soir en particulier.

Pourtant, bien qu'ils ne soient pas bons, ils étaient bons. Le public les adorait. Tout le monde s'éclatait. C'étaient de très beaux mecs et au fur et à mesure de la soirée, ils ont retiré leurs vestes, puis leurs chemises. Le chanteur crachait de la bière sur les spectateurs. Le batteur leur jetait ses baguettes à la figure. Ils étaient tous si jeunes que ça paraissait incroyable qu'on les ait autorisés à sortir tout seuls. En même temps, quand j'avais leur âge, je me baladais déjà seule depuis des années.

Le premier guitariste et le chanteur étaient plus mignons que les autres, et ils le savaient. Je ne voyais pas Lydia craquer pour ce genre-là. Trop racoleur, pas assez subtil. Le batteur battait comme un forcené, rageur et méthodique. Il ne souriait pas. Non. Le bassiste souriait tout le temps – il était un peu plus jeune que les autres et tirait la langue au public de temps à autre. Il n'arrêtait pas de se bidonner. Non plus.

Ce qui nous laissait le second guitariste. Il devait avoir un peu moins de trente ans. Sa gratte était une copie de Les Paul noire. Il avait ce qui plaît tellement aux filles chez les guitaristes : concentration, focalisation, dévotion. Je ne savais pas si ça leur plaisait parce que ça laissait supposer que le mec serait susceptible de leur accorder la même attention ou parce que ça voulait dire qu'il était capable de les ignorer si totalement qu'elles pouvaient croire le pire sur elles-mêmes.

Le second guitariste était beau gosse, et sexy, mais pas une idole non plus. Il faisait négligé. Il avait les cheveux noirs, qui, bien que lissés en arrière lui retombaient sans arrêt dans les yeux. Il portait un marcel exhibant des tatouages amateur : la rue ou la taule. À moins que les jeunes ne paient cinq cents dollars de l'heure pour se faire tatouer comme ça, aujourd'hui. À son attitude, cependant, j'aurais dit la rue. Il se tenait dos au mur et gardait les épaules et les sourcils tendus.

Vers la fin du concert, le chanteur a présenté le groupe. Ils avaient tous adopté le patronyme Scorpio. Malin.

– ... et à la guitare rythmique...
Le batteur a donné un roulement de tambour.
– Rob Scorpio !

Pénétrer en coulisses n'était pas bien sorcier. Il suffisait d'y aller. J'étais la plus vieille de toute la boîte d'au moins cent ans. Les Scorpio buvaient des bières, survoltés et exaltés par la scène, comparant leurs impressions, riant comme des malades.

Rob Scorpio manquait à l'appel.

J'ai vu une porte tout au fond. NE PAS OUVRIR. PORTE SOUS ALARME.

J'ai dépassé le groupe, ni vue ni connue, et j'ai poussé la porte. Silence. Dehors, une canette à la main, Rob Scorpio fumait une clope. Il ne souriait pas.

– Vous en auriez une ? lui ai-je demandé. J'ai laissé les miennes dans la voiture vu qu'on n'a le droit de fumer nulle part ici. Sauf qu'on est là et je crois qu'on peut fumer.

Il a hoché la tête et m'a tendu son paquet. Des légères 100 % -naturelles-sans-additif-ne-donnent-que-du-bon-cancer. J'en ai pris une et il me l'a allumée.

– Merci.

Je me suis adossée au mur un peu plus loin.

– Dites, c'est vous, Rob ?

Il a arqué un sourcil lent et triste dans ma direction. Son désir d'être quelqu'un qu'il n'était pas crevait les yeux. Autre chose aussi, quelque chose qui lui pesait si lourd qu'il n'arrivait pas à hisser son regard jusqu'au mien.

Le guitariste dans le séjour avec le pistolet.

Mon cœur s'est emballé et l'adrénaline m'a nettoyé la tête, me dégrisant d'un coup.

– Je crois que vous connaissez une amie à moi, ai-je dit. Lydia. Lydia Nunez ?

Il a regardé légèrement à gauche de mes yeux.

– Non, a-t-il répondu.

– Je pense que si. Je pense que...

– Je la connais pas.

Il m'a fixée et a balancé sa bouteille dans la rue, vaguement dans ma direction. Elle n'a pas éclaté, elle a atterri avec un *poc* décevant. Là-dessus, il a tourné les talons et il est rentré.

J'ai ramassé la bière. Le chanteur est sorti pour commencer à charger leur matériel dans la camionnette. Il m'a vue faire.

– Il en reste un fond ! ai-je dit.

J'ai embarqué la canette et j'ai rejoint ma voiture.

À l'intérieur, j'ai bu la dernière gorgée et je l'ai rangée dans mon sac, j'ai sniffé une pointe de coke car je sentais le sommeil m'envahir, j'ai vérifié mon portable et j'ai attendu.

Quand les Scorpio ont émergé une ou deux heures plus tard, je prévoyais de les suivre jusqu'au domicile de Rob. Mon plan a foiré. Je les ai collés de trop près au départ, ils m'ont repérée. Le chanteur, qui conduisait, a écrasé les freins, et deux Scorpio sont descendus de la camionnette, dont un muni d'une batte. J'ai passé la marche arrière et je me suis tirée dare-dare. Apparemment, la batte de base-ball était l'arme de choix à Oakland.

En rentrant chez moi, j'ai délicatement tiré la bouteille de Rob Scorpio de mon sac et je l'ai posée sur mon bureau. Ensuite, j'ai tiré le Cynthia Silverton que j'avais emprunté à Bix. Je comptais absolument le lui rendre. Un jour.

Dans un tiroir, j'ai attrapé un kit de dactyloscopie. Je suis allée dans mon classeur à dossiers et j'ai sorti les empreintes digitales de Lydia. Je ne prenais pas les empreintes de tous les gens que je rencontrais mais si j'avais l'impression que la relation allait durer, je leur en demandais un jeu. Certaines personnes n'étaient pas très chaudes, du coup on se demandait forcément ce qu'elles cachaient.

Le centre du cœur de Lydia était coupé, une petite ligne en plein milieu de son pouce. Son verticille de l'amour était surdéveloppé, comme on pouvait s'y attendre. En revanche, elle avait un arc de compassion très marqué – ça, je ne m'y attendais pas.

Lentement, méticuleusement, j'ai appliqué une feuille d'adhésif transparent sur la bouteille de Rob Scorpio pour relever ses empreintes. Je les ai transférées sur une fiche cartonnée où j'ai inscrit son nom et la date du jour.

Le pauvre. Où qu'on regarde, des lignes brisées, des boucles coupées. Pas de verticille du destin pleinement formé. Rien qui lui appartienne. Mais s'il le voulait, il pouvait tout changer. Remarquable roue de la détermination.

J'avais les empreintes prélevées chez Paul et Lydia. Si la plupart étaient inutilisables, quelques-unes étaient assez bonnes pour être comparées.

J'ai regardé la pile d'empreintes. Le travail de comparaison était censé être méditatif. Faire partie du processus. Ça me paraissait chiant comme la mort.

J'ai tout envoyé à Claude avec mes instructions. Ensuite, j'ai appelé Andray.

– Salut. Je voulais juste savoir comment tu allais. Et, euh… Mick, aussi. Je me demandais si tu l'avais vu ou quoi. Je sais pas s'il est en thérapie ou quelque chose. Je sais pas. Je crois que je te l'ai déjà dit, mais j'ai un boulot de folie ici. Je te jure, c'est dingue. Si jamais tu voulais un job ou quoi.

Je me suis frotté le nez et ça a fait une trace de sang.

J'ai raccroché et après, je ne sais comment, j'étais au Shanghai Low. Je suis allée dans l'arrière-salle avec le barman, Sam.

– C'est la came coupée au sédatif bovin ?

Il a tapé une longue ligne tremblotante. Il n'avait aucun complexe. Quand le Shanghai Low a fermé on est passés au resto d'en face, que les serveurs transformaient en bar de nuit officieux après la fermeture. Un cuisinier de l'Imperial Palace que Sam connaissait nous a payé une tournée, puis on lui en a payé une. Paul m'avait emmenée ici une fois. Il vivait à San Francisco depuis plus longtemps que moi et connaissait les coins secrets, les lieux privilégiés.

Le soleil s'est levé mais personne ne s'en est aperçu à travers le brouillard, jusqu'à ce que les gars du matin débarquent pour préparer la salle et virent l'équipe de nuit. Devant le restaurant, Sam a essayé de m'embrasser.

– Tu plaisantes ? ai-je dit.

Ma bouche avait un goût de carton sale et mes dents étaient comme du papier de verre.

Quand je suis rentrée chez moi, il était midi. Claude m'attendait. Je grinçais des dents et j'avais les yeux grands ouverts, mais j'étais prête à aller me coucher.

– Bonjour, a-t-il lancé, habitué à une palette d'états de confusion plus ou moins avancés chez sa patronne.

– J'ai examiné toutes les empreintes.

– Alors ?

– Alors votre gars, il a été dans la maison.

– Où ça ?

Mes dents essayaient de s'éroder mutuellement, de se faire grincer jusqu'à perdre conscience.

Claude m'a regardée.

– Dans le frigo.
– Merde.

Le frigo est un endroit intime dans une habitation. En général, un visiteur lambda n'y touche pas. Je me suis aperçue que je n'avais pas cligné des yeux pendant au moins neuf heures. J'y ai remédié, sentant mes paupières tirer contre la cornée desséchée, et j'ai ôté ma veste et mes chaussures.

– Il était là, ai-je dit à Claude. Il faut qu'on lui mette la main dessus.

– Il a pu y passer n'importe quand, a objecté Claude tandis que je me dirigeais vers ma chambre.

J'ai défait mon jean, je me suis assise dans le lit et j'ai tiré les couvertures sur moi.

– Il était là, ai-je répété.

– Comment vous le savez ?

– Parce qu'on se fie à une chose, ai-je répondu, tout en me demandant s'il y avait un petit chat noir en train de cavaler dans l'appart ou si j'avais des visions. Et à une seule et unique chose, ne l'oublie jamais, d'accord ? Il n'y a qu'une seule chose à laquelle tu puisses te fier. Tu sais ce que c'est, hein ? Dis-moi que tu le sais. Dis-moi que tu comprends. Parce que sinon, je sais pas ce que je fous là.

– Les indices, a dit Claude. On se fie aux indices.

– Oui.

Des mondes naissaient, tournaient et explosaient sous mes yeux.

– Oui et oui.

– Et à vous, a repris Claude. Je me fie à vous.

– Non. Surtout pas. Ne te fie jamais à moi, ni à personne d'autre. On est tous des enfoirés. Surtout moi. Seulement les indices.

Et là encore, ça m'est revenu.

*Souviens-toi. L'Affaire de la Fin du monde.*

## 51

*Brooklyn*

Le lendemain, j'ai dormi jusqu'à midi. Mes parents étaient sortis. J'ai mis la cafetière en route, j'ai fumé une clope et j'ai appelé Tracy.
– On a oublié le bahut, ai-je dit.
– Oups, a-t-elle répondu.
Vers deux heures, elle est venue à la maison et on a regardé *Hawaii police d'État* puis *Columbo*. On portait les mêmes fringues que la veille et on empestait le Diable, on puait le sang, le désinfectant et la bière frelatée. Je nous ai fait du café rehaussé de grandes rasades d'amaretto provenant du bar de mes parents et Tracy nous a préparé des sandwichs au fromage fondu. Elle les réussissait à merveille. Après les sandwichs, on s'est recollées devant la télé. On a suivi le talk-show racoleur de Sally Jessy Raphael, puis *Three's company*, puis *Pour l'amour du risque*. Mme Hart se faisait kidnapper. Encore. Max et M. Hart la retrouvaient. Putain de coup de théâtre, Max. Attelez-vous donc à notre affaire, qu'on voie ce que ça donne.

Dans la soirée, on est montées à pied à Brooklyn Heights. Sur Hicks Street, on a pris une soupe aux raviolis, du poulet au citron et des Mai Tai au SuSu's YumYum. Les murs étaient revêtus de velours rouge qui gratte et les chaises étaient rouge et noir.

— Si seulement on pouvait habiter ici, a dit Tracy.

Elle parlait de la déco, déjà agréablement rétro, mais je crois qu'elle pensait aussi au calme, à la gentillesse et aux réserves inépuisables de bouffe. Son père faisait de son mieux, mais la cuisine était généralement vide.

— Mon pater s'est encore fait virer, a-t-elle lâché vers la fin du repas.

Elle regardait son assiette, les reliefs de poulet au citron et de riz sauté.

On savait toutes les deux ce qui allait se passer : il se mettrait à boire de plus en plus, de plus en plus tôt, jusqu'à finir par être bourré toute la journée, tous les jours. Au bout d'un moment, il se rendrait compte de ce qu'il avait fait, dessaoulerait, demanderait pardon à Tracy et se remettrait à chercher du boulot. Puis il recommencerait à boire.

— Ça craint, ai-je dit. Tu peux toujours venir chez moi.

— Merci. Sauf que bon. J'ai peur qu'il ne mange pas. Il tombe. Tu vois, quoi.

En sortant du SuSu's, on est allées dans un bar qu'on aimait bien de l'autre côté de la rue, qui avait une porte capitonnée avec une ouverture ronde façon hublot comme dans les vieux films. Après les Mai Tai, on s'est dit qu'on devrait rester à la bière et on a commandé de grandes pintes de Genny. On a fumé des clopes et mis du Frank Sinatra dans le juke-box. Au comptoir, quelques vieux se prenaient le bec à propos de sport, de politique ou de ce pour quoi les vieux se prennent le bec.

— Je comprends pas, ai-je lancé quand j'ai enfin été assez pompette pour parler de Chloe. Je veux dire…

Je ne savais pas ce que je voulais dire.
- Je sais, a fait Trace. Je veux dire...
Elle ne savait pas non plus.

À minuit on est rentrées chez nous. On s'est fait une bise en se séparant, mais elle manquait de chaleur. Dans ma chambre, j'ai retiré ma robe, j'ai enfilé un grand t-shirt des Ramones sur mon collant, je me suis mise au lit et j'ai siroté une bouteille d'amaretto que j'avais chipée et que je planquais sous mon sommier. J'ai allumé la télé. Ils passaient *Mystères non élucidés*.

Je n'arrivais pas à dormir. Je pensais à Chloe. Comment elle était la seule personne qui comptait. Comment élucider des mystères était la seule chose qui comptait. Comment Chloe ne voulais pas de nous ni du mystère, de *son* mystère. Ne voulait pas qu'on l'élucide.

Je ressentais l'intérieur de mon corps comme un désert. Un lieu mort.

J'ai pris mon carnet de notes et j'ai écrit : *Un jour cette histoire fera de moi une grande détective. Un jour cette histoire fera de moi une grande détective.*

Mais ça ne paraissait plus vrai. Si on était vraiment épris de vérité, il fallait reconnaître que tout ça n'avait pas grand intérêt. Pas sans la seule chose qui avait eu un sens, ne serait-ce qu'un tant soit peu. Pas sans résoudre des mystères.

Sous mon oreiller, j'avais quatre cachets de codéine datant de la fois où je m'étais cassé une dent sur l'Affaire de la Bodega fracturée. Quand j'avais vu le dentiste, je lui avais précisé que je ne voulais pas d'antalgiques – *Ça me met dans un drôle d'état* – et ça avait marché : il m'en avait prescrit quinze cachets. Le premier avait été fabuleux ; les dix suivants s'étaient révélés progressivement moins enchanteurs, l'effet de tolérance entrant déjà en action.

J'ai pris les quatre derniers comprimés et je les ai fait descendre avec la fin de la bouteille de liqueur.

Quand je me suis endormie, j'ai rêvé que j'étais morte.

Je me trouvais sur un terrain noir et désolé. Ça aurait pu être une ville partie en fumée ou une forêt éteinte.

J'étais étendue sur la terre telle une poupée, brisée et oubliée. Des tessons de verre scintillaient autour de moi. J'avais les yeux fermés, les lèvres pâles et bleues.

Des jours passaient. Des décennies passaient. J'étais morte depuis des années. J'étais morte depuis des siècles.

Peu à peu, à peine présente, je sentais quelque chose pousser sur mon bras. La chose poussait et poussait encore.

Je me demandais si elle me ferait mal.

Oui. Elle poussait fort, puis plus fort encore.

La douleur ne cessait jamais, apparemment. C'était donc ça, la grande révélation, après tout ce bazar.

Je sentais quelque chose me gratter la main et je m'apercevais que c'étaient des dents, ou une bouche dure, qui me mordillait doucement la main, le bras, sans entamer ma peau.

Je sentais la bouche dure dans mon cou, qui m'effleurait. La bouche cherchait et trouvait le col de ma robe, elle l'agrippait.

La chose à la bouche dure tirait sur ma robe et m'emportait au loin.

La chose me traînait pendant des heures. Des années peut-être. J'avais les yeux fermés mais je sentais ma dépouille glisser sur des cailloux pointus, des éclats de verre.

Enfin, on s'arrêtait. La chose lâchait ma robe.

Tout à coup, je sentais un souffle chaud et la plus étrange des caresses sur mon visage, un corps rugueux et humide, comme du papier de verre mouillé, qui me frottait et me frottait sans relâche. Le corps rugueux et humide atteignait mes yeux. Il me donnait de petits coups délicats sur les paupières, insistait et insistait encore, insistait jusqu'à ce que mes yeux soient ouverts.

Je voyais. Au-dessus de moi, un immense oiseau noir à la tête rouge déplumée me nettoyait le visage.

L'oiseau s'écartait.

Je me redressais. J'étais vivante.

On se trouvait dans une forêt. Le sol était tapissé de mousse. Des fougères verdoyaient sous des arbres géants à l'écorce rouge et râpeuse.

On se regardait. L'oiseau avait de tout petits yeux noirs qui voyaient tout.

Il se penchait très bas. Il sentait la crasse et la charogne. Ses plumes étaient brun-noir et sans éclat.

Il murmurait à mon oreille.

*Ce n'est pas le prix que tu as à payer. Ce n'est pas ton châtiment pour aimer quelque chose.*

Brusquement, il me frappait, fort, en plein visage.

Il me frappait encore.

J'ai ouvert les yeux. Mon vautour avait disparu. Lenore se tenait au-dessus de moi, elle me flanquait des gifles.

Quand j'ai ouvert les yeux, elle a arrêté.

– Bon sang, ma puce, tu m'as fichu une de ces frousses !

Je l'ai regardée.

– Tu ne te réveillais pas.

Elle paraissait effrayée.

– Ton téléphone n'arrêtait pas de sonner et tu ne te réveillais pas.

J'avais ma ligne téléphonique personnelle ; Kelly avait trouvé le moyen de la bidouiller en la branchant sur une autre. Parfois j'écoutais la famille portoricaine à qui elle appartenait. La mère avait une liaison. Personne ne le savait à part le plus jeune fils.

– Qu'est-ce qui t'arrive ? a repris Lenore. Ça ne va pas ? Tu es malade ?

J'ai secoué la tête, lourde et pâteuse.

– Rien, rien. J'ai sommeil, c'est tout.

Elle m'a observée.

– Tu es sûre ? Tu es sûre que tu n'as rien pris ?

– Mais non, ai-je lancé, toujours à moitié dans le cirage. Qu'est-ce que tu veux que je prenne ?

Elle s'est assise au bord de mon lit.

– Tu sais que tu m'inquiètes, par moments.

Elle a posé une main sur mon genou.

– Ne t'en fais pas pour moi, ai-je répondu, déconcertée.

C'était sorti mécaniquement.

– Je vais bien.

– Vraiment ?

Elle avait l'air inquiète.

– Je te jure. Il faut que je voie qui m'a appelée. C'est peut-être pour notre enquête. Peut-être que Tracy a du nouveau.

– Votre petit jeu de détectives… Au moins, je sais que quand vous jouez à ça, vous êtes en sécurité. Hein ?

Elle a prononcé ces derniers mots avec une pointe de désespoir dans la voix. *Hein ?*

J'ai acquiescé.

Soudain, elle a tendu les bras et m'a attirée dans une étreinte maladroite.

– Tu sais que je t'aime, hein, ma puce ? Je sais bien que je ne suis pas la meilleure mère du monde, mais tu sais que je t'aime, hein ?

Je l'ai serrée à mon tour.

– Mais oui, maman. Je le sais.

Elle m'a lâchée et m'a souri.

– Okay. Rappelle ta copine. Il est tard, mais tu es en vacances, pas vrai ?

Et elle s'est levée. Avant de sortir toutefois, elle s'est retournée pour m'étudier. Son regard était tranchant et il m'a un peu piquée là où il m'a touchée.

– Quoi ? ai-je demandé.

– Rien, a-t-elle répondu sèchement. Tu as une mine de déterrée. Appelle ta copine.

Elle est partie. Je me suis levée, un peu flageolante, et j'ai appelé Tracy.

– J'ai fait un rêve, a-t-elle dit. J'ai rêvé de Chloe. Il faut qu'on aille la voir.

– T'as résolu l'affaire ?

– Je sais pas. Mais je crois qu'on peut la résoudre cette nuit.

Tout à coup, j'étais de nouveau vivante.

J'ai foncé à la salle de bains et je me suis fait vomir le reste des cachets.

Tracy m'a retrouvée sur mon perron. Il était deux heures et demie du matin. La rue était calme. Au loin, on entendait des moteurs isolés, des sirènes, un long sifflement grave. On a marché jusqu'au métro. On a allumé des clopes et impossible de différencier notre souffle gelé de la fumée. J'étais encore un peu étourdie et ralentie par les comprimés, mais je ressuscitais vite. À mesure qu'on avançait, à chaque pas la vie devenait plus réelle.

J'ai regardé Tracy et j'ai su que, comme moi, elle se sentait absolument, entièrement réelle. Le froid de l'air, l'odeur de la station de métro, le contact du métal glacial sous nos mains en prenant appui pour sauter les tourniquets, chaque sens était aiguisé, chaque sensation, nette et distincte.

Personne d'autre n'attendait la ligne G, personne d'autre n'occupait la rame et personne d'autre n'y est monté. Pourtant elle semblait aussi bouillonnante et animée qu'en pleine heure de pointe. La Claire d'hier soir était quelqu'un d'autre, parti depuis longtemps.

– C'était quoi ? ai-je demandé. Ton rêve.

Tracy a froncé les sourcils.

– Un truc avec Chloe. Faut qu'on la sorte de là.

– Quitte à la traîner de force.

– Oui. Quitte à la traîner de force, a-t-elle confirmé.

Je savais qu'on ramènerait Chloe à sa place naturelle. On y retournerait le lendemain s'il le fallait. Tous les soirs. Mais on la ramènerait à sa place.

« Le détective est maudit, écrit Silette en 1959. Résoudre des mystères est le seul moment où il sera véritablement en vie. Le reste de son existence ne sera qu'un flou lointain, intéressant uniquement dans la mesure où ce qu'il y voit peut lui servir dans son travail. »

CC et Chloe étaient assis sur le canapé du bureau du Diable. Dans le coin, un type qu'on n'avait jamais vu sniffait de gros rails de coke sur la table. En revanche, il était clair que CC et Chloe n'en avaient pas pris. Elle somnolait sur son épaule. Au milieu de la pièce, là où elle s'était donnée en spectacle la veille, un garçon d'à peu près notre âge essayait d'amorcer un truc avec un autre. Ils étaient tous les deux blonds aux cheveux courts et torse nu sur un jean. Le premier battait mollement les fesses du second.

– Plus fort, gémissait le second. Allez !

– La ferme, a répliqué le premier. T'es trop nul. Y en a même pas un qui regarde.

Chloe s'est réveillée à notre arrivée.

– Encore vous ! Qu'est-ce que vous voulez, putain ?

Tracy n'a rien répondu. Elle s'est approchée du canapé, s'est installée à côté de Chloe et lui a chuchoté à l'oreille.

D'abord, Chloe s'est cabrée et a violemment reculé.

– Casse-toi !

Elle l'a injuriée encore un peu, puis elle s'est levée pour partir mais Tracy l'a retenue, un jeu d'enfant même pour Trace la fluette. Chloe n'avait littéralement que la peau sur les os, l'abdomen concave.

Je ne savais pas ce que Tracy lui murmurait. Peut-être qu'elle me le dirait, peut-être pas. Tracy aimait les secrets.

Chloe a commencé à se tortiller un peu, à se détourner d'elle comme un bébé se détourne de la nourriture dont il ne veut pas mais dont il a besoin. Malgré tout, Tracy a continué à parler, elle a gardé les mains sur elle, la vissant sur place, et ne l'a pas lâchée. Au bout d'une minute, les traits de Chloe se sont détendus, apaisés. Plus proches du visage que je lui connaissais.

Et puis elle s'est mise à pleurer.

– Non, non, ai-je entendu Tracy lui susurrer. Tu ne savais pas. Ce n'est rien. Tout va bien.

Chloe a répondu quelque chose mais je n'ai pas compris quoi, puis elles ont chuchoté encore une minute. Chloe regardait Tracy comme si celle-ci lui apportait la réponse à une question qu'elle se posait depuis toujours.

J'ai réalisé qu'aucune, aucune des personnes présentes à part Tracy et moi ne se souciait que Chloe vive ou meure. Et qu'elle s'était délibérément, volontairement transportée là, dans ce séjour des morts où personne ne l'aimerait jamais.

Chloe s'est mise à sangloter et s'est agrippée à Tracy.
– Ne t'en fais pas, a dit Trace. Tout ira bien. Tout ira bien pour nous tous.

Elle s'est levée et Chloe avec elle. J'ai ôté mon manteau, je le lui ai drapé sur les épaules et ensemble on a quitté le bureau, traversé le club et émergé sur la Huitième Avenue.

D'abord on est retournées à l'appartement de Chloe et Reena. Chloe n'a pas cessé de pleurer. Elle pleurait dans le taxi, pleurait quand on est arrivées, pleurait en attendant dans le couloir pendant que Tracy parlait à Reena. Plus tard, j'ai appris que Tracy avait expliqué à Reena que Chloe n'était pas en état de la voir pour le moment. Reena a compris. Elle était trop contente de savoir son amie saine et sauve. Elle s'est enfermée dans sa chambre tandis que Chloe, toujours en larmes, passait dans la sienne et emballait quelques affaires.

– J'ai une tante, a dit Chloe. À L.A. Je veux aller chez elle.

– Tu es sûre qu'elle va t'accueillir ? a demandé Tracy. Tu ne préfères pas l'appeler avant ?

– Elle m'accueillera, a répondu Chloe, sur la défensive. Elle m'a dit que si un jour je me retrouvais dans le pétrin, je pouvais loger chez elle. Elle m'aime. Je sais qu'elle m'aime.

Elle a prononcé ces mots comme si on n'allait pas la croire. Comme si personne ne pouvait le croire.

Elle pleurait toujours en finissant ses valises, pleurait toujours quand on a pris le métro pour la gare routière et pleurait encore pendant qu'on rassemblait jusqu'à notre dernier penny pour lui prendre un billet de car à destination de Los Angeles, plus vingt dollars pour s'acheter à manger durant les cinq jours de trajet.

Le soleil s'est levé alors qu'on attendait à la gare routière. Les SDF occupaient la plupart des bancs. Les maquereaux et leurs poules à l'œil vif guettaient les prochaines arrivées.

Il ne se passait jamais rien de bon dans les gares routières. Jusqu'à aujourd'hui.

À huit heures, l'embarquement du car de Chloe a commencé. Elle nous a serrées chacune dans ses bras, très fort, toujours en pleurs.

— Merci, merci, a-t-elle dit à travers ses larmes. Merci à jamais et pour l'éternité.

Chloe est montée dans le car, sans cesser de pleurer. Tracy et moi avons repris le métro, ligne A jusqu'à la correspondance pour la F, puis la G pour rentrer chez nous.

Il était près de dix heures quand on est descendues à notre station de Brooklyn. Le soleil brillait et le froid s'était un peu atténué. Un an plus tard, Tracy disparaîtrait sans une trace et un an après ça, je quitterais définitivement Brooklyn, laissant Kelly toute seule avec le gâchis qu'on avait fait de nos vies. Mais pour le moment, Tracy souriait, ce qui était rare. Ses joues irradiaient et elle paraissait comme plus vivante. Plus à sa place dans le monde. Elle avait résolu ses mystères.

— Qu'est-ce qu'on va faire, aujourd'hui ? a-t-elle demandé, clignant des yeux dans le soleil radieux.

— Je sais pas. On ferait aussi bien d'aller en cours.

Et voilà pour l'Affaire de la Fin du monde.

## 52

*San Francisco*

Je me suis réveillée tard dans la fin d'après-midi crépusculaire, avec cette sorte de morosité désemparée qu'on ressent toujours quand on a passé la journée à dormir. Claude était parti. Je me suis fait un thé, je me suis refait un thé, et puis j'ai dit merde et je me suis fait un café.

L'Affaire de la Fin du monde. Ni Chloe ni Tracy ne m'avaient jamais raconté le rêve de Tracy ni ce qu'elle avait murmuré à l'oreille de Chloe.

Je me suis dit que ça ne pouvait pas faire de mal de reposer la question.

Il est facile de retrouver quelqu'un qui ne cherche pas spécialement à se cacher. Chloe Roman avait un compte Facebook, grâce auquel j'ai découvert qu'elle composait de la poésie et vivait à Los Angeles. À partir de là, il ne m'a fallu qu'une petite heure, dont la majeure partie passée à poireauter au téléphone, pour apprendre qu'elle n'avait pas de ligne fixe mais un portable, adresse de facturation dans le comté de Los Angeles.

J'ai reconnu sa voix aussitôt.

– C'est Claire, ai-je dit. Claire DeWitt, de Brooklyn.
– C'est pas vrai ! s'est-elle écrié. Ça alors. Claire. Salut. Waouh. Comment tu vas ?
– Très bien, ai-je menti. Et toi ?

On a bavardé quelques minutes. Je lui ai dit que j'étais détective privée et que j'habitais San Francisco. Elle le savait déjà. Elle m'avait cherchée sur le Net plusieurs fois. Elle m'a dit qu'elle était auteur, maintenant. Elle écrivait des scénarios pour le cinéma et la télé pour gagner sa vie, de la poésie pour le plaisir, et elle travaillait à un récit de son enfance à New York avec ses parents célèbres et négligents.

– Je vous ai cherchées, a-t-elle déclaré. J'ai fouillé sur la toile. J'ai lu tout ce qui te concernait et j'ai déniché quelques infos sur Kelly. Rien du tout sur Tracy, en revanche. C'est vrai qu'ils n'ont jamais trouvé le moindre indice ? Rien de rien ?

– C'est justement pour ça que je t'appelle. Je ne sais pas si tu te souviendras. Cette nuit-là, la nuit où Tracy et moi on est venues te chercher. Je me demandais... Elle avait fait un rêve. Elle t'en a parlé ? De son rêve ?

– Son rêve ? Tu veux dire le tien ?

J'ai senti ma tête tourner.

– Mon rêve ? Non, ce qui s'est passé, c'est que...

Je me suis interrompue.

– Chloe, qu'est-ce qui s'est passé, au juste ?

– Eh ben... Vous étiez déjà venues la veille et, euh... Bon sang, qu'est-ce que je m'en veux. J'ai pas été très sympa.

– T'inquiète. J'ai pas toujours été si sympa que ça non plus.

– Et donc, le lendemain, vous êtes revenues. Toi et Tracy.

– Et qu'est-ce qu'on a fait ?

– Ben, tu t'es approchée de moi. Je n'oublierai jamais. Tu t'es approchée...

– Attends, juste moi ? Ou toutes les deux ?

– Toi, Claire. Toi, toute seule. Tracy est restée devant la porte. Toi, Claire, tu es venue t'asseoir à côté de moi sur le canapé. Tu as posé ta main sur mon genou, elle était si chaude ! Et moi, j'ai essayé de me défiler – l'idée qu'on puisse m'aimer à ce point-là m'était insupportable, ça me rendait malade. Malade à en crever. Tu sais bien.

J'ai senti la pièce se mettre à tourbillonner autour de moi et je me suis allongée par terre. J'ai collé ma joue sur le sol froid et j'ai essayé de m'enraciner, mais j'avais l'impression de flotter à la dérive. Je savais, oui. Malade à en crever.

– J'ai essayé de me dérober mais tu m'en as empêchée, poursuivait Chloe. Et tu m'as parlé de ce rêve que tu avais fait.

– Qu'est-ce que j'ai dit ?

– Tu m'as dit que tu avais fait un rêve. Moi, j'étais, genre : *Qu'est-ce que tu veux que ça me foute ?* Et pourtant, tu n'as pas lâché, tu as commencé à me raconter ton rêve. Ton rêve avec le paon. Enfin, tu disais « paon », mais je pense que tu voulais dire « paonne », parce que c'était une fille. Bref, et donc, dans ton rêve, cette paon voulait trouver Dieu. Parce que Dieu était tellement en pétard contre les hommes qu'il avait éteint la lumière. Alors on était dans une ère de ténèbres, tu vois ? Comme ce que certaines personnes appellent le Kali Yuga ? On était là-dedans. Tout le monde se battait et s'entretuait et en gros, c'était un enfer. L'horreur. Comme en vrai, quoi.

« Et donc, cette paon, elle décide qu'elle va faire rallumer la lumière. Et bon, ce n'était qu'un pauvre oiseau imbécile et vaniteux, du moins c'est ce que tout le monde croyait. C'est vrai, quoi, ce n'était qu'une paon. Tout le monde se moquait d'elle et lui jetait des trucs. C'était la sainte patronne des putes, tu vois. Et c'était une fille. Sauf que personne d'autre ne pouvait voler aussi haut. En fait, ils n'essayaient même pas.

J'ai fourragé dans mon sac et j'ai mis la main sur un Percocet. Je l'ai croqué puis je l'ai avalé. Je me revoyais murmurer à l'oreille de Chloe, ma voix si jeune encore et pourtant je savais que je lui disais vrai. J'étais entièrement certaine d'être en vie, et d'appartenir à cette terre. *Les gens la prenaient pour une imbécile. Pour une pauvre imbécile dépravée dont personne n'avait rien à foutre et que personne n'aimait.*

Chloe a fait un drôle de bruit et je me suis demandé si elle pleurait. Mes mains tremblaient, j'ai sorti un autre cachet mais je me suis ravisée.

– Et finalement, elle réussissait, a repris Chloe. La paon. Elle volait, volait tant et si bien qu'elle trouvait Dieu. Alors elle lui racontait combien elle nous aimait. Elle lui expliquait qu'au fond on n'était pas si méchants que ça. Que bon, d'accord, on avait tout foiré dans les grandes largeurs, mais qu'on pouvait faire mieux. Qu'il faudrait peut-être plusieurs vies, ça n'arriverait pas tout de suite, mais qu'on était capables de s'améliorer. Qu'elle voyait le meilleur de nous, même si on avait tout gâché. Même si on avait merdé et tout foutu en l'air. Alors Dieu, il était tellement impressionné qu'il changeait d'avis. Il rallumait la lumière. Il ne pensait pas que ce n'était qu'une pauvre imbécile. Il pensait qu'elle venait de sauver le monde.

Un bras autour de Chloe, je l'attire près de moi, la chaleur monte aux points de contact, Chloe frissonne, elle sent le sang salé, métallique de ses blessures. J'essuyais des larmes sur mes joues.

– Seulement lorsqu'elle redescendait, me disait Chloe, me relatant l'histoire que je lui avais racontée, ce n'était plus une paon. La brûlure du soleil lui avait noirci les ailes, lui avait rougi le crâne et elle était devenue vautour, l'animal le plus sage de la terre, l'animal qui connaît tous les secrets.

Je murmure à l'oreille de Chloe, elle se tortille pour s'échapper.

*Ce n'est rien,* lui dis-je. *Tu ne savais pas. Bientôt on pourra redevenir des vautours. On n'aura plus besoin de faire semblant de ne pas tout savoir. Il faut juste qu'on grandisse un peu d'abord, c'est tout.*

– Claire ? Claire, tu es là ?

– Excuse-moi. Je suis là. C'est juste que... Je me rappelais les choses autrement, voilà.

– Oui, a dit Chloe. C'était tellement étrange de me raconter ça et pourtant quelque part, ça faisait sens. C'est vrai, ça donnait un sens à tout. À tout. Comme un poème.

On a gardé le silence une minute. Mes mains tremblaient.

– Claire ? a répété Chloe. Tu es là ?

– Je suis là.

J'étais trop là. J'étais plus là que je ne voulais jamais l'être. Chloe m'a parlé de ses enfants, de son mari, de son écriture. Sa vie avait l'air chouette.

– Tout ça, c'est grâce à vous, a-t-elle dit. Toutes les belles choses qui me sont arrivées, c'est à Tracy et à toi que je les dois. Parce que vous êtes venues me repêcher. Parce que vous n'avez pas abandonné.

– Non. C'est à toi que tu les dois. Parce que *toi*, tu n'as pas abandonné.

– Non.

Elle s'est mise à pleurer.

– J'ai deux merveilleux enfants, c'est comme deux petits miracles, ils sont totalement normaux et pas fous. Grâce à toi, Claire. Grâce à ce que tu m'as dit.

Ça me revenait, à présent : mon réveil au milieu de la nuit, mon appel à Tracy, ma tête encore ensuquée par les médocs. *Faut qu'on la sorte de là. J'ai fait un rêve.*

– Et Tracy, poursuivait Chloe. Je n'ai plus jamais eu de nouvelles. Pas depuis la dernière fois.

– En fait, personne ne... ai-je commencé avant de stopper net.

Le Percocet agissait. Je me sentais aussi proche de l'inexistence que possible. À part que j'avais un truc en travers de la gorge.

– La dernière fois ? ai-je lancé. Quand est-ce que tu as parlé à Tracy pour la dernière fois ?

– J'étais déjà à L.A. depuis quelque temps. Elle m'a contactée. Elle a trouvé le numéro de ma tante et elle m'a appelée.

Une sueur froide m'a couru dans la nuque.

– Quand ?

– Environ un an après mon arrivée ici. Peut-être un peu plus.

Tracy avait disparu le 11 janvier 1987. Chloe avait pris le car pour Los Angeles le 14 janvier 1986.

– Alors c'est vrai que personne n'a jamais rien découvert sur elle ? a repris Chloe. Même pas toi ?

– Oui. C'est vrai. Cela dit, je viens d'avoir une petite idée.

Elle m'a demandé des détails mais je n'ai pas voulu lui en donner. Ce n'était qu'une idée.

Mais une putain de super bonne idée.

On a raccroché en se promettant de se voir et de se donner des nouvelles. Peut-être qu'on le ferait.

En attendant, je suis restée étendue par terre un moment.

Peut-être que de tout ce que je croyais savoir, c'était sur l'histoire de ma propre vie que je me trompais le plus.

Quand j'ai raccroché, j'avais un message de Claude. Je me sentais un peu faible et vaseuse. J'ai bu un jus d'orange, pris une douche et sniffé une ligne avant de le rappeler.

— Hello, ai-je fait. Salut. Je veux dire, c'est moi. Alors, quoi de neuf ?

Claude a marqué un silence. J'ai senti une goutte de sang couler de mon nez et je l'ai essuyée de la main.

— Vous allez bien ? a demandé Claude.

— Ben oui. Très bien. Alors, quoi de neuf ?

— Je crois que j'ai identifié la guitare. J'ai épluché tous les comptes et les reçus de Paul et je l'ai retrouvée. La guitare manquante. Celle qui a été volée. C'est une Wandrè. Il l'a achetée il y a deux ans et je suis à peu près sûr qu'il ne l'a jamais revendue ni échangée. Elle s'est volatilisée. Ça vous est utile ?

— Oui, ai-je dit, et j'ai ajouté que je le rappellerais.

Dans ma tête, j'ai poussé Chloe, Tracy et Claude dans un coin. J'ai repris un peu de coke, j'ai allumé mon ordi et je me suis documentée sur les guitares Wandrè. Elles ne couraient pas les rues. Celle de Paul rapporterait une somme rondelette si le voleur la refourguait à la bonne personne, mais cette bonne personne serait difficile à trouver. La marque était quasiment inconnue. Et ceux qui la connaissaient lui vouaient un véritable culte, ce qui rendait celle de Paul compliquée à vendre. Un cambrioleur ordinaire l'aurait laissée passer. Une seule catégorie de gens aurait pu l'embarquer : quelqu'un qui voulait la garder pour en jouer.

Les Wandrè avaient été fabriquées en Italie par Antonio Vandrè Pioli dans les années 1950 et 1960. C'étaient des guitares étranges – formes insolites, couleurs inhabituelles, manches métalliques, ajouts électroniques mis au point par Pioli lui-même. Je n'arrivais pas à bien cerner l'histoire de Pioli et de ses Wandrè. Quelqu'un disait qu'il concevait des motos et que c'était de là que lui venaient ses idées ; un autre, qu'il avait travaillé dans une usine d'aéronautique ; un troisième, que son père était luthier. Rien de tout cela ne sonnait vrai. Au bout de quelques heures sur la toile, je suis tombée sur une autre histoire : en 1955, Antonio Pioli était effectivement le fils d'un luthier, un homme qui fabriquait des guitares insipides et ennuyeuses. Le jeune homme aurait préféré faire n'importe quoi plutôt que de bosser dans l'atelier de son père, qui pour lui avait un parfum d'échec et de désespoir. Et puis voilà qu'un soir, Antonio, la trentaine bien tassée mais vivant toujours comme un petit garçon, avait été terrassé par une terrible fièvre. Le docteur était venu. La fièvre était si forte qu'il l'avait couvert de glace et s'était mis à prier. Antonio avait passé la nuit à crier et à se tordre et finalement, un peu avant l'aube, la fièvre était tombée. Quelques jours plus tard, quand il avait pu quitter le lit, il s'était levé et avait fabriqué sa première Wandrè, une hérésie informe rouge vif et vert pétant, en expliquant que le dessin lui était apparu en rêve la nuit où il avait frôlé la mort. Personne ne croyait qu'elle fonctionnerait. Personne ne croyait que ça plairait. Tout le monde se trompait. Antonio avait fait carrière en fabriquant certaines des meilleures grattes que le monde ait jamais connues. Et puis, en 1970, aussi brusquement qu'il avait commencé, il avait abandonné les guitares et n'avait plus jamais remis les pieds dans son atelier. On racontait qu'il était tombé amoureux de la mauvaise femme. Que son cœur, une fois brisé, s'était aigri et qu'il n'avait jamais pu retrouver l'inspiration pour construire quoi que ce soit. Nul ne semblait savoir ce qu'il était devenu après.

Je pensais que cette histoire était vraie.

J'ai demandé à Claude de m'envoyer la référence de la guitare de Paul et il s'est exécuté. C'était un modèle Doris, supposément du nom de la femme qu'aimait Pioli.

J'ai rappelé Claude.

— C'est ça, Claude. C'est l'indice.

— *Un* indice ou *l'*indice ?

— *L'*indice. Le seul. Celui qui a tué Paul voulait cette guitare. Je ne peux pas croire qu'il l'ait tué pour ça, mais il n'a pas pu résister.

— Alors, vous pensez que c'est un des amants de Lydia ? Ou une des maîtresses de Paul ?

— Je pense que c'est une personne qui en aimait énormément une autre.

## 53

Dans la soirée, j'ai tapé de bonnes poutres de coke sur le comptoir de ma cuisine et j'ai rappelé Kelly.

– Salut, a-t-elle marmonné.
– Salut. Tu te souviens de Chloe Roman ?
– L'Affaire de la Fin du monde, a fait Kelly.

Je lui ai dit ce que Chloe m'avait appris – qu'elle avait eu des nouvelles de Tracy bien après l'affaire, peut-être même après la dernière fois que Kelly et moi avions vu Trace.

– Merde, a lancé Kelly. Elle en est sûre ?
– Non. Elle ne sait pas trop.

Kelly n'a rien répondu.

– C'est quoi cette histoire avec les illustrés ? ai-je demandé. Pourquoi ils sont si rares ?

– Je sais pas. C'est super bizarre. Apparemment, il n'y avait presque pas de tirage, et sur le peu d'exemplaires effectivement tirés, il n'en est resté que quelques-uns.

Kelly s'est tue un moment. Mais je savais qu'elle n'avait pas terminé.

– À l'époque... a-t-elle fini par reprendre, à l'époque, on ne savait pas ce qui était normal, alors ils nous paraissaient normaux, ces bouquins. Mais maintenant, en y repensant, tu ne les trouves pas un peu étranges ? Tu n'as

pas l'impression qu'ils étaient écrits juste pour nous ? Que ce n'était pas du tout des illustrés ordinaires ?
— Si. Je me suis déjà dit ça.
— Et tu n'as jamais réfléchi, a-t-elle répliqué avec une pointe de reproche dans la voix, une pointe de colère, au caractère extraordinaire de tout ça ? La découverte de *Détection* chez tes parents, le bibliobus, les illustrés. La manière dont tous ces éléments semblaient s'imbriquer, semblaient conspirer pour faire de nous ce qu'on est ? Franchement, c'est quand même une putain de coïncidence.
— Bien sûr que si, j'y ai réfléchi.
Je n'y avais pas réfléchi, pas réellement. Le destin nous distribue nos cartes, on joue avec.
— Non mais sérieux, on est qui, en fait ? Tu t'es déjà posé la question ? On est qui ?
Kelly en avait terminé, elle a raccroché. J'ai senti un frisson au fond de moi et j'ai su qu'elle ne se trompait pas.
On était qui ?

# 54

On ne savait pas quel jour ni à quelle heure Rob Scorpio répétait. Claude a appelé le studio et on lui a appris que le groupe avait un créneau hebdomadaire le jeudi à vingt heures trente. Seulement quand on s'est pointés le jeudi, c'étaient les Rabid Elves qui répétaient. Ils nous ont dit qu'ils avaient permuté avec Scorpio Rising, à qui ils avaient cédé leur place du vendredi à vingt deux heures. Les Rabid Elves étaient drôlement bons, je leur ai suggéré de changer de nom mais la chanteuse, une grande Latino tatouée de partout qui s'appelait Marie, m'a envoyée me faire foutre. Soit. Le vendredi à vingt deux heures, on est revenus pour tomber sur les Lucky Strike, un groupe de surf rock équipé de Strat blanches et d'un orgue Farfisa. Ils ne connaissaient pas les Scorpio Rising. Ils avaient interverti leurs horaires avec « les mecs qui jouent des bâtons de pluie ».

Je ne voulais pas effrayer le jeune Scorpio, alors j'ai préféré ne plus poser de questions. À la place, j'ai chargé Claude de faire le guet jusqu'à ce que Rob débarque. On pensait que ce serait un soir de semaine (la location est moins chère les soirs de semaine) et à une heure tardive (je ne voyais pas Rob comme un lève-tôt). Claude a planqué devant le studio le lundi soir, puis le mardi soir, puis le mercredi soir. Il n'avait encore jamais exercé de surveillance intensive. Je lui ai expliqué le topo. Boire peu de liquides et prévoir des bouteilles vides. Se munir de livres audio ou de bonne musique – on ne peut pas se fier à la réception radio. Tout ce qui favorise la concentration est bon à prendre – café, thé, cocaïne, psychostimulants – et tout ce qui engourdit est à éviter – repas lourds, opiacées, marijuana.

Jeudi est passé. Vendredi. Samedi. Dimanche. Lundi, Claude a basculé sur la journée.

Le mardi soir, j'ai réexaminé tous les indices, le dossier complet. Il était maigre et décousu. Peut-être mon pire dossier depuis toujours. Même l'affaire des chevaux miniatures était plus dense et mieux structurée. Je me suis réintéressée au 45 tours des Tearjerkers, le premier groupe de Lydia. J'ai mis la face B cette fois, *Never Going Home*. Ils étaient puissants, en phase, remarquables et très, très bons. Pas étonnant qu'ils aient connu un certain succès après ça.

Je me suis repenchée sur la pochette. Produit par Kristie Sparkle. Deux minutes sur Internet et j'ai retrouvé la femme autrefois connue sous le nom de Kristie Sparkle, devenue Kat Dandelion, herboriste dans le comté de Marin. Sur sa page Facebook, elle écrivait :

*Je suis également connue sous les noms de Kristie Sparkle, Mistress Kitty, Kris K., Kristine Katalyst et Kristen Bachman. J'ai été productrice de musique, travailleuse sexuelle, artiste de cirque et body-pierceuse professionnelle. Je suis désormais herboriste dans le comté de Marin. Je suis spécialisée dans les miracles.*

La traversée du pont du Golden Gate n'en finit pas d'être magnifique. N'importe quel jour et par n'importe quel temps, c'est une splendeur différente. Au bout d'une quinzaine de kilomètres j'ai bifurqué sur Sir Francis Drake Boulevard, que je n'ai jamais réussi à prendre pour une vraie route (je m'attends toujours à ce qu'un type à chapeau et lavallière débarque pour me renvoyer sur la 101) avant de m'enfoncer dans les bois aux alentours de Fairfax. La maison de Kat Dandelion était perchée en haut d'une colline qu'on aurait peut-être qualifiée de montagne dans un autre État. Une haie sèche entourait son terrain, juste assez haute pour se prémunir des cerfs, dont un louchait présentement sur les plantes à l'intérieur.

Avant de descendre de voiture, j'ai tiré une paire de dés de mon sac. L'un était en lapis et l'autre en jade. Je les ai lancés sur le siège passager.

Double 1. Pas très encourageant. J'ai estimé que ça m'autorisait une petite sniffette de plus. Je m'étais octroyé quelques lignes avant de partir et leur effet se dissipait à fond de train.

– Ils ne les mangent pas, a lancé Kat en sortant de chez elle pour m'accueillir.

Elle parlait des cerfs et de ses plantes.

– Elles sont trop puissantes. Seulement ils ne s'en souviennent qu'une fois qu'ils ont tout goûté et tout piétiné à mort.

Kat avait la cinquantaine, une longue robe blanche et un turban blanc orné d'une broche dorée sur le front. Elle m'a conduite à l'intérieur et on s'est installées à une table en bois dans une ancienne cuisine transformée en bureau/cabinet de consultation. Des bocaux de plantes étiquetés de leur nom latin tapissaient les murs. *Camellia sinensis* ; *Trifolium pratense* ; *Amanita muscaria.* Une longue table d'examen attendait un patient.

On était assises. Je me suis soudain sentie gênée de mon incapacité à me tenir tranquille, ce qui m'a fait m'agiter encore plus. Ça n'avait pas l'air de déranger Kat Dandelion.

– Alors, a-t-elle dit. Qu'est-ce que je peux faire pour vous ?

– Je vous ai menti quand j'ai pris rendez-vous. Je ne suis pas vraiment venue vous voir pour les plantes. Je suis venue vous voir à propos de Lydia Nunez.

Ça n'a pas semblé la surprendre.

– Pourquoi avoir menti ? a-t-elle demandé.

– Je pensais que vous risquiez de refuser. Je vous paierai quand même la consultation. Ça reste un rendez-vous.

Elle m'a saisi le poignet. Elle m'a examiné les ongles tout en prenant mon pouls.

– Seulement si vous me laissez faire quelque chose pour votre foie surchauffé, a-t-elle déclaré.

– Je vois déjà quelqu'un, ai-je expliqué, comme si on sortait ensemble.

– Vous suivez ses prescriptions ?

– Pas vraiment.

– Vous avez la même chose aux poumons. Chaud et sec.

Elle s'est levée et a commencé à tirer des bocaux de ses étagères.

– Si je vous donne un mélange qui n'a pas bon goût, j'imagine que vous ne le boirez pas ?

– Il y a des chances.

Elle a hoché la tête et s'est remise à chercher.

– Allez-y, posez-moi vos questions sur Lydia, m'a-t-elle dit, le dos tourné. J'ai appris que son mari s'était fait tuer.

– Oui. C'est ce qui m'amène. Je suis détective privée. Et ce sont des amis. Enfin, c'étaient.

– Vous voulez dire que vous n'êtes plus amis ?

– Non. Je veux dire que Paul est mort.
– J'avais vu Lydia peu de temps avant.
– Ah oui ?

Elle s'est retournée, les bras chargés de bocaux. Elle les a déposés sur la table. Dans un placard, elle a pris un sachet en papier kraft.

– Oui.
– Pour quelle raison ?

Elle m'a regardée.

– Je ne vous le dirai pas.

Elle a entrepris de verser des herbes dans le sachet, qu'elle mélangeait à la main. Je me suis rappelé les dés. Double 1.

– Ça pourrait m'aider à résoudre l'affaire. J'essaie de découvrir l'assassin de Paul.

Elle s'est interrompue, tenant son bocal en l'air pendant une longue seconde avant de poursuivre.

– Mon boulot, a-t-elle dit, consiste à créer des miracles. Les gens viennent me voir quand ils n'ont plus d'autre espoir. Mon rayon, c'est les possibilités. Les faits, c'est le vôtre.

Sur le sachet, elle a noté les plantes qu'elle y avait mises. Menthe, chrysanthème, chèvrefeuille.

– Je ne suis pas ce genre de détective. Je veux juste savoir qui a tué Paul.

– Est-ce qu'il sera moins mort si vous le trouvez ?

– Peut-être. Peut-être qu'une partie de lui, quelque part, sera moins morte.

J'ai failli dire : *Peut-être que moi, je serai moins morte*, mais j'ai réfléchi et je me suis rendu compte que ce n'était pas vrai.

Elle a refermé le sachet et l'a secoué.

– Faites-vous des tisanes. Inutile de laisser infuser trop longtemps, c'est surtout des fleurs. Il y en a pour vous refroidir le foie et d'autres pour vous stabiliser. Vous avez besoin de repos.

Elle m'a tendu la tisane et je l'ai prise.

– Et appliquez-vous ça dans le nez.

Elle m'a tendu un petit tube format baume à lèvres.

– Ça l'empêchera de saigner.

Sans réfléchir, j'ai porté une main à mes narines. Elle est revenue avec des traînées rouges.

– Quand vous serez prête à arrêter, faites-moi signe, a-t-elle continué. Je suis désolée de ne pas pouvoir vous en dire plus sur Lydia.

– Vous pourriez. Sauf que vous ne voulez pas.

– Oui. C'est vrai. Je suis désolée de ne pas vouloir vous en dire plus.

Je lui ai réglé sa consultation et ses plantes et je suis partie.

J'ai poussé jusqu'à Monte Rio pour faire un point sur les chevaux miniatures.

– On a plein de pistes, ai-je dit Ellwood James. Plein de nouveaux éléments. Mais encore rien de concluant.

Après, j'ai roulé jusqu'au Point mystère. Jake était dans son bureau. On est allés s'asseoir à une des tables de pique-nique.

– Alors, il y a des pistes ? lui ai-je demandé.

– Pas vraiment. D'après moi, le gars a un problème de couguar. Ou de lynx. Il aurait dû y penser avant de se mettre à rétrécir des canassons.

Les choses auxquelles on aurait dû penser pourraient remplir l'océan. Quand je suis remontée en voiture, mon cœur battait à toute vitesse suite au rail que je m'étais enfilé dans les toilettes du Point mystère. J'ai attendu qu'il ralentisse avant de démarrer. Le soleil était rayonnant et chaud dans le parking, presque comme l'été, presque comme un bienfait.

## 55

Cent dix jours après la mort de Paul, vendredi après-midi, à seize heures, Claude m'a appelée : il avait repéré Rob. J'étais chez moi en train de m'habiller et d'attaquer ma journée en faisant mine d'avoir quelque chose à faire. Je n'avais rien à faire. J'avais laissé tomber toutes mes autres affaires. Je pouvais à peine rejoindre ma voiture sans m'arrêter pour reprendre mon souffle et mes idées avaient perdu tout contour distinct, elles s'entremêlaient et s'entrecoupaient aux points de rupture et de déchirure. Je venais de finir de me préparer et sniffais des lignes sur le comptoir de ma cuisine pendant qu'une vidéo d'Iggy Pop chantant *Gimme Danger* passait sur mon ordinateur.

J'avais imaginé tout un super déroulement des événements où on suivrait Rob jusque chez lui, on le prendrait par surprise et je serais la détective professionnelle pondérée et Claude mon fidèle assistant. Sauf que j'étais furax, complètement défoncée et pas spécialement rationnelle, alors j'ai sauté dans ma voiture, bombé jusqu'au studio, arrêté la caisse au beau milieu de la rue, foncé à l'intérieur, attrapé Rob par la peau du cou de son fichu blouson en cuir – il était tourné vers le batteur et le bassiste, en train de s'accorder – et pressé mon flingue contre sa joue.

– Coucou, ai-je dit. C'est Claire.

Les autres membres du groupe contemplaient la scène comme si on n'était pas réels et n'ont rien dit, rien fait. Les yeux écarquillés, ils m'ont regardée m'en aller en embarquant Rob avec moi.

On a conduit Rob chez Claude, à Berkeley. Ce n'était pas ce qu'on avait prévu mais ça se tenait. Pour Claude. Je planais à dix mille et j'avais des épines dans la tête et la tête dans le sac, alors je m'en suis remise à son jugement. Il partageait un trois pièces avec un coloc, gai et fringant étudiant comme lui, qui était en train de se préparer des œufs brouillés à notre arrivée. Claude l'a poussé dehors avec toutes ses excuses.

Il a attendu dans le salon pendant que j'entraînais Rob dans sa chambre impeccable. Je tenais à ce que Claude reste là pour deux raisons : d'une part pour arrêter Rob s'il tentait de s'enfuir, d'autre part parce que je pensais que ça me faciliterait la tâche. Je supposais qu'un autre homme le mettrait davantage sur la défensive qu'une femme seule. Ce n'était qu'une intuition, mais elle était juste.

Rob avait l'air prêt à pleurer quand je l'ai poussé dans le fauteuil de bureau de Claude. Un poster accroché au mur disait : FOIRE AUX LIVRES DES DIPLÔMÉS ! NE LA RATEZ PAS ! En dessous, une carte postale montrait Vladimir Nabokov assis à une table de travail, regardant vers l'objectif comme si on le dérangeait. Désolée, Vladimir, il y en a qui on des mystères à résoudre, là.

– Raconte-moi, ai-je lancé. Raconte-moi Lydia et Paul. Et n'essaie surtout pas de me mentir. Même pas en rêve.

– Je sais pas pourquoi vous vous en prenez à moi, a fait Rob, effrayé, indigné et arrogant.

Maintenant que je le tenais entre quat-z-yeux, je voyais combien il était jeune, immature. Il avait les cheveux coupés court comme un petit garçon. Son visage était sans rides et sans sagesse, son regard vide mais cherchant à donner le change. Je ne l'avais pas laissé en placer une pendant le trajet. À présent, les mots se déversaient, faux-fuyants et mensonges trop empressés.

— Je connaissais à peine Paul. C'est vrai, quoi, okay, je suis tombé amoureux de sa femme et je sais que c'est nul à chier. Mais bon, c'est des choses qui arrivent. Il avait qu'à la traiter mieux que ça. Peut-être qu'il se serait rien passé s'il l'avait mieux traitée.

Je l'ai regardé. Quel petit rien du tout ! Quel petit ver de terre ! Surtout par rapport à Paul. Paul qui était mort alors que ce merdeux était en vie.

Je me suis assise sur le lit de Claude et je me suis laissée aller à songer à ce qu'il ne fallait pas. À Paul. À Paul qui ne reviendrait pas, même quand tout le monde saurait qui l'a tué. Le musicien dans le séjour avec le pistolet. La détective dans son appartement avec le billet de cinquante roulé en paille. Je ne pourrais jamais lui raconter comment j'avais résolu son fameux meurtre. Du moins pas dans un avenir proche.

Rob s'est levé comme si je l'autorisais à partir.

— Non, non, ai-je dit en bondissant sur mes pieds et en le remettant en joue. Fini de rêvasser. On se concentre, maintenant.

Je ne savais pas quoi dire. Je n'avais aucun plan. J'avais compté sur la divine providence pour me fournir les indices. La divine providence avait séché. Je ne savais pas quoi dire.

— Je comprends pas ce que vous me voulez, a-t-il protesté d'un ton geignard. Je sais que dalle sur tout ça, moi.

Brusquement, j'ai su que le moment était réel. Brusquement, j'ai su que j'étais vivante et j'ai su exactement quoi dire. J'avais les idées claires et les drogues qui bouillonnaient en moi se sont affûtées en quelque chose de cruel et tranchant, quelque chose qui aurait le fin mot de l'affaire.

– Non, ai-je dit. C'est fini, maintenant.

Tout était entièrement, complètement réel.

– C'est fini d'inventer des salades et de te comporter comme un gosse. Tu t'es retrouvé embringué dans des histoires que tu n'étais pas à même de comprendre et pas à même de gérer. Ça nous est arrivé à tous. Seulement tu peux pas revenir en arrière et changer ce qui s'est passé en débitant des bobards aujourd'hui.

Il avait les yeux humides mais s'efforçait de garder un air dur et impassible.

– Maintenant, ai-je poursuivi, il est temps de te comporter en homme et de mettre un terme à tout ça, pour qu'on puisse tous passer à autre chose.

Il s'est mis à pleurer. Je l'ai laissé faire.

– Je sais que tu as la Wandrè de Paul. Elle va être super facile à retrouver maintenant que je suis au courant. J'ai déjà mis ton téléphone sur écoutes.

Ce n'était pas vrai.

– Je t'ai organisé une surveillance non-stop à la minute où tu sortiras d'ici.

Ce n'était pas vrai non plus.

– Tu n'as aucun moyen de t'en tirer. Aucun. C'est terminé.

Il regardait tout sauf moi. Ses larmes ruisselaient et son nez a commencé à couler. Fini le beau punk altier. Est-ce que tous les hommes étaient comme ça sous la surface ? Toutes les femmes ? Est-ce qu'il restait un seul individu capable d'aller à la chaise électrique en clamant son innocence ou en lançant des sarcasmes au bourreau ? Ou bien est-ce qu'on se sentait tous tellement coupables de tout, tout le temps, que quand on finissait par tuer quelqu'un, on était prêts à confesser une vie entière de péchés ?

— Alors parle, ai-je conclu. Et crois-moi, je suis la personne à qui parler. Tu ne me trouves pas très sympathique et tu as raison. Mais je sais reconnaître la vérité et si tu me la dis, je te croirai. Je veillerai à ce que tout le monde te croie.

Il a serré très fort les lèvres, son visage s'est contracté et il a fixé le plancher pendant une longue minute. Sans bouger la tête, il a levé les yeux vers moi.

— C'est moi qui l'ai tué, a-t-il dit. Je sais que c'était mal... Quelle merde. Je voulais pas. Je voulais rien de tout ça. Il... Il a débarqué et il nous a trouvés. Lydia et moi. Ensemble. Elle était au courant de rien. Je veux dire, évidemment, elle savait qu'il nous avait vus, mais... il avait juste fait demi-tour et il était reparti. Lydia savait qu'il était vénère, mais rien d'autre. Ça s'est passé plus tard, plus tard ce soir-là. On est sortis et après, Lydia est allée au club avec sa copine et moi, je suis retourné à la maison. J'y suis retourné et... Et...

Il a regardé le mur. Nouvelle crise de larmes. Sa bouche tremblait.

— C'était pas mal, ai-je dit. Mais pas encore assez. Maintenant, dis-moi la vérité.

Il s'est tourné vers moi.

— C'est ce que je viens de faire, a-t-il répondu, égaré. Je viens de vous dire ce qui s'était passé.

— Non. Dis-moi la vérité.

— Je vous l'ai dit. C'est moi qui l'ai tué.

— Non. Maintenant, dis-moi comment Lydia a tué Paul.

# 56

Mon esprit était immobile et toute mon attention focalisée sur Rob Scorpio. J'étais absolument en vie ; je percevais l'odeur de diesel dans l'air et j'entendais trois moineaux gazouiller au-dehors. Dans l'appartement d'à côté, quelqu'un prenait un bain. Une puissante ligne de basse sortant d'un véhicule à 800 mètres de là a vibré dans ma poitrine.

– T'es un brave mec, ai-je dit à Rob, et je le pensais.

Peut-être que dans une autre vie il aurait droit à une remise de peine pour bonne conduite. Peut-être même dans celle-ci. Il n'avait pas tué Paul et on le savait tous les deux. Je ne connaissais personne qui soit prêt à écoper pour quelqu'un qu'il aimait. Pas dans le Kali Yuga. Pourtant, lui, si.

– Seulement tu vois, personne ne gobera ton histoire, ai-je poursuivi. Jamais. Elle est fausse et on le sait aussi bien l'un que l'autre. Le mieux que tu puisses faire pour Lydia, maintenant, c'est de me dire la vérité.

– Et merde, a-t-il lâché, et ses larmes ont redoublé.

– Tu ne peux pas la sauver. Je sais que c'est ce que tu veux. Et je t'admire d'essayer, sincèrement. Sauf que ça ne fera que la desservir si son nouveau petit copain tente de se faire accuser à sa place. Ça ne la rendra pas très sympathique.

Je ne savais pas si c'était vrai ou non mais ça sonnait juste.

– Tu étais chez eux, ai-je repris. Chez *lui*. Tu étais avec Lydia. Alors, qu'est-ce qui s'est passé ? Paul a débarqué ?

Il a reniflé, fouillé la pièce du regard à la recherche d'un miracle et n'en a pas trouvé. Peut-être que Dieu en distribuerait demain mais là, aujourd'hui, à Berkeley, il était à sec.

– Oui, a-t-il fini par souffler, la tête baissée, la voix à peine plus forte qu'un murmure. C'est ça.

– Oui ?

J'ai tâché de me faire toute douce. Ça a marché.

– Il… Il a débarqué pendant que j'étais là.

J'ai senti qu'il allait tout me raconter. Tout était fini, maintenant. Il a dégluti avant de poursuivre.

– Elle pensait… on pensait tous les deux qu'il était parti pour un bon bout de temps, sauf que sa caisse est tombée en panne. Putain d'alternateur.

Il a dit ça d'un ton rageur, comme si c'était la faute de la voiture si Paul était mort. L'alternateur était tombé en rade alors Paul devait mourir. Pas le choix.

– Et donc, il a déboulé sans crier gare. On n'était pas… enfin, pas vraiment. On était sur le canapé et on se faisait juste… on batifolait, quoi.

« Et donc, il arrive et là, c'est l'hallu. Forcément que c'est l'hallu. L'autre, il trouve un mec quasiment en train de sauter sa femme, moi aussi je péterais les plombs, c'est clair. Ça, je comprends. Mais… Je sais pas. La rage, la putain de rage qui les a pris tous les deux, c'était de la folie. Comme si… comme s'ils se détestaient. Et bon… putain, je sais que ça paraît délirant…

– Rien ne me paraît délirant, ai-je dit.

Ses sanglots ont diminué et il a eu un frisson.

– C'était comme si j'avais su, a-t-il déclaré.

Maintenant, il avait quelque chose dans les yeux, quelque chose de vrai.

– Quelque part, à leurs regards, à leur façon de se hurler dessus... j'ai eu cette pensée, cette pensée horrible : *On sortira pas tous d'ici vivants*. J'ai commencé à flipper mais je me suis dit : *C'est bon, détends-toi. C'est qu'une engueulade et okay, ça fout les boules, mais du calme. On est tous adultes, on va régler ça en adultes.*

– Sauf que ça a tourné autrement.

Rob a secoué la tête.

– Ils gueulaient à propos de... de tout, en fait. P... il arrêtait pas de répéter : *Je le savais, j'en étais sûr, tu m'as jamais aimé, t'as passé ton temps à me tromper.* Et elle : *Le plus drôle, c'est que justement, je t'aimais, pauvre con, avant que t'ailles tout foutre en l'air.* Vous voyez le tableau.

J'ai hoché la tête. Je voyais. Il suffisait d'un seul mot, comprenais-je à présent. Un seul mot pour tout terminer. Ou tout recommencer.

– Alors ils se prennent la tête comme ça pendant des plombes et moi, je suis là, assis dans mon coin. Et je vous dis, je... je me sentais de plus en plus angoissé. Complètement en panique, en fait, parce que, je sais pas, je crois que...

– Oui ? l'ai-je incité en douceur.

– Je m'en rendais pas compte sur le moment, mais maintenant, je crois que le truc, c'est qu'ils se disputaient exactement comme mes parents quand ils se fritaient avant de se taper dessus pour de bon, d'essayer de s'entretuer et tout. Et c'est pas passé loin, des fois. Un jour, ma mère, elle s'est retrouvée dans le coma, on savait pas si elle allait s'en sortir. Les flics attendaient carrément dehors, prêts à embarquer mon père pour meurtre, et puis finalement elle est pas morte. Enfin, après elle est morte quand même, d'un cancer. Mais bon, bref, voilà, c'était pareil, la même électricité dans l'air.

Soudain, mon visage était trempé et je me suis aperçue que je pleurais aussi. J'avais de la peine pour lui, le malheureux. J'avais de la peine pour nous tous, pour le monde entier. Nos pauvres cœurs. Pas étonnant qu'on ait tant de mal à en trouver ces temps-ci. Ils se cachaient de nous, s'efforçaient de préserver le peu de vie qu'il leur restait pour quelqu'un qui saurait les apprécier. Ou au moins ne pas les assassiner.

– Donc, ils sont là à s'engueuler et tout d'un coup, je sais pas comment, Lydia tient mon flingue. Alors là, j'ai su – je veux dire, *vraiment* su. Au moins un de nous trois n'en sortirait pas vivant. Et...

– Une minute, l'ai-je interrompu. Tu avais un flingue ? Et subitement, il se retrouve entre les mains de Lydia ? Tu le lui as donné ?

Il a secoué la tête.

– J'aurais jamais fait ça. J'ai grandi à la campagne, les armes faisaient partie de la vie. On s'en servait parfois à mauvais escient, comme quand mes parents se bastonnaient, mais on en avait aussi besoin pour les crotales, les couguars, tout ça. On appelle pas le 911, là-bas. C'est uniquement pour ça que j'en avais un. J'étais habitué à le trimballer, à me sentir protégé avec. Et puis vous savez, quand on vit dans la rue et tout... Mais bon, j'y faisais super gaffe, quoi. J'en ai jamais abusé ni rien. D'ailleurs, presque personne était au courant que je l'avais.

J'ai songé qu'avant cette nuit-là, il avait deux objets de fierté dans sa courte et malheureuse existence : son pétard et sa relation avec Lydia. Maintenant, les deux étaient foutus.

– En tout cas, introduire une arme dans... chez des gens, comme ça, dans une dispute, j'aurais jamais fait ça. Jamais.

Il s'est tu et a regardé par terre.

– Je crois pas, a-t-il conclu.

– Je crois pas non plus. Mais je ne pige pas. Dans ce cas, d'où est-ce que Lydia l'a sorti ?

– Eh ben, a-t-il répondu, un peu gêné, comme s'il avait honte de le reconnaître. Je l'avais dans mon sac. Mon sac à dos. Je vivais dans un squat à Oakland et...

Il m'a regardée.

– D'accord, la vérité vraie, c'est que je crois qu'elle me l'avait piqué avant. Je pensais qu'il était dans mon sac, vous voyez, parce que c'est là que je le mettais. Je préférais pas le laisser au squat, c'était pas très sûr, alors je le gardais avec moi. Mais honnêtement, je suis incapable de vous dire quand je l'avais vu pour la dernière fois. Elle a pu le prendre ce soir-là quand il a débarqué ou elle pouvait l'avoir depuis une semaine.

– Et tu es sûr que c'était le tien ?

– Ah, ça, oui. Un Colt. Je l'ai depuis que je suis tout môme.

Il s'est assombri.

– Tu sais ce qu'il est devenu ? Si on le retrouve, on peut l'enregistrer comme pièce à conviction et tu pourras peut-être le récupérer un jour.

Il a secoué la tête.

– Je l'ai jeté dans la baie.

– Okay, alors reprenons. Donc, ils sont en train de se disputer et subitement, Lydia a ton flingue à la main.

Il a hoché la tête.

– Et lui…

J'ai remarqué qu'il n'arrivait pas à prononcer le nom de Paul.

– Quand elle a sorti le flingue, on aurait dit… que toute sa colère l'avait quitté d'un coup. Toute sa rage. Et il a pris une expression, un de ces airs mauvais ! Genre vaincu, mais sans pitié. C'était comme si… comme si Lydia, moi, le monde entier, on l'avait vidé de toute sa bienveillance. Comme s'il ne restait plus rien de bon en lui. Lydia, elle continuait à brailler, des trucs du style : *Espèce d'enculé, regarde ce que tu m'as fait faire, je te déteste, je te déteste, putain !* Et lui, il restait là sans rien dire.

Rob a marqué une courte pause.

– Il savait ce qu'elle allait faire, ai-je dit.

Il a acquiescé.

– Je crois, oui. C'était tellement…

Il a de nouveau éclaté en sanglots.

– Je suis sûr qu'il savait. Comme moi, je savais. Comme on savait tous sauf elle. Ce truc de : *Ça y est, on y est*. C'était… oh, merde… comme si on était coincés dans un train et qu'on ne pouvait pas descendre. Ou qu'on pouvait, mais qu'on le faisait pas. On aurait pu l'arrêter, mais…

Il n'a pas terminé sa phrase.

– Et ensuite ?

Rob s'est essuyé le nez du revers de la main.

– Ensuite. Eh ben, elle est là à hurler et à crier, à agiter le flingue, à dire qu'il la trompe, qu'il l'a jamais aimée, tout ça. Elle gueule et elle gueule jusqu'à se tarir. Vidée. Et là, lui, il la regarde et il dit : *Je sais pas comment j'ai pu croire que je t'aimais.*

On connaissait tous les deux la suite.

— Et voilà, a dit Rob. Lydia a appuyé sur la détente.

Il a secoué la tête comme s'il n'arrivait toujours pas à y croire.

— Je me suis levé et j'ai essayé de l'arrêter. Dès que j'avais vu qu'elle avait mon Colt, j'avais tenté de... Putain. C'était exactement pareil. Exactement comme quand...

À nouveau, j'ai eu de la peine pour lui. J'ignorais combien de fois on était censé regarder son père et sa mère s'entretuer au cours d'une seule vie. Mais son karma était son karma, je ne pouvais rien y changer.

— Tu sais que tu n'y es absolument pour rien, hein ? ai-je dit, parce que je ne voyais pas quoi dire d'autre. Lydia et Paul ont décidé tout ça il y a longtemps. Bien avant qu'aucun de nous soit né.

Il s'est tourné vers moi.

— Vous y croyez vraiment ? La réincarnation, choisir sa vie, tous ces machins-là ?

Je l'ai regardé droit dans les yeux :

— Totalement.

Je ne savais pas du tout si j'y croyais.

— Et je suis certaine d'un truc : tu n'es pas venu sur terre juste pour être le mec au flingue. Tu as tes propres choses à accomplir. Et quand toute cette histoire sera terminée, il faut que tu reprennes ta route et que tu les réalises, d'accord ? Tu comprends ?

Il a acquiescé. Il comprenait – du moins je l'espérais.

— Tu as ta musique, ai-je dit.

J'ai cherché un autre point positif.

— Et tu es jeune.

Il n'a rien répondu.

– Bon, et qu'est-ce qui s'est passé après ? ai-je demandé. Après qu'elle lui a tiré dessus ?

Maintenant, moi non plus, je n'arrivais plus à prononcer le nom de Paul – ni de Lydia. Ils avaient un goût de terre dans ma bouche, un goût de feuilles mortes et de pourriture.

– Elle lui a tiré dessus, a-t-il répété et j'ai saisi quel soulagement c'était pour lui de dire ces mots à voix haute, mais quelle souffrance aussi. Elle lui a tiré dessus et… voilà, quoi. Enfin, je sais pas si vous avez déjà vu ça, à bout portant…

J'ai hoché la tête.

– Ça fait comme une petite explosion. Et ensuite, ça prend une seconde. Je veux dire, d'abord c'est juste un trou dans sa chemise. Et après, le sang.

– Je sais, ai-je dit, et je me suis aperçue que je tremblais. Je connais.

J'avais tiré sur un homme à bout portant, et pourtant bizarrement, jusqu'à cet instant, je ne m'étais jamais réellement représenté ça arrivant à Paul. Comme il avait dû avoir peur, comme il avait dû se sentir seul…

Je suis retournée m'asseoir sur le lit.

– Il avait les yeux ouverts… Je crois qu'il a survécu une seconde ou deux. Ou alors c'était peut-être une impression. En tout cas, il a fallu quelques secondes avant que le sang se mette à couler, et Lydia, elle est restée plantée là sans bouger. À le regarder mourir. Ça a été très rapide, y avait rien à faire. Après, on a tous les deux paniqué. Lydia… c'était comme si elle arrivait pas à y croire. Elle arrêtait pas de répéter : *Oh mon Dieu, oh mon Dieu*. L'horreur totale, quoi. Et puis elle l'appelait, comme s'il était pas mort. J'ai dû l'empoigner et la traîner dehors. Elle était complètement… elle essayait de le relever et tout. Moi, je lui disais : *C'est trop tard. Tu l'as tué.*

— Alors tu l'as fait sortir de la maison.

Il a acquiescé.

— Je l'ai attrapée et on a foutu le camp. J'étais à peu près sûr que personne ne nous avait vus, mais ça m'a pris un moment avant de seulement penser comme ça. Sur le coup, on s'est juste tirés en courant.

— Et en sortant, Lydia a embarqué les deux trousseaux de clefs, le sien et celui de Paul. Elle les a pris et elle a refermé la porte derrière elle, comme elle le faisait toujours.

Rob m'a regardée.

— Comment vous savez ça ? C'est vrai, elle a emporté les deux. C'était un réflexe, fermer la porte à clef en partant.

Les habitudes ont la vie dure. Plus dure que les gens, apparemment.

— Quelques jours plus tard, j'ai jeté l'autre dans une poubelle de Berkeley. Mais bon, donc, cette nuit-là… cette nuit-*là*… On s'est enfuis et puis j'ai commencé à cogiter. On venait de commettre un crime, il nous fallait, genre, un alibi et tout le toutim. Comme à la télé. Lydia, elle pouvait même pas penser, là. Alors j'ai inventé cette histoire : *Lydia, c'est pas toi qui l'a tué. C'est quelqu'un d'autre. Tu vas aller au Make-Out Room, tu vas t'assurer que des gens t'y voient, et quand tu rentreras chez toi, tard, tu découvriras qu'il y a eu un cambriolage.* Là où c'était spé, c'est qu'elle avait l'air de me croire. J'arrêtais pas de lui répéter : *Ça va aller. Je vais tout arranger. Il ne s'est rien passé du tout.* Et quand elle est rentrée chez elle au milieu de la nuit, je pense qu'elle y croyait presque. Enfin, au début, elle savait très bien que je mentais, mais plus tard, je pense que non. Je pense que quelque part, dans sa tête, elle avait tout refoulé.

– Et donc, toi, tu es retourné chez eux.

– Oui. Heureusement que Lydia avait embarqué l'autre trousseau, parce que j'ai pu y retourner et descendre au studio. J'ai foncé… putain, c'était le pire, ça. Il était là et j'ai fait comme si je le savais pas. Avec tout ce… Bref. Donc, j'ai pris la voiture de Lydia, je suis allé chez eux, j'ai vérifié que personne regardait, j'ai raflé des grattes, un peu de matos et j'ai mis les bouts.

– En refermant toi aussi la porte à clef.

– Ouais, a-t-il confirmé, du regret dans la voix. C'était complètement crétin. J'aurais dû laisser la porte ouverte et les clefs sur la console. J'y ai pensé genre une heure après. Je suis allé me débarrasser du Colt, je l'ai jeté dans la baie. Sérieux, à force de mater des séries policières, on finit par savoir comment s'y prendre. Faire disparaître le flingue. Trouver un alibi. Enfin bref, du coup, quand j'y ai pensé, c'était déjà trop tard.

– Et les guitares, qu'est-ce qu'elles sont devenues ?

Il a fait la moue.

– Je les ai foutues en l'air. Je suis allé à Oakland, dans un terrain vague que je connaissais, et je les ai démolies. Je les ai explosées en mille morceaux et après, je les ai brûlées. J'y suis retourné quelques jours plus tard pour débarrasser les restes et les mettre à la poubelle.

– Sauf la Wandrè.

Il a opiné du chef.

– Où elle est ?

– Chez mon pote. Mon pote de Santa Cruz. Je lui ai dit que je l'avais piquée à un couple de riches de la Mission et je lui ai demandé de me la garder jusqu'à ce que les choses se tassent. Elle était trop... elle est trop belle, putain. Une vraie œuvre d'art. Pendant que je défonçais les autres, je la voyais et... j'ai pas pu. Je pouvais pas.

L'objet de notre amour cause-t-il toujours notre perte ? Toujours notre chute ?

J'ai plongé la main dans mon sac et il a eu l'air un peu effrayé, comme si j'allais en tirer quelque chose d'encore pire que mon arme. J'en ai sorti un papier et un crayon, je me suis levée et je les lui ai tendus.

– Ton pote. Nom et adresse.

Il m'a regardée comme si c'était une blague.

– Putain, je le crois pas, a-t-il dit, et il s'est remis à pleurer.

Il a noté le nom et l'adresse. Je pensais que ses larmes étaient des larmes de culpabilité d'avoir été partie prenante de la soustraction d'une vie humaine. J'avais tort.

– Je veux voir Lydia, a-t-il ânonné entre deux sanglots, tout rouge et dégoulinant. Elle me manque trop. Je peux pas la voir ? Je l'ai pas aperçue depuis cette nuit-là. Je voulais pas risquer qu'on nous repère ensemble.

J'ai regardé par la fenêtre. Il pleuvait et le brouillard était tel que j'arrivais à peine à distinguer l'autre côté de la rue. Je me suis demandé s'il y avait autant de brouillard dans les autres yugas. Ou s'il n'existait qu'ici, dans le Kali Yuga, où les lumières avaient été éteintes et personne ne savait comment les rallumer.

Je suis revenue à Rob.

– Rob Scorpio, ai-je déclaré. Aujourd'hui est le premier jour du reste de ta vie.

Il a louché vers moi en reniflant.

– Ça veut dire quoi, ça ? a-t-il pleurniché.

Je l'ai d'abord frappé sur la joue gauche. Et puis j'ai recommencé, plus fort, frappé à lui dégommer son putain d'air ébahi et frappé à le dégommer de sa chaise. Il n'a pas riposté. Je ne savais pas s'il était effrayé, estourbi ou simplement rongé de culpabilité. Pendant qu'il était à terre à essayer de m'échapper, je lui ai décoché un coup de pied, puissant, juste au-dessus du genou. Il a réussi à se redresser mais je lui ai collé mon poing sur la tempe, de toutes mes forces, et il est retombé, du sang sur le visage.

Claude a entendu le vacarme et s'est précipité à sa rescousse.

– C'est quoi ce bordel ? a lancé Rob, en larmes et en sang.

C'est vrai que ce n'était pas sa faute. Seulement il aurait pu l'empêcher et il ne l'avait pas fait.

Il n'existait que très peu de bonnes choses en ce bas-monde, du moins à ma connaissance, et Paul était l'une d'elles.

Avant que Claude ne m'éloigne de Rob, j'ai balancé un nouveau coup de pied énergique et une de ses côtes a craqué sous ma botte. C'était la première fois que je me sentais presque bien depuis la mort de Paul.

Claude a appelé les flics pour leur dire qu'on avait un témoin, ils sont venus et ont arrêté Rob. Huong et Ramirez l'ont embarqué menottes aux poignets.

– Pas mal, DeWitt, a reconnu Huong en l'emmenant.

Ramirez n'a rien dit.

Rob avait l'air hébété. Claude avait l'air sous le choc.

Je me suis éclipsée dans ses toilettes. J'ai entendu les policiers partir et j'ai entendu Claude s'asseoir lourdement à la table de sa cuisine, sonné. Il n'avait jamais vécu ce genre de choses. C'était son premier grand dénouement. J'ai inspecté l'armoire à pharmacie. Son coloc avait une pleine boîte de Valium. J'en ai pris deux. Puis un troisième. Ensuite, j'ai fourré la boîte dans ma poche.

J'avais le sentiment que quelque chose se terminait. Mais ce n'était pas encore fini.

## 57

Le procès ne serait pas pour tout de suite. L'affaire faisait couler beaucoup d'encre et chaque partie affûtait ses arguments. Rob avait avoué à la police aussi facilement qu'à moi. Les flics l'avaient conduit à Santa Cruz pour récupérer la Wandrè chez son copain.

Pas une seule personne ne m'a appelée pour dire : *Bravo, Claire. Bon boulot, Claire. T'es au top, Claire. La vache, Claire, comment t'as fait pour la résoudre, celle-là ?*

« Celui qui aspire à une vie de douceur, a écrit Silette à Jay Gleason, qu'il la cherche ailleurs. »

La police est allée arrêter Lydia dans la maison de la Bohemian Highway. La presse avait été tuyautée et des photos de la scène ont fait la une du *San Francisco Chronicle*, du *Oakland Tribune*, du *Santa Rosa Press-Democrat*, et même du *L.A. Times*. Dans le *New York Times*, Lydia était en une des pages nationales.

Ce soir-là, j'ai regardé son arrestation sur CNN. On l'avait filmée en train de se faire emmener menottes aux poignets.

Si j'avais déjà vu plus belle femme, je ne m'en souvenais pas. C'était la fille la plus glamour du monde. Elle s'apprêtait à sortir dîner avec Carolyn. Elle portait une robe noire années 1940 et une fleur de soie blanche dans ses cheveux noirs. À son doigt elle avait toujours son alliance en or.

J'ai supposé que ce serait toujours la même image qui reviendrait quand on la mettrait dans de grands livres pleins de photos – *Assassines !* et *Encyclopédie des tueuses délaissées*.

Je ne me sentais pas mieux pour autant. Rien n'était terminé. Rien n'avait commencé.

Cent quinze jours après la mort de Paul, j'étais allongée par terre à écouter un de ses albums. Je me sentais vidée de toutes les bonnes choses. Je n'avais plus de coke. J'avais fini le Percocet depuis des jours, et le Valium barboté chez Claude m'avait à peine duré une journée.

J'avais mal partout. Le moindre nerf de mon corps récriminait.

Claude est passé. Il m'avait appelée plusieurs fois et comme je n'avais pas répondu, il a forcé ma porte. Il avait les clefs et pouvait venir quand il voulait, mais ça m'a fait l'effet d'une effraction. Il m'a regardée avec ce qu'il voulait me faire prendre pour de l'inquiétude. Je savais que c'était du dégoût.

– Ça vous arrive de vous lever ? m'a-t-il demandé d'une voix chargée de fausse préoccupation et d'affection feinte, transparente comme le verre.

J'ai essayé de m'asseoir et la pièce s'est mise à tourner. Je savais le reste du monde aussi épuisé et à bout de forces que moi. Je me suis rallongée.

– Donne-moi mon sac, ai-je dit.

Claude m'a donné mon sac. Je l'ai fouillé et il était dépourvu de liquide.

– Va au coffre.
– Vous n'avez pas de coffre.

– Alors apporte-moi la boîte à cookies.

J'avais une grosse boîte en forme de cookie sur le comptoir, avec un post-it marqué ARGENT collé dessus. Si quelqu'un venait me cambrioler, je n'avais pas envie qu'il me sème le bazar partout. J'étais à peu près sûre que j'avais bien un coffre mais que Claude n'était pas au courant.

Il m'a apporté la boîte à cookies. Elle contenait quelques centaines de dollars. J'ai pris une poignée de billets et je les lui ai tendus.

– Va me chercher de la coke.

Claude m'a regardée comme si j'étais folle.

– Non, a-t-il répondu.

Je lui ai donné l'adresse d'Adam, lui ai indiqué où aller et quoi demander, sans omettre de préciser que c'était pour moi.

– Vous me menez en bateau, a-t-il dit.

– Je blague jamais. Tu sais bien.

– Et si je le fais pas, hein ?

Claude ne m'avait jamais parlé comme ça. J'étais fière de lui.

– Si tu le fais pas, t'es viré.

Je l'ai regardé et il avait l'air sous l'eau. La pièce entière avait l'air sous l'eau. C'était insupportable. J'ai fermé les yeux. Ce n'était pas spécialement plus supportable.

– T'es viré et après, je me tire une balle par ta faute. Alors va me chercher ma came.

Il finirait par me détester un jour ou l'autre. Autant commencer maintenant.

Le disque est revenu au début automatiquement. Paul hurlait à la mort. Après l'arrestation de Lydia, j'étais allée dans la maison et j'avais pris ce que je voulais, à savoir ce disque et la tasse du Point mystère sur la commode de Paul. Sur le chemin du retour, j'avais cassé la tasse.

Claude était parti. Pendant son absence, je suis restée allongée par terre les yeux fermés et je me suis demandé s'il y avait quoi que ce soit de réel là-dedans. J'étais quasi sûre d'avoir laissé filer les parties réelles et que tout ça n'était qu'une espèce de succédané.

– Me faites plus jamais faire un truc pareil, a dit Claude.

Apparemment, il était revenu. Il m'a jeté le paquet, de petits plis de « Un geai bleu très spécial » et « Quand vagabondent les éléphants ». J'ai ouvert l'un des sachets et je l'ai vidé sur un livre broché (*Brève histoire de la criminologie indonésienne*). Dans mon sac, j'ai pris un billet d'un dollar, je l'ai roulé en paille et j'ai sniffé la cocaïne. J'ai senti mon corps revenir à moitié à la vie, mon cerveau approcher d'un semi-état de marche.

Je me suis assise. Claude me dévisageait.

– Vous avez une tête de déterrée. J'appelle quelqu'un. Je peux pas gérer ça. Je sais pas quoi faire.

– Appelle donc qui tu veux, ai-je dit, ou crois-je avoir dit. Je me sens bien comme ça, moi.

Je l'ai entendu téléphoner et j'ai essayé d'en faire abstraction jusqu'au moment où je n'ai plus réussi. Il a emporté le combiné dans la salle de bains pour être tranquille, pour parler de moi sans que mes oreilles baladeuses viennent tout gâcher. Pendant qu'il était enfermé là-dedans, je suis partie.

Arrivée dans la rue, je me suis rappelé que je ne savais plus où je m'étais garée. Au parking ; oui ; j'avais un parking sur Stockton. J'y suis allée mais le mec ne voulait pas me donner ma voiture.

– Vous êtes sûre que vous êtes en état de conduire, Mlle DeWitt ? a-t-il dit.

Il était jeune et gentil, Juan ou Jose ou un truc du style. Putain de clubeurs mexicains qui nous foutent la honte à tous à force de bosser dur et d'être gentils.

– C'est Mlle DeMitt, ai-je dit. Et allez me chercher ma bagnole, merde.

Il a secoué la tête, a arrêté de faire semblant de ne pas me détester et m'a apporté ma caisse.

Je me suis installée au volant, j'ai appelé Tabitha et on s'est retrouvées au Shanghai Low. Claude et ses coups de téléphone venimeux n'étaient pas encore arrivés jusqu'à elle. Sam a laissé son copain Chris s'occuper du bar, on est allés dans l'arrière-salle et on a tapé quelques rails de la coke de Tabitha. Elle a dit que j'avais une sale tête.

– Merci, ai-je répondu.
– Tu as dormi, la nuit dernière ? m'a-t-elle demandé.

Je n'avais pas dormi depuis l'arrestation de Lydia, pas plus de quelques heures à la fois. Avant que j'ai eu le temps de répondre, Sam a lancé :

– Ça vous dit d'aller dans ce bar de nuit sur la plage, là ?

Ça nous disait. C'était un bar/boîte russe dont Sam connaissait le code secret à frapper à la porte puis le nom à prononcer, alors on nous a laissés entrer. La musique était effroyable. Les Russes plus âgés avaient les cheveux blonds peroxydés et des chaînes en or ; les plus jeunes portaient des tatouages et des Converse aux pieds. Sam a racheté de la coco à un Russe d'une cinquantaine d'années. Il nous a invités dans l'arrière-salle et je me suis demandé si tous les bars du monde avaient une arrière-salle. Peut-être qu'il y avait des arrière-salles dans la Grèce antique, des arrière-salles en Papouasie-Nouvelle-Guinée, et qu'elles étaient toutes reliées, un immense labyrinthe poussiéreux où ceux d'entre nous qui n'étaient pas capables d'affronter la lumière du jour venaient se planquer, avec notre cocaïne et notre dégoût de nous-mêmes.

L'arrière-salle de la boîte russe était légèrement mieux entretenue et tout était écrit en russe. Le Russe a ouvert une bouteille de tequila et l'a fait tourner. Il semblait disposer de quantités inépuisables de cocaïne ; c'était comme un tour de magie où il aurait continué à tirer des lapins de sa poche longtemps après qu'il n'aurait plus dû en rester un seul. Le soleil s'est levé et malgré les stores tirés, de petits rais de lumière ont filtré, ce qui m'a mise en colère. De quel droit osaient-ils ? Pour qui ils se prenaient ? J'ai vu que Sam pensait comme moi et au bout de quelques minutes ou heures de cet affront, il a dit :

– Venez. Je connais un meilleur endroit.

On est montés dans ma voiture, moi, Tabitha, Sam, un tartempion et une tartempionne, Sam a pris le volant et a tourné en rond un moment, il s'est paumé, alors Tabitha lui a donné des indications, si rapides et si décidées qu'elles se sont entrechoquées, cailloux dévalant une colline, et pendant ce temps Tartempion et Tartempionne mâchonnaient des touillettes à café sans rien dire.

– Vous en voulez ? a fini par proposer la fille.

J'ai dit non. Dieu soit loué pour les vitres teintées, pour les lunettes de soleil, pour ma veste que j'ai tirée sur ma tête quand le brouillard s'est levé et que le soleil est devenu éclatant. Je sentais mes nerfs à vif, comme si leur enveloppe protectrice avait été arrachée et jetée au loin.

•

Enfin, Sam a trouvé le fameux meilleur endroit. C'était un appartement dans le Castro. Je n'ai pas capté si c'était un vrai établissement où les gens payaient pour entrer ou si c'était un simple domicile particulier. En tout cas, on y était. D'une manière ou d'une autre, je me suis retrouvée à une table en verre, toujours une table en verre, avec trois strip-teaseuses. Elles étaient jeunes, elles portaient du maquillage à paillettes et les plus hauts talons qu'on puisse imaginer. Elles voulaient qu'on papote mais je n'en étais plus là depuis des heures. Elles sont parties et ont été remplacées, une par une, par trois quinquas du quartier, ex-beaux mecs qui avaient mal vieilli. Comme moi, ils avaient dépassé le stade de la conversation. On a sniffé, sniffé, sniffé et personne ne faisait plus semblant de s'amuser. Personne ne faisait semblant qu'il y ait quoi que ce soit d'amusant dans tout ça.

C'est à peu près là que j'ai commencé à me sentir bizarre. Tabitha m'a vue et m'a dit :

– T'as pas l'air en forme. Je t'emmène prendre l'air.

Quand je me suis levée, je suis tombée. J'ai oublié mon nom et je ne savais plus où j'étais. L'avais-je jamais su ? Une femme a dit :

– Claire.

J'avais l'impression de la connaître mais non, peut-être pas.

On m'a conduite à un lit, quelque part dans un coin secret de l'appartement, on m'a allongée et tout est devenu noir. Mes nerfs tremblaient et des voix appelaient encore cette mystérieuse Claire.

– Elle fait une crise, ai-je entendu. Appelle une ambulance, elle est...

– Tt-tt, pas d'ambulance. Tu me dégages cette tarée d'ici tout de suite. Je te jure que si t'appelles une ambulance, je tue...

On m'a aidée à me relever. Tabitha m'a emmenée dehors. Le soleil était redescendu. Il faisait déjà presque nuit. Plus tard, elle m'a raconté que mes yeux ont commencé à se révulser, j'ai ouvert la bouche et je me suis serré la gorge comme pour émettre un son mais rien n'est sorti. Je suis tombée dans les pommes et elle m'a assise par terre contre un mur. Elle est restée à mes côtés jusqu'à ce que la crise se calme, puis elle s'est précipitée dans une épicerie, elle a acheté un jus d'orange et me l'a déversé dans le gosier. Je l'ai avalé et je me suis réveillée.

– Attends-moi là, a dit Tabitha. J'en ai pour une seconde, je vais te chercher de l'aide, d'accord ? Tu bouges pas, hein ?

Je suis restée là sur Castro Street. Personne n'a fait attention à moi. Je me suis rappelé mon nom. J'ai bu encore un peu de jus d'orange et le sucre m'a ramenée sur terre.

Je me suis levée. Je tenais debout. J'ai jeté un coup d'œil alentour. Je n'ai pas vu Tabitha.

Je me suis éloignée et j'ai retrouvé ma voiture.

Le frein et l'accélérateur se mélangeaient un peu, mais j'ai réussi à démarrer. La ville était froide et sombre. J'ai tournoyé à travers les rues. Le pic de sucre s'est estompé et je suis repartie dans les transes de la drogue et de ces jours, ces semaines, ces mois sans manger ni dormir. Cent seize jours.

J'étais sur l'autoroute. Il n'y avait quasiment personne. Le ciel était aubergine et sans pitié. Sur ma gauche, la baie étincelait, l'air profonde et infinie. Je savais qu'elle n'était ni l'un ni l'autre. J'ai baissé ma vitre et le monde extérieur a pris vie en un rugissement. Je l'ai remontée. Une main sur le volant, j'ai fourgonné dans mon sac à la recherche du dernier paquet d'Adam.

Je l'ai déniché – « Le Dernier Caméléon des Galapagos » – et je m'en suis renfilé une grosse pointe dans chaque narine. Du sang a coulé sur mes lèvres.

J'ai senti une bouffée glaciale puis une vilaine morsure dans la nuque et j'ai perçu une odeur de fumée. J'ai entendu un long coup de klaxon et une série de froissements métalliques. Des éclairs de couleur puis tout s'est obscurci. J'ai tenté d'ouvrir les yeux mais je ne les ai pas trouvés. Rien ne bougeait ni ne semblait vouloir bouger.

Il faisait noir. Il faisait aussi noir que jamais.

– Merde, putain. Merde merde merde. Appelle le 911.
– Je suis recherché et j'ai pas le permis. J'appelle pas le 911.
– On peut pas la laisser comme ça.
– Merde, regarde-la, tiens-lui la langue ou quek'chose.
– Oh, merde. Elle est salement blessée. Faut qu'on appelle...
– Aide-moi à la porter. Je sais où aller.
– Faut l'emmener à l'hosto.

J'ai eu une autre petite crise. Mes nerfs trépidaient tandis que l'orage électrique me traversait le cerveau.

J'ai senti des mains sur moi et j'ai compris que j'étais par terre. Je me rappelais avoir été dans une voiture.

– Allonge-la à l'arrière. Attention...

Des bras, un souffle d'air frais dans mon dos.

– Je sais où l'emmener.

Une voiture. De longues lumières s'étirent sur les parois et devant, des monstres rouges. Des mains sur moi encore, une odeur de séquoias.

– Ils vont la soigner ?
– Ouais, ils vont l'accueillir. Ils virent personne.

Un rire.
— Même pas moi !
— Elle va s'en sortir ?
— On va tous s'en sortir un jour, a dit la voix. Mais pour ce qui est d'aujourd'hui, j'en sais rien.

## 58

Et c'est ainsi qu'en venant ouvrir les portes du temple Dorje le matin, Jenny m'a trouvée lovée en boule semi-fœtale au pied d'un séquoia avec ma veste sur la tête, trempée et tremblante, visage et cheveux en sang, bras gauche lacéré par les éclats de verre de l'accident, flottant quelque part entre l'inconscience et la mort.

Ils m'ont emportée à l'intérieur et m'ont installée dans un petit lit à côté de la chambre du lama. Le lama a appelé un médecin de sa connaissance qui est venu et a déclaré que sur le fond, j'allais bien, j'étais juste défoncée, contusionnée, sous-alimentée et à l'agonie. Mais facilement récupérable.

– Désintoxiquez-la et faites-la manger, c'est tout, a-t-il dit.

Le lama m'a raconté plus tard que le docteur avait dit ça comme si c'était d'une simplicité enfantine. Comme si ce n'était pas ce que j'avais essayé de faire toute ma vie.

Je suis restée endormie dans le petit lit pendant quelques jours. Quand je me suis réveillée, j'avais mal partout à cause de l'accident. Je me sentais épuisée. Je ne tenais pas tellement à ce qu'on me sauve encore une fois. Le lama était assis à côté de moi avec une théière de thé vert et d'herbes.

J'en ai bu un peu. Il m'a demandé si je pouvais manger un petit quelque chose et j'ai dit non. Je fixais le mur.

— On ne traverse pas toutes ces épreuves juste pour le plaisir, tu sais, a dit le lama. On les traverse pour avancer vers la sagesse. Vers la purification. Pour ne pas commettre les mêmes erreurs la prochaine fois.

Je ne voulais pas de prochaine fois. Je ne voulais plus apprendre de putains de leçons. Je voulais retrouver Tracy. Retrouver Constance. Retrouver Paul. Retrouver ceux qui m'aimaient. Je voulais tout recommencer à zéro avec eux, être quelqu'un d'autre. Que d'autres se chargent de découvrir qui avait assommé le professeur dans la bibliothèque avec le chandelier. Je m'en contrefoutais. Je voulais tout arrêter.

Je me suis roulée en boule et j'ai tiré les couvertures sur ma tête.

— Allez vous faire foutre.

— Tu sais, je t'ai vu essayer tellement fort d'en finir. Tellement souvent. J'ai le sentiment que c'est un peu n'importe quoi.

— Merci. Et vos perles de sagesse à la con, vous pouvez vous les foutre au...

— Non. Honnêtement, Claire. Je n'ai jamais vu ça. Tu sais qu'il y a des gens qui donneraient n'importe quoi pour être toi.

C'était la pire connerie que j'aie jamais entendue. Si qui que soit voulait être moi, qu'ils y aillent.

— C'est vrai, c'est tellement évident que tu as quelque chose à faire. La plupart des gens, quand ils tentent de se tuer, eh ben, ça marche. La plupart des gens, ils passent leur vie comme à la dérive, sans direction, sans signe, sans même jamais savoir pourquoi ils sont là. Je ne crois pas que tu t'en rendes bien compte. Toi, tu es indestructible. Regarde-toi. Tu es couverte de bleus, tu t'es ruiné la santé à te camer jusqu'aux yeux et tu t'es mise en danger plus souvent que personne de ma connaissance. Ou dont j'aie entendu parler. Ça t'a déjà traversé l'esprit...

Il avait l'air en colère après moi, maintenant.

– ... que les choses n'arrivent pas sans raison ? Que tu es là parce qu'il y a des gens qui ont besoin de toi ?

– Vous et vos platitudes...

– Sans Constance, a-t-il poursuivi bille en tête, on serait morts tous les deux, aujourd'hui. Ça ne fait pas l'ombre d'un doute. Et il y a au moins une personne quelque part qui ne s'en serait pas sortie sans toi. Je le sais. On ne peut pas dire que tu me donnes des masses de preuves de ton utilité, là, mais j'ai confiance en elle. Apparemment, on te garde en vie pour quelque chose. C'est vrai, ça aurait pu être toi. Quand elle a été tuée, quand ton ami a été tué, ce mec... sérieux, ça aurait *dû* être toi, des milliers de fois. Et pourtant non, jamais. J'aimerais bien être aussi important. J'aimerais bien que le monde se soucie autant de moi. Je te jure, j'aimerais bien.

Je n'ai rien répondu. Il a émis un bruit agacé face à ma monstruosité et il est parti en claquant la porte.

Le lendemain matin, j'ai recommencé à manger. Le surlendemain, je me suis levée et je me suis promenée un peu dans la propriété. L'après-midi suivant, j'ai donné un coup de main à un groupe d'enfants qui construisaient un kiosque.

Au bout de quelques jours, j'ai croisé Jenny dans la cuisine. Elle préparait du thé et a fait comme si elle ne m'avait pas vue.

– Bonjour, ai-je dit. Merci. De m'avoir accueillie. Je sais que... Enfin, je suis sûre que vous ne vouliez pas...

Elle m'a regardée.

– Vous êtes tombée. On tombe tous. Vous allez vous relever ?

– Je crois, oui, ai-je répondu au bout d'une minute.

– Je crois aussi. Je crois que certaines personnes, on se relève toujours. Toujours.

Ce soir-là, le lama est venu dans ma chambre. J'étais en train de lire pour la deuxième fois un roman de Donald Goines. Le temple était chouette, mais sa bibliothèque ne valait pas tripette. J'ai pris note de penser à leur acheter des bouquins lors de mon prochain passage chez City Lights Books.

– Alors, a dit le lama, Andray ne t'a pas contactée ?

– Non.

En même temps, s'il l'avait fait, je ne l'aurais pas su : j'avais perdu mon portable la nuit de l'accident et je n'avais pas consulté mes mails depuis ce jour-là.

Le lama avait l'air inquiet. Je ne l'avais jamais vu inquiet. Il s'est assis sur mon lit. J'ai eu l'impression qu'on était des gamins en colo, qui se confiaient des secrets. Je ne suis jamais allée en colo, mais ça ressemblait à ça à la télé.

– Trey m'a appelé. Une première fois il y a quelques semaines, et à nouveau hier soir. Andray s'est tiré avec une fille qu'il a rencontrée à Kansas City. Les garçons devaient se retrouver à Las Vegas mais Andray n'est pas venu. Il ne répond pas au téléphone. Il n'a pas appelé Terrell non plus.

J'ai aidé les petits à finir le kiosque, puis à commencer une nouvelle yourte. Au bout de dix jours, le lama m'a emmenée à Santa Cruz, où j'ai loué une voiture pour rentrer chez moi.

Il y avait une pile de courrier dans la fente. Quelques centaines d'e-mails dans ma boîte électronique. Beaucoup de demandes de clients. Quelques-unes semblaient prometteuses. Une dame dont le fils était accusé d'un meurtre qu'elle savait qu'il n'avait pas commis. Un homme qui voulait retrouver des tableaux disparus, volés à sa famille en 1942. Ça avait l'air sympa. Pourtant, tout me paraissait toujours lourd et terne, sale et vieux.

Aucun message d'Andray.

J'ai appelé Claude. Le lama l'avait contacté : au moins, il savait que j'étais en vie.

– Je suis désolée, ai-je dit. Tu as été génial et je t'ai traité comme une merde.

– J'ai rien vu. Tout le temps où vous bossiez sur cette affaire, j'ai pas capté ce qui vous arrivait.

– T'en fais pas. T'avais aucune raison de savoir.

– Ouais, enfin, j'essaie d'être détective, quand même.

On a ri tous les deux.

– Tu veux encore travailler pour moi ? ai-je demandé. Pas de problème si tu ne préfères pas. Je te donnerai une lettre de recommandation, tes dernières semaines de paie, tout ce que tu voudras.

Il a marqué une seconde de pause.

– Vous voulez toujours de moi ?

– Et comment ! T'es le meilleur.

– Alors je reste, a-t-il déclaré d'un ton décidé. Travailler pour vous est la meilleure chose qui me soit jamais arrivée, Claire. Je serais perdu sans vous.

J'ai eu un temps d'arrêt et je n'ai rien dit pendant une minute. Puis je l'ai lancé sur l'affaire de meurtre récupérée au Fan Club. La nana m'avait envoyé plusieurs courriels avec toutes les infos dont elle disposait sur le dossier de son frère. Je la croyais quand elle le disait innocent. Peut-être qu'on pourrait sauver sa peau. Ou au moins le faire sortir de taule.

## 59

De fil en aiguille, Delia et moi sommes devenues amies. Je lui ai relaté toute l'affaire dans son grand loft de SoMa.

On buvait du thé brûlant en regardant la grisaille et le brouillard derrière ses immenses baies vitrées. Delia avait l'air triste. Je savais que Paul lui manquait, que Lydia lui manquait, que tout et tout le monde lui manquait, comme à moi.

– Hé, ai-je lancé. Tu veux voir un truc sympa ?

On a roulé deux heures et quand on est arrivées au ranch Double J, il faisait nuit. Avant de tourner dans l'allée, j'ai bidouillé le système de sécurité. Personne ne saurait qu'on était venues.

J'ai coupé les phares, j'ai pris l'allée et je me suis arrêtée au portail. Je l'ai ouvert et on est entrées. La plupart des choupinets dormaient, hormis quelques-uns qui s'offraient un petit en-cas d'herbe et de rosée. On s'est approchées pour les regarder.

– Oh, Claire, a dit Delia. Ils sont magnifiques.
– Oui. Ils me font craquer.

Le petit noir était endormi à notre arrivée, mais en entendant ma voix, il a ouvert un œil, il s'est ébroué et s'est levé pour venir vers moi.

– Oh, Claire, a-t-elle répété. Comme il t'aime, celui-là !

Je l'ai grattouillé juste à l'endroit où ça lui plaisait, sur le front, et Delia lui a donné quelques carottes qu'elle avait apportées de son frigo.

Ensuite, on a ouvert la grille pour les laisser sortir. La grille du fond, pas celle qui donnait du côté de l'autoroute. La grille qui menait aux bois du Bohemian Club. Aux bois de Paul.

On avait découvert que c'était un voisin qui les empoisonnait. Il injectait de petites doses de poison dans de minuscules pommes qu'il leur jetait par-dessus la clôture. Nul ne savait pourquoi. Est-ce qu'il détestait tous les chevaux ? Est-ce qu'il vouait une haine particulière aux mini-chevaux ? Les énigmes sont partout. Un des gars du Point mystère avait aperçu une des petites bêtes s'éloigner dans les bois pour mourir. C'était un type intelligent, un ancien détective de Houston qui avait eu des soucis d'alcool et de femmes mal choisies. Mais il avait gardé l'esprit vif et quand il avait vu le cheval à l'agonie, il lui avait prélevé un échantillon de crinière. Jake avait payé un labo pour l'analyser et on avait trouvé de l'arsenic. À présent, le voisin était inculpé, les chevaux ne craignaient plus rien et le gars de Houston redevenait peu à peu détective. Je lui avais filé un gros pourcentage de mes honoraires pour l'affaire, il s'était trouvé un appart à lui à Santa Rosa et n'avait pas bu une goutte depuis deux mois.

Or donc, Delia et moi, on a tiré la grille mais aucun des chevaux n'est parti. On est restées à côté ; certains se sont approchés, ont reniflé et reluqué l'ouverture, mais aucun n'est sorti.

Aucun sauf le petit noir. Il est venu, il s'est arrêté au milieu du passage et m'a regardée. Puis il a achevé de le franchir et de nouveau, il s'est arrêté et m'a regardée.

– De rien, lui ai-je dit. Mais tu sais que ça va être dur, dehors ? Il n'y aura personne pour te nourrir ou te bouchonner. Tu seras tout seul. Tu raconteras aux autres animaux d'où tu viens et personne ne te croira. Ils te prendront pour un fou. Tu le sais, tout ça, hein ?

Delia s'est accroupie pour le regarder dans le fond des yeux.

– Il le sait, a-t-elle dit. Il préfère être réel.

Il s'est élancé. Il a filé au galop comme un vrai étalon. On a refermé la grille et on est parties.

Et voilà pour l'Affaire de la Disparition des chevaux miniatures.

Le soir, je suis allée à Oakland dans ma voiture de location et je me suis assise près du feu avec le Détective rouge.

– Tu as résolu ton affaire ? m'a-t-il demandé.
– À peu près. C'était elle. L'épouse dans le séjour avec le flingue.
– Comment tu te sens ?
– Comme si ce n'était toujours pas terminé. Comme si j'avais encore une affaire à élucider.
– Une affaire de fille disparue, par exemple ? a-t-il lancé d'un ton suffisant.
– Peut-être.
– Je te l'avais bien dit, a-t-il fait, et c'était la première fois que je le voyais sourire, ce qu'il essayait de dissimuler de toutes ses forces.

« Que reste-t-il lorsqu'un mystère est résolu ? Laisse-t-il un vide, une vacance, un trou béant ? écrit

Silette. Peut-on envisager que certains mystères feraient mieux de rester non résolus, que dans certains cas, nous nous portions mieux avec rien qu'avec quelque chose ? »

Le lendemain, je suis allée résoudre mon affaire. Mon affaire de fille disparue.

Lydia m'attendait dans un parloir moche et carcéral. Elle était en combinaison orange, menottée, sale et humiliée, tout comme de juste. Si on s'était trouvées n'importe où ailleurs, je l'aurais tuée de mes propres mains.

Elle pleurait déjà quand je suis arrivée.

J'avais raconté à tout le monde que j'avais perdu le contact avec Paul parce que j'étais partie au Pérou pour l'Affaire de la Perle d'argent, mais ce n'était pas ce qui s'était passé. Ce qui s'était passé, c'est qu'il m'avait demandé de l'appeler.

– Tu ne m'appelles jamais, avait-il dit. Et puis il y a ce truc que tu fais, là, de te barrer sans crier gare.

Il ne le formulait pas comme un reproche, il le présentait comme un fait. On était au téléphone. C'était le soir, tard. C'est là qu'on avait toutes nos vraies conversations, tard le soir au téléphone.

C'était vrai : je ne l'appelais jamais et je faisais ce truc bizarre, là, de me barrer sans crier gare, au milieu de la nuit après l'amour ou au réveil, parfois même simplement pendant qu'on était ensemble, en train de dîner, de mater un film ou de se balader en ville.

C'était toujours une affaire. Mais ce n'était jamais une affaire. Je me tirais parce que chaque fois qu'on parlait, on se rapprochait. Parce qu'à chaque conversation, quelque chose semblait se dévoiler entre nous. Les *Oh, je fais ça tout le temps* et les *C'est mon préféré aussi* ;

les *Je comprends exactement ce que tu veux dire* et les *Je n'en reviens pas que toi aussi* ; et puis le jamais prononcé mais constamment présent *Comment se peut-il que je ne te connaisse pas depuis toujours ? Comment ai-je pu exister sans toi alors qu'aujourd'hui tu es si près d'être tout pour moi ?* Quelque chose qui donnait le sentiment d'avoir été là depuis le début.

– Je t'appellerai, ai-je dit. C'est... c'est un peu dur pour moi, tu vois. Mais je t'appellerai.

– Parce que tu sais, a-t-il continué, et c'était dit sans accusation, sans colère, je peux pas continuer comme ça. C'est pas juste.

Lui aussi était cabossé, marqué par la vie. Qui ne l'était pas ? Je n'avais pas le monopole de la souffrance, je le savais bien.

– Je sais. Je suis désolée. Je suis vraiment désolée, c'est juste que...

– Ne sois pas désolée, m'a-t-il coupée, et j'ai cru l'entendre sourire. Passe-moi juste un coup de fil de temps en temps, d'accord ?

J'ai promis de le faire. Et là-dessus, quelques jours plus tard, je me suis envolée pour le Pérou sans le prévenir et je ne l'ai jamais rappelé.

Je ne voyais aucune circonstance, dans aucune vie, où j'aurais pu dire à Paul ce que je ressentais pour lui. Que je l'aimais.

On ne s'est pas recontactés après mon retour. J'ai appris qu'il avait une nouvelle copine, j'ai fait mine de m'en ficher et tout le monde m'a crue. J'ai pris une affaire concernant une jeune fille disparue et il s'est avéré qu'elle s'était noyée dans la baie. J'ai arrêté de manger, arrêté de dormir et je me suis retrouvée à l'Hôpital Chinois, Nick Chang à mon chevet. Après, je suis allée à La Nouvelle-Orléans pour l'Affaire du

Perroquet vert et, en rentrant, je suis tombée sur Paul et Nita au resto végétarien de Chinatown, c'est là qu'il avait dit à Nita qu'il avait été amoureux de moi.

On s'était parlé quelques fois après ça, en amis, et quand on s'était croisés par hasard ce soir-là au Shanghai Low, j'avais à nouveau senti ce courant intérieur, cette lame de fond dense et noire qui me ramenait vers lui. Je m'étais dit que peut-être, oui, peut-être...

Et là, Lydia avait débarqué.

Lydia était assise sur sa chaise de prisonnière dans sa tenue de prisonnière. Je me suis installée en face d'elle.
– Je l'aimais tellement, a-t-elle dit sans cesser de pleurer. C'était insupportable. Ça me rendait dingue, de l'aimer tant que ça. Il t'a toujours aimée plus que moi. Je le savais. Je faisais semblant de rien, mais je le savais. Je n'étais que son putain de bouche-trou, son pis-aller. Ça aurait dû être vous qui étiez ensemble, pas nous. Rien de tout ça ne serait arrivé si seulement tu l'avais aimé aussi.
– C'est pour ça que tu l'as tué ? Parce que tu étais jalouse ?
– Mais non, mais pas du tout. Je ne voulais pas... Je n'ai jamais souhaité ça. Ce n'était pas du tout prémédité. Tu crois que je voulais en arriver là ?
– Je ne sais pas ce que tu voulais.
– Je pensais... Je sais pas ce que je pensais. Vraiment, j'en sais rien. J'imagine que je me disais... avec le flingue... que je pourrais le forcer à m'aimer. Tu vois, j'ai jamais su... j'ai jamais su comment me faire aimer, et je savais que personne ne m'avait jamais aimée. Je sais pourquoi, hein. Ça, je le sais. Alors j'ai cru, inconsciemment... Évidemment, je sais bien que tu peux pas

forcer quelqu'un à t'aimer. Mais je voulais tellement, tellement qu'il...

Elle a laissé sa phrase en suspens et s'est mise à pleurer plus fort.

— J'ai une de ces trouilles, a-t-elle repris. Je deviens folle.

J'ai gardé le silence.

— J'arrête pas de penser qu'il est là. J'arrête pas de me dire : *C'est rien, je vais appeler Paul et*... Ou alors je crois qu'il est là, avec moi, dans la pièce, qu'il sait ce que j'ai fait et...

— Peut-être que tu n'es pas folle, suis-je intervenue. Peut-être qu'il est là avec toi.

Ça n'a fait que redoubler ses larmes.

— Je veux mourir, a-t-elle mugi. Je t'en supplie, Claire, tue-moi. Je sais que t'en meurs d'envie.

J'y ai réfléchi. Ce ne serait pas difficile. Je pensais qu'elle était sincère et qu'elle ne se débattrait pas.

Je pouvais lui attraper la nuque et la lui briser, *crac*.

C'était vrai, j'avais envie de la tuer, plus ou moins.

J'ai tendu la main et je l'ai posée sur son bras, juste au-dessus du coude.

— Oh, Claire, a-t-elle fait. J'ai une de ces trouilles. S'il te plaît, ne m'oublie pas. Ne m'oublie pas dans ce trou. J'ai trop peur.

— Je ne t'oublierai pas.

Je lui ai serré le bras.

— Je veux mourir, a-t-elle sangloté. Oh, Seigneur. Je ne veux surtout pas vivre. Je t'en prie. Je t'en supplie, aide-moi.

Il n'y a pas de coïncidences. Seulement des portes qu'on n'a pas osé franchir. Des angles morts qu'on n'a pas eu le courage de voir. Des fréquences qu'on a refusé de se reconnaître capable de percevoir.

– Je viendrai te rendre visite, ai-je dit. Je ne te laisserai pas toute seule. Je te le promets. Je ne t'oublierai pas. On va s'en sortir.

Je me suis penchée, j'ai posé mes deux mains sur ses bras et je l'ai embrassée sur le front.

– On va s'en sortir.

Je ne savais pas si je le croyais. Peut-être pas cette fois. Mais un jour viendrait.

Je suis restée avec elle jusqu'à ce que les gardiens me demandent de partir.

L'Affaire du Kali Yuga était close.

## 60

Ce soir-là, à la maison, j'ai pris le Cynthia Silverton que j'avais piqué à Bix. Je l'ai feuilleté jusqu'à retrouver l'annonce que je cherchais, page 108.

DEVENEZ DÉTECTIVE, disait-elle. DE L'ARGENT ! DES SENSATIONS FORTES ! Les femmes et les hommes admirent les détectives. Tout le monde respecte une personne cultivée et éduquée. Avec notre COURS PAR CORRESPONDANCE, vous pourrez décrocher votre CARTE DE DÉTECTIVE sans quitter le CONFORT DE VOTRE DOMICILE.

J'ai pris un papier, un stylo, et j'ai écrit :

*À qui de droit,*
*D'ores et déjà détective professionnelle, je souhaiterais perfectionner mes compétences. Proposez-vous un module de formation continue ? Ou puis-je m'inscrire aux cours par correspondance standard malgré mon âge et mon expérience ? Merci de bien vouloir me répondre à cette adresse...*

J'ai noté mon adresse, j'ai signé et j'ai posté la lettre aux coordonnées figurant sur l'annonce.

# 61

Quelques jours plus tard, j'ai appelé le lama. On était toujours sans nouvelles d'Andray. Le lama avait appelé Trey, qui n'en avait pas eu non plus.

Je me trouvais sur Stockton Street, devant le resto chinois végétalien. À travers la vitrine, je voyais la télé à l'intérieur.

*La Maîtresse Éclairée est une et tous,* diffusait le bandeau. *Chacun est une Maîtresse Éclairée. Le don de soi apporte le bonheur, le bonheur est votre droit et le nirvana est un oiseau dans votre main. Même dans la nuit la plus noire, il y a toujours une étoile qui brille.*

Après avoir raccroché avec le lama, j'ai appelé Claude.

– Crée un dossier. On démarre une nouvelle affaire.
– Comment je l'appelle ?
– Je sais pas encore. Mais je vais retrouver Andray. C'est ça, notre nouvelle affaire. On va retrouver Andray.

## 62

Quelques jours plus tard, dans la matinée, je suis partie pour Las Vegas avec ma Kia de location. J'avais accepté de la garder pour tout le mois. Aucune nouvelle jusqu'ici de ma Mercedes, ce qui n'était peut-être pas plus mal. Au moins, ce n'était pas une scène de crime.

Ce n'est qu'à Oakland que j'ai été certaine qu'on me suivait. Une Lincoln Continental 1982, une de mes voitures préférées. Extérieur blanc, intérieur rouge sang.

J'avais commencé à soupçonner qu'il me filait sur le Bay Bridge, à peu près à partir de l'endroit où la voiture de Paul était tombée en panne. Il était derrière moi depuis Chinatown, mais je m'étais dit que j'étais parano – ce n'était pas si étrange qu'un autre véhicule parte de Chinatown pour traverser la baie par ce jour singulièrement ensoleillé. Et puis au milieu du pont, il ne m'a pas doublée quand j'ai ralenti un peu, curieusement surprise par ce rappel à Paul, Paul encore et toujours. J'ai décidé d'en avoir le cœur net : je suis sortie de l'autoroute à Oakland et je me suis dirigée vers un coin paumé que je connaissais, une petite marina où quelques bâtisses victoriennes avaient réussi à passer entre les gouttes des nombreux réaménagements de la ville.

La Lincoln m'a emboîté le pas. Je n'étais pas parano.

Elle maintenait une certaine distance, mais quand je me suis arrêtée à un feu rouge, elle a accéléré pour me rattraper. Il n'y avait pas grand monde dans les parages. Quelques femmes qui étaient peut-être des prostituées, quelques ouvriers des usines voisines partis chercher à manger.

Elle ne s'est pas arrêtée.

La première fois qu'elle m'est rentrée dedans, je n'ai pas réfléchi : j'ai démarré au feu rouge où j'attendais – le carrefour était dégagé – et j'ai accéléré autant que je pouvais. Mais la Lincoln était plus rapide que je ne pensais et bientôt, elle me percutait de nouveau, projetant une vibration sourde et écœurante à travers l'habitacle.

Je me suis secoué les fesses et j'ai essayé de la distancer. Je n'ai pas réussi. La troisième fois, elle m'a attaquée de côté, enfonçant presque son énorme pare-chocs au travers de ma portière passager.

Elle m'a propulsée en plein dans une camionnette en stationnement et j'allais mourir.

La Lincoln a reculé. Je me suis aperçue que je n'étais pas morte. Ma portière était écrasée contre la camionnette. J'ai détaché ma ceinture et je me suis jetée sur la portière passager.

Elle était coincée.

J'ai basculé sur le dos et j'ai replié les jambes contre ma poitrine, avec l'intention de défoncer la vitre à coups de lattes. Avant d'avoir eu le temps de le faire, j'ai entendu un cri, un crissement et un horrible fracas métallique. Je me suis sentie comme ballottée par les vagues sur la plage et j'ai perdu pied ; sous l'eau, elle est bien bonne, et là on se souvient : Hé, attends, je suis en train de me noyer.

– Putain de merde ! ai-je entendu crier. Vous l'avez tuée ! Vous êtes dingue ou quoi ? Vous l'avez tuée !

Ma tête s'est éclaircie, le craquement du métal contre métal s'est tu et j'ai refait surface.

*Tuée ? C'est pas impossible*, ai-je songé. J'ai jeté un coup d'œil et j'ai vu un éclat blanc et rouge là où il me semblait que mes jambes auraient dû se trouver. *Pas impossible du tout.*

– Connard ! ai-je entendu quelqu'un d'autre crier. Elle va mourir !

L'ironie du fait que je puisse maintenant être en train de mourir dans un accident de voiture ne m'échappait pas.

J'ai senti mes yeux se fermer. Les vagues me ramenaient vers le fond. Quand je suis remontée à la nage, Tracy m'attendait sur la rive. Elle était adulte, mon âge, en robe noire et grand manteau de fourrure miteux, ses cheveux blancs attachés en queue-de-cheval. Derrière elle le Cyclone faisait le grand huit et la grande roue tournait.

Quand je suis sortie de l'eau, dégoulinante, elle a rigolé, un petit air narquois au coin des lèvres.

– T'y as pas coupé, cette fois, m'a-t-elle dit. Je sens que je vais *adorer* te regarder te dépatouiller de ce coup-là.

– Je comprends pas. Qu'est-ce que j'ai fait ?

– T'as commencé à chercher la vérité. Maintenant, tu vas devoir terminer.

Des goélands criaillaient dans le ciel, ils tournoyaient au-dessus de nous, espérant quelque chose à manger. C'était l'hiver. La plage était déserte à part quelques

« ours polaires » dans l'océan, les vieux qui venaient se baigner dans l'eau glaciale chaque hiver.
— Ça y est ? ai-je demandé. On est arrivées à la fin ?
— Pas encore, a répondu Tracy. Mais t'inquiète. On y arrivera bientôt, Claire DeWitt.